Badisches Todesspiel

Michael Moritz, 1968 in Freiburg geboren und am Kaiserstuhl aufgewachsen, schreibt und produziert seit fünfundzwanzig Jahren Theaterstücke, Kurzfilme und Erzählungen. Im Emons Verlag erschienen »Tod in der Rheinaue«, »Roter Regen«, »Weinselig«, »Lost Place Vienna«, »Zürcher Verschwörung«, »Tod im Theaterhaus«, »Um die Wurst«, »Die Tote im Dolder«, »Badisch Blues«, »Zürcher Sumpf« und »Tessiner Abgrund«.

MICHAEL MORITZ

Badisches Todesspiel

DER BADISCHE KRIMI

emons:

Lust auf mehr? Laden Sie sich die »LChoice«-App runter, scannen Sie den QR-Code und bestellen Sie weitere Bücher direkt in Ihrer Buchhandlung.

Bibliografische Information der Deutschen Nationalbibliothek
Die Deutsche Nationalbibliothek verzeichnet diese Publikation in der Deutschen Nationalbibliografie; detaillierte bibliografische Daten sind im Internet über http://dnb.d-nb.de abrufbar.

MIX
Papier aus verantwortungsvollen Quellen
FSC® C083411

Umschlagmotiv: mauritius images/Paivi Vikstrom
Umschlaggestaltung: Nina Schäfer, Tobias Doetsch
Gestaltung Innenteil: César Satz & Grafik GmbH, Köln
Lektorat: Susanne Bartel
Druck und Bindung: CPI – Clausen & Bosse, Leck
Printed in Germany 2017
ISBN 978-3-7408-0197-7
Der Badische Krimi
Originalausgabe

PROLOG

Sie führten mich ab. Belledin ging dicht vor mir, die zwei Polizisten nahmen mich in ihre Mitte. Einer der beiden hielt mich am Arm. Ich ließ meinen Körper zusammenfallen. Eine Finte, die ich gern beim Boxen anwandte. Durch die Entspannung glaubte der Gegner, ich wäre erschöpft. Tatsächlich war es nur die Vorbereitung, um gleich loszuschlagen. Dem Gegner fehlten dadurch Zehntelsekunden in seiner Reaktion, die mir genügten, einen harten Treffer zu setzen. Oft hatte ich mit dieser Taktik Kämpfe entschieden. Kurz vor der Treppe entspannte ich mich noch mehr, um mich dann loszureißen und die fünf Stufen hinabzuspringen.

»Janik, mach keinen Quatsch! Bleib stehen!«, schrie mir Belledin hinterher.

Ich dachte nicht daran. Ich stieß eine Kollegin, die mir mit Papierkram in den Händen entgegenkam, auf den Boden, sodass sie kurz die Bullen behinderte, und rannte auf den Ausgang zu. Ich hatte Glück. Keine Posten. Sie waren nur zu dritt gekommen. Aber sie hatten ein Auto. Ich war zu Fuß. Ich bog in eine Seitenstraße und verkroch mich in einen Hauseingang. Keuchend rief ich Holger an. »Holger, ich brauche Unterschlupf. Belledin ist mir auf den Fersen. Es ist besser, du bist nicht da. Verlass deine Wohnung und leg den Schlüssel in den Briefkasten.«

Ich steckte das Handy ein und trat aus dem Hauseingang. Sollte ich zurücklaufen? Wenn sie mich verfolgten, wäre ich dort nicht in Gefahr. Oder sollte ich doch besser die Straße runtergehen? Vorwärts war immer besser als zurück. Ich entschied mich für vorwärts. Ein Fehler. Am Ende der Straße warteten sie in einem Halbkreis auf mich. Belledin wedelte mit den Handschellen. »Streck die Hände aus.«

Vorwärts, hämmerte es in meinem Schädel. Vorwärts. Das bedeutete: Angriff. Statt zu fliehen, rannte ich auf den Bullen zu, der links außen stand, täuschte eine Körperbewegung nach rechts an, tauchte aber links ab. Der Bulle griff ins Leere, und ich sprintete davon. Belledin sprang in seinen Wagen und nahm die Verfolgung auf. Ich spürte einen starken Schmerz hinten am rechten Oberschenkel, biss die Zähne zusammen und rannte weiter. Ich bog um die Ecke, humpelte in einen Obstladen und sah durch das Schaufenster, wie der Streifenwagen vorbeifuhr.

»Was kann ich für Sie tun?«, fragte mich die Verkäuferin.

Ich sah sie verstört an. Der Schweiß rann mir von der Stirn, meine Zunge klebte in der Mundhöhle, der Schenkel stach. »Zwei Äpfel«, sagte ich und zeigte auf einen Korb.

Sie nahm zwei Äpfel, wog sie und streckte sie mir in einer Papiertüte entgegen. »Fünfundneunzig Cent«, sagte sie und lächelte.

Ich gab ihr einen Euro und verließ den Laden.

Durch die Gassen schlich ich zu Holgers Wohnung. Ich stand fast schon vor dem Haus, als mir von vorne der Polizeiwagen entgegenkam. Die Götter wollten es wissen. Belledin und seine zwei Kollegen sprangen aus dem Auto und stürmten auf mich zu. Ich ließ die Äpfel fallen, drehte mich um und sprintete mit Höllenschmerzen im Oberschenkel davon. Eher sollte mir das Bein abfallen, als dass sie mich schnappten. Ich rannte quer über eine Hauptstraße. Von rechts kam ein Bus. Er hupte. Sollte er mich umfahren. Ich dachte nicht daran, ihm die Vorfahrt zu lassen. Bremsen quietschten. Menschen schrien. Er hatte mich nicht erwischt. Dafür versperrte der Bus den Bullen für einen Moment den Weg.

Ich nutzte den Sichtschutz, bog in eine Gasse ab, zwängte mich in einen Hausflur und eilte die Stufen in den Keller hinab. Hinter frisch aufgehängten Leintüchern sackte ich zu Boden und schnappte nach Luft. Mein Herz pochte laut in meinem Körper, ich war durchnässt von Schweiß, und in meinem Schenkel brannte ein Feuer.

An der Wäscheleine fand ich ein trockenes T-Shirt. Ich zog mein nasses Hemd aus und streifte mir das trockene Leibchen über. Hier konnte ich nicht bleiben. Bestimmt würde bald jemand kommen, um die Wäsche abzuhängen.

Ich humpelte durch den Keller, fand ein dunkles Eck und hoffte, dort ungestört bis zum Einbruch der Dunkelheit warten zu können. Es dauerte nicht lange, bis die große Anspannung von mir abfiel und mich eine schwere Müdigkeit überkam. Ich konnte mich nicht dagegen wehren. Nicht einmal der Schmerz im Schenkel hielt mich davon ab. Ich schlief ein.

Motzki speicherte den Text, zog den Stick vom Rechner ab und steckte ihn in die Hosentasche. Er sah auf die Uhr und fluchte. Er war zu spät. Wieder einmal hatte er über dem Schreiben die Zeit vergessen. Ausgerechnet heute. Seine Ex-Frau würde ihre üblichen Spitzen auf ihn schießen und die Verwandtschaft sich darin bestätigt fühlen, dass es richtig gewesen war, sich von ihm zu trennen. In ihren Augen war er ein Versager, konnte er doch nicht einmal die Hochzeit seiner Tochter ausrichten. Wovon auch? Seine Krimis liefen schlecht. Der SWR ließ ihn zwar hin und wieder Literaturrezensionen und pro Jahr zwei Features schreiben, aber davon konnte niemand satt werden. Eine Zeit lang hatte er für ein Onlineportal Auftragstexte verfasst. Von Beipackzetteln über Reiseberichte bis hin zu Sportexpertisen. Zwei Cent bekam er pro Wort. In der Woche verdiente er so manchmal bis zu hundertfünfzig Euro. Lächerlich im Verhältnis zu dem Aufwand, den er betrieb. Als sie ihn dann wegen vermehrter Rechtschreibfehler herabstuften und ihm nur noch Zugang zu Beiträgen unter zwei Cent das Wort gestatteten, hatte er den Frondienst sein gelassen.

Doch jetzt hatte er einen fetten Brocken an der Angel. Jetzt würde sich das Blatt wenden, und sie alle würden sich wundern, wen sie da über Jahre hinweg mit Füßen getreten hatten. Und keinem würde er verzeihen. Niemand würde von dem Batzen, den er bald machen würde, auch nur einen roten Heller bekommen. Außer Bettina vielleicht. Sie liebte ihn trotzdem. Sie zeigte es zwar nicht immer so, wie er es sich gewünscht hätte, aber ihm war klar, dass auch sie sich verhalten musste.

Motzki warf sich die Jacke über, kämmte sich das krause Haar glatt und verließ das kleine Häuschen. Wenigstens heute hätte der Nebel steigen und dem Brautpaar Sonnenschein schenken können. Aber wer am 31. Oktober heiratete, verdiente es nicht besser.

Motzki ging zu seinem Polo und hielt inne, als er einsteigen wollte. Kam da ein Geräusch vom Schuppen? War das eine Gestalt, die sich von den dunklen Brettern abstieß und auf ihn zulief? Er riss die Autotür auf, sprang hinters Steuer, startete den Wagen und fuhr los. Er sah in den Rückspiegel. Nein. Da war niemand gewesen. Und wenn schon. Vielleicht die Nachbarin, die Walnüsse sammelte. Wer sonst? Jedenfalls niemand, vor dem er sich fürchten musste. Oder doch? Motzki betastete von außen seine Hosentasche und fühlte den Stick. Explosives Material. Nicht jedem würde das Buch gefallen, aber die Leser würden es fressen. Er fuhr aus Riegel hinaus und steuerte in Richtung Endingen. Warum nur war die Hochzeit in Achkarren? Die »Arche« in Riegel hätte es auch getan. Aber nein, mindestens die »Krone« musste es sein.

EINS

Killian parkte seinen Defender auf dem Parkplatz der »Krone« und stieg aus. Große Lust hatte er nicht. Aber Motzki hatte ihn angefleht. Um der alten Freundschaft willen. Und Killian war weich geworden. Hochzeitsfotos. Er konnte sich nicht erinnern, wann er so einen Auftrag zum letzten Mal angenommen hatte. Das musste noch vor seinem Studium gewesen sein. Er sah sich um. Der Parkplatz war gut gefüllt, einige der Hochzeitsgäste standen vor dem Lokal und rauchten. Killian lehnte sich an den Defender und steckte sich eine Badisch Brasil an. Um sechzehn Uhr hatte er sich hier mit Motzki verabredet. Jetzt war es fünf vor.

Ein dunkelblauer Mercedes fuhr auf den Parkplatz und hielt direkt neben Killians Defender. Zwei rausgeputzte Endvierziger stiegen aus.

»Ich glaub, die Pille helfe nix«, sagte die Frau. »Im Gegeteil. Ich fühl mich noch nervöser.«

»Bei den homöopathischen Mitteln dauert es immer etwas länger, bis sie wirken. Je nach Konstitution«, sagte er und holte ein in Geschenkpapier gewickeltes Päckchen vom Rücksitz.

»Hoffentlich isch keiner von seiner Seite da. Ich glaub, sei Cousin, de Georg, isch irgendwie mit Kiefers verwandt. Den ertrag ich heut nit. Oder am End noch er selbst.«

»Biggi«, sagte er, stellte das Geschenk auf dem Autodach ab, ging zu ihr und fasste sie beruhigend an den Schultern. »Alles wird gut. Du gehörst jetzt zu mir. Es sind fast zwei Jahre, dass ihr nicht mehr zusammen seid.«

»Ich weiß.«

»Und wir lieben uns doch?«

»Ja. Schon.«

»Also.«

»Trotzdem. Er isch halt nit irgendwer.«

»Du auch nicht.« Er drückte sie an sich. *»Avec courage, ma chère Brigitte.«* Er küsste sie.

»Du bisch unmöglich. Jetzt häsch mir de ganze Lippestift verschmiert.«

Er nahm das Geschenk vom Dach und zog sie verliebt hinter sich her. Sie kicherte nervös.

Sie hatten Killian nicht wahrgenommen. Eine seiner besonderen Fähigkeiten: da zu sein, ohne gesehen zu werden. Das machte einen guten Fotografen aus. Nicht nur auf Hochzeiten, auch während Kriegseinsätzen und geheimen Missionen. Grau wie die Wand, staubig wie die Straße, ölig wie die Wüstenhitze. So musste er sein, wenn er überleben wollte, hatte Moshe einst zu ihm gesagt. Und Killian war es geworden. Ein Meister der Camouflage. Manchmal glaubte er, es bereits so weit getrieben zu haben, dass er sich bald selbst nicht mehr sehen würde. Ein hübscher Gedanke. Vielleicht würde er auch die düsteren Wolken vertreiben, die ihn immer wieder heimsuchten und ihm den Blick aufs Leben verdunkelten.

Ein weiterer Wagen fuhr auf den Parkplatz. Ein roter Citroën, der Platz unter einer Kastanie fand, die schon die Hälfte ihres Laubes abgeworfen hatte. Zwei junge Frauen stiegen aus und zogen ihre kurzen Röcke zurecht. Sie hatten sich aufgebrezelt, als würden sie zu einer Filmparty gehen, um dort einen Regisseur oder Produzenten klarzumachen.

Killian öffnete die Tür seines Wagens und holte die Nikon raus. Er legte an und schoss ein paar schnelle Fotos. Die Kleider in Knallfarben unter der halb kahlen Kastanie im frühen Dämmerlicht kreierten eine Spannung, die ihm gefiel. Gern hätte er die beiden Frauen inszeniert, genoss den Blick des Voyeurs aber zu sehr. Außerdem fürchtete er, dass sie ihre natürliche Affektiertheit verlieren würden, wenn sie sich des Fotoapparats bewusst wären.

Sie kramten ihre Geschenke aus dem Kofferraum und streckten Killians Objektiv ihre runden Hintern entgegen. Killian drückte ab. Volltreffer. Die Fahrerin schlug den Kofferraum zu und stakste auf ihren Stöckelschuhen voran. Ihre Freundin folgte, rutschte mit dem Absatz auf einem feuchten Kastanienblatt aus und klatschte auf den Boden. Killian feuerte eine Serie: zerrissene Strumpfhose. Blutiges Knie. Umständliches Aufhelfen. Humpelnder Abgang, von der Freundin gestützt.

Schon zehn nach vier und von Motzki keine Spur. Allmählich wurde es draußen ungemütlich. Der Nebel strich dicker über den Parkplatz. Ein kalter Wind kam auf, der die Feuchtigkeit in die Glieder drückte. Killian überlegte, ob er sich noch eine anstecken oder schon mal in die »Krone« gehen sollte. Er entschied sich für einen weiteren Zigarillo, stieg wieder ins Auto und scrollte auf seinem Smartphone nach einer passenden Musik. Er entschied sich für Django Reinhardt. »Bouncin' Around.«

***

Belledin war froh, dass Biggi nicht zu Hause war. Das Schloss hatte sie längst ausgetauscht. Als ob er ohne zu fragen ins alte gemeinsame Heim eindringen würde. Sie hatte ihm nur den Kellerschlüssel unter die Fußmatte gelegt und gesagt, dass sie auf einer Feier sein würde. Er stieg die Stufen hinab, öffnete die Tür und knipste das Licht an. Zwanzig Umzugskartons starrten ihn an. Er hätte gedacht, dass er mehr besaß. Seit einem halben Jahr hatte er nur aus dem Koffer gelebt. Erst hatte er allein in dem Haus ausgeharrt, in der Hoffnung, Biggi würde es sich noch einmal überlegen. Als sie entschieden hatte, nicht mehr zu ihm zurückzukehren, war er hastig ausgezogen. Das Haus hatte er ihr gegen einen kleinen Betrag überlassen. Was sollte er damit? Und weswegen streiten? Das Haus war immer Biggis Burg gewesen. Er hatte sich darin stets nur als Gast gefühlt, manchmal sogar wie ein unliebsamer Krümel, der nicht in den Schnabel des Staubsaugers passte. Jetzt war er fort und das Haus endlich sauber. Sogar die Kartons stapelten sich in abgestaubter uniformierter Ordnung. An jedem einzelnen klebte ein Etikett, das darauf verwies, was sich im Inneren des Quaders befand. Belledin würde nicht alle Kartons auf einmal mitnehmen können. In seinen Audi passten höchstens sechs davon, wenn er die Rückbank umklappte. Am wichtigsten waren ihm seine Filme. Die Western und die Krimis. Und ein paar warme Klamotten für den Herbst. Er packte den ersten Karton und trug ihn zum Auto.

»Salli, Belledin. Bisch wieder daheim?« Es war der alte Escher, der auf den Rollator gestützt seinen Nachmittagsspaziergang schlich. »Ich hab immer gsagt, die beide kumme wieder zämme. Aber mir hät keiner glaube welle.« Er stellte sich neben den Audi und wartete auf eine Antwort.

Belledin schob den Karton in den Wagen und ging, ohne ein Wort zu erwidern, zurück in den Keller, um die nächste Kiste zu holen. Er hoffte, dass sich Escher verzogen hätte, wenn er mit der zweiten Ladung wieder nach oben käme.

Doch Escher stand noch immer aufgestützt auf seinen Rollator an Ort und Stelle. »Schwätzesch nimmi mit jedem?«

Belledin schob den Karton neben den anderen und verschwand im Keller, um den dritten zu holen. Als er mit ihm zurückkam, hockte Escher im geöffneten Kofferraum und versperrte Belledin den Einladebereich.

»Ist dir langweilig? Oder willst du mich ärgern?«, fragte Belledin genervt.

»Ich will nur wisse, was jetzt Sache isch. Jeder verzählt ebbis anders. Der eine sagt, de Biggi ghört jetzt alles und du ziehsch uf Friburg, die ander plärrt, sie hätt de Saier rusgworfe und will, dass du zruckkummsch.«

»Vielleicht stimmt beides?«

»Ach so. Du willsch also nimmi? Kann ich versteh, einerseits. Andrerseits, meinsch, du findsch was Bessers? 's isch eine wie die ander. Am Afang, wenn du verliebt bisch, glaubsch, des isch de Volltreffer. Aber im Alltag gebe die sich alle nix.«

»Wenn du's wirklich wissen willst: Ich fühle mich gerade ohne Frau super.«

Escher lachte und zeigte sein künstliches Gebiss. »Des glaub ich gern. Aber jemand muss doch wäsche und koche für dich?«

»Nur eine Frage des Geldes. Ich habe ja fürs Haus genug gekriegt.«

»Ach so. Wie viel, wenn ma froge därf?«

»Es reicht.«

»Häjo, denn isch alles machbar. Mit gnug Geld kriegsch immer Wieber. Un nit nur zum Wäsche und Koche.« Er zwinkerte zweideutig, lachte dreckig, stemmte sich vom Boden des Kofferraums hoch, griff seinen Rollator und trippelte davon.

Belledin schob den Karton in den Wagen und ging in den Keller, um den nächsten zu holen.

***

Das Café Royal Salonorchester spielte bereits »Je suis seul ce soir«, während Killian sich in seinem Defender die Fotos durchsah, die er im Laufe des Tages in und vor der Kirche in Ihringen geschossen hatte: das Brautpaar, Kevin und Bettina, die Eltern des Bräutigams bieder gestriegelt. Killian kannte sie nur flüchtig. Das Weingut Kiefer war berühmt für erlesene Weine. Das war alles. Dafür kannte er Bettinas Mutter Ruth umso besser. Sie hatten einmal eine laue Sommernacht miteinander verbracht, in der sich jeder erzählt hatte, was er sich vom Leben erträumte. Ruths Träume waren groß gewesen. Das hatte Killian gefallen. Sie wollte Auslandskorrespondentin beim Fernsehen werden. In New York, London oder Moskau. Damals waren diese Städte noch weit weg gewesen. Nicht so nahe zusammengerückt und jederzeit erreichbar wie heute. Auch Killian hatte Ruth von seinen Träumen erzählt. Sie waren den ihren nicht unähnlich gewesen. Doch während er in die Welt aufgebrochen war, um die Schäume seiner Träume zu leben, hatte sie auf dem Ihringer Bürgermeisteramt die gehobene Beamtenlaufbahn eingeschlagen und war nun für die Vergabe der Kleingärten und Friedhofsplätze zuständig. Er sah sich Ruth auf einem Foto genauer an. Was hatte sie daran gehindert, ihrem Traum zu folgen? Würde sie ein glücklicheres Gesicht machen, wenn sie ihn gelebt hätte? War er selbst denn glücklich, dass er es gewagt hatte? Nein, war er nicht. Aber er hätte es sich nie verziehen, wenn er seinen Träumen nicht nachgejagt wäre.

Das nächste Bild zeigte Motzki, der seine Tochter umarmte. Ein abgerissener, zerknitterter Anzug, den er irgendwo auf die Schnelle in einem Müllsack aufgetrieben haben musste. Auf den Gruppenbildern stand er immer einen Schritt abseits, so als würde er nicht ins Bild gehören. Ein zufälliger Passant, der aus Versehen hineingelaufen war. Was hatte Ruth und Motzki nur zusammengebracht? Vielleicht auch nur eine laue Sommernacht mit Folgen?

Dann blieb man halt zusammen und begrub alle Pläne, weil ein Kind unterwegs war? Was hätte Killian getan, wenn Bärbel ihm gesteckt hätte, dass sie von ihm schwanger war? Wäre er dennoch als Kriegsfotograf durch die Welt gezogen? Hätte er nicht erleben wollen, wie seine Tochter aufwuchs? Was ihm verwehrt geblieben war. Er hatte Swintha erst kennengelernt, als sie schon zwanzig war. Wo würde er an ihrer Hochzeit stehen? Auch am Bildrand? Abgeschnitten von der Gruppe, geächtet vom Fotografen? Oder würde er sich feige hinter die Kamera drücken, um so der Scham der Isolation zu entgehen?

Ein zerbeulter Polo fuhr auf den Parkplatz. Motzki. Killian stellte die Musik ab und stieg aus dem Wagen.

Motzki parkte so, dass er zwei andere Autos blockierte, sollten die vor ihm wegfahren wollen, und stemmte sich aus dem Polo. »Entschuldige«, sagte er, sah sich um und fingerte nervös eine Zigarette aus einem zerknüllten Päckchen. »Hast du Feuer?«

Killian holte sein Zippo hervor.

Motzki inhalierte einen tiefen Zug, hielt ihn lange in der Lunge und blies ihn durch die Nase in den Nebel. Er schien irgendwo anders zu sein.

»Alles klar?«, fragte Killian.

»Jaja, alles klar.«

»Du scheinst mir ein bisschen durcheinander. Nimmt dich die Hochzeit so mit?«

»Die Hochzeit? Quatsch. Ist doch toll, dass meine Kleine unter die Haube kommt. Kevin ist in Ordnung, findest du nicht?«

»Ich kenne ihn nicht.«

»Doch, doch. Er ist in Ordnung. Ein wenig spießig wie die Eltern. Aber alles in allem in Ordnung.« Er rauchte nervös und sah sich erneut um.

»Erwartest du noch jemanden?«, fragte Killian.

»Ich? Nein. Warum? Ist das meine Party?« Er lachte gepresst.

»Warum bist du eigentlich nicht direkt von der Kirche hierhergefahren?«

»Weil ich zu tun habe. Ich schreibe endlich wieder. Weißt du, was das heißt, nach meiner Blockade?«

»Ich kann es mir vorstellen.«

»Kannst du nicht. Macht aber nichts. Jedenfalls sprudelt es wie aus den ersten Ölquellen von Texas. Schwarzes Gold. Das sage ich dir. Das wird mein Durchbruch. Nach Jahren der Dürre. Man darf nicht aufgeben. Niemals. Und man muss die Quelle melken, wenn sie angezapft ist, damit sie nicht austrocknet. Meine Meinung. Deswegen lasse ich mir noch nicht einmal vom Hochzeitstag meiner Tochter das Schreiben verbieten.« Er zog an der Zigarette, aber sie war ausgegangen.

Killian gab ihm erneut Feuer. »Ich hatte auch eine Zeit, da konnte ich keine Fotos schießen«, sagte er und wunderte sich über sich selbst, dass er das jemandem gestand.

»Bei dir ist das etwas anderes. Du hattest schon deine Erfolge. Du weißt, dass du etwas kannst. Und was wichtiger ist: Die anderen wissen es auch. Was glaubst du, was das für ein Trara war, als ich sagte, der große Killian knipst die Hochzeitsfotos. Haha! Sie hatten mir nicht geglaubt, dass du mir den Gefallen tun würdest. Sie wissen halt nicht, wer ich wirklich bin. Ich habe Kontakte, von denen träumen diese Netzwerkschwätzer. Aber ich nutze sie selten, weil mir das zu billig ist.« Seine Kippe war wieder ausgegangen.

Killian verzichtete darauf, sie ihm noch einmal anzuzünden. »Wollen wir rein? Hier draußen wird es allmählich ungemütlich«, sagte er und stieß sich vom Defender ab.

Motzki sah sich wieder um. Der Wind blies einige Kastanien vom Baum. Sie knallten auf ein Autodach. Motzki zuckte erschrocken zusammen.

»Normal ist das nicht«, sagte Killian im Gehen.

»Ich schreibe auch an keinem normalen Buch.«

»Sondern?«

»An der Biografie eines echten Gangsters. Der Kerl saß insgesamt fünfzehn Jahre hinter Gittern. Seit fünf ist er wieder draußen und versucht, sein Leben anständig zu gestalten. Das Buch soll ihm dabei helfen, bekannt zu werden.«

»Warum will er bekannt werden?«

»Er will Teil der Speaker-Szene werden. Als Motivationstrainer. Nach dem Motto: Egal, wie oft du auf die Schnauze fällst, steh wieder auf.« Motzki presste ein heiseres Lachen durch seinen halb geöffneten Mund.

»Und du glaubst, das funktioniert?«

»Die Story ist der Hammer. Was der Kerl erlebt hat, geht auf keine Kuhhaut. Netflix würde daraus gleich eine Serie mit drei Staffeln weben.« Er sah sich wieder um.

»Und was macht dir dabei Angst, dass du dich die ganze Zeit wie ein Kaninchen vor dem Abschuss umschaust?«

»Es gibt da ein paar Geschichten, die einigen Leuten nicht passen werden. Korruption, Mafia, Drogenmärkte in deutschen Gefängnissen. Nicht jedem wird gefallen, dass das Buch erscheint.«

»Wer weiß denn, dass du es schreibst?«

»Du bist der Erste, dem ich es erzähle. Aber mein Gangster posaunt es überall herum. Ich hatte ihm die ersten Kapitel zu lesen gegeben, und weil sie ihm so gefallen haben, hat er nichts Besseres gewusst, als sie seinen alten Kumpels zu zeigen. Wem die die dann wieder weitergereicht haben – keine Ahnung. Jedenfalls habe ich seit ein paar Tagen das Gefühl, dass mir jemand im Genick sitzt.« Er zuckte mit den Schultern. »Vermutlich alles nur Einbildung. Ich identifiziere mich mal wieder zu sehr mit dem Thema. Schluss damit. Jetzt wird gefeiert.« Er öffnete die Tür, ließ Killian den Vortritt und folgte.

***

Belledin presste den letzten Karton der Fuhre in den Kofferraum und schloss die Klappe. Das Kapitel war damit beendet. Ob dadurch automatisch ein neues begann, war eine andere Sache. Er setzte sich hinters Steuer, startete den Wagen und fuhr los. Kaum um die Ecke gebogen, musste er scharf bremsen, weil ein paar verkleidete Halloween-Zombies über die Straße liefen, als wären ihnen mit der Maskierung auch gleich alle Hemmungen genommen worden. Sie tanzten wild vor Belledins Audi, bevor sie grölend hinter parkenden Autos verschwanden. Belledin fuhr langsam weiter. Es fehlte noch, dass er einen Horrorclown von der Haube kratzen musste. Noch hatte er Urlaub. Den wollte er nicht durch eigenes Verschulden frühzeitig beenden.

Immerhin zwei Wochen hatte er sich gegönnt. Erst hatte er überlegt, irgendwohin zu fahren. Aber es war ihm kein Ort eingefallen, außer denen, wo er mit Biggi gewesen war. Sie hatte den Urlaub stets geplant. Hätte sie es nicht getan, sie wären niemals weggefahren. Bei Belledin hing das Wort Urlaub verstaubt im hintersten Winkel seiner Bedürfnisse. Als er diesmal den Urlaubsantrag ausgefüllt hatte, war er sich vorgekommen wie ein Erstklässler, der jedes Wort leise buchstabieren muss, ehe er es zu schreiben wagt.

Er war froh, dass er sich dazu durchgerungen hatte. Es war ihm gelungen, eine Dreizimmerwohnung in der Marienstraße in Freiburg zu mieten. Mittendrin und doch etwas grün gelegen. Nicht weit von der Dreisam, nahe dem Zubringer. Eingerichtet hatte er die Wohnung noch nicht. Gerade mal ein Bett stand. Für ihn war das in Ordnung. Er hauste wie ein Student. Weil er drei Zimmer gar nicht beleben würde, hatte er sogar schon daran gedacht, ein Zimmer an einen Studenten zu vermieten. Aber er fürchtete, dass sich der Altersunterschied in Reibereien bemerkbar machen würde. Außerdem war er knurrig geworden. Es wäre bestimmt nicht leicht, mit ihm zusammenzuleben. Aber vielleicht sollte er den Versuch trotzdem wagen? Das Leben konnte doch nicht einfach enden, nur weil Biggi ihn verlassen hatte. Im Gegenteil. Jetzt konnte er nachholen, was er noch nie gelebt hatte. Das Junggesellendasein.

Er drückte aufs Gas und jagte den Audi über die Landstraße. Er genoss die Geschwindigkeit. Sie gab ihm das Gefühl von Aufbruch und Jugend.

***

Die Hochzeitsgäste johlten und applaudierten den Brautfreundinnen, die gerade einen Loriot-Sketch gespielt hatten. Killian knipste artig Fotos.

»Hast du Motzki gesehen?«, fragte Ruth und legte Killian vertraut die Hand auf den Unterarm. Sogar sie nannte ihn Motzki. Ob sie ihn jemals bei seinem Vornamen gerufen hatte?

»Er wollte mit Jürgen noch etwas wegen dem Abendessen besprechen. Vielleicht sind sie im Weinkeller gelandet.«

»Das sähe ihm ähnlich. Zahlt nichts und besäuft sich mit den edelsten Tropfen.« Sie grinste und zuckte mit den Schultern. »Aber ist schon in Ordnung. Wir kennen ihn ja. Und irgendwie mag ich ihn noch immer.«

»Und warum seid ihr dann nicht mehr zusammen?«

Ruth lachte laut. »Wenn ich mit allen zusammen wäre, die ich ein wenig mag, hätte ich viel zu tun.« Sie zwinkerte ihm zu. »Dich mag ich übrigens auch immer noch.« Sie war beschwipst. »Jedenfalls finde ich es schön, dass du die Fotos machst. Hätte dich Motzki nicht gefragt, ich hätte es getan.«

»Zum Glück war Motzki schneller. Von dir hätte ich nichts verlangen können.« Er sah sie lächelnd an.

»Als ob Motzki etwas zahlen würde. Du alter Charmeur. Du bleibst unverbesserlich. Ich glaube, ich mache, dass ich weiterkomme, sonst garantiere ich für nichts.« Sie drückte ihm einen Kuss auf die Wange und schaukelte durch die Gäste, die sich jetzt zum Tanz vor dem Musiker-Trio versammelt hatten.

Killian fotografierte die Tanzenden. Erst aus der Distanz, dann drängte es ihn auf die Tanzfläche. Plötzlich war er mittendrin im Getümmel. Wie immer. Die starken Bilder schoss er aus der Nähe, mit kurzer Brennweite. Er hielt nichts davon, mit Zoom aus sicherer Entfernung abzudrücken. Er war Nahkämpfer. Ob auf den Schlachtfeldern im Nahen Osten oder am Hochzeitsbankett in der Heimat. Daran war nichts zu ändern.

Er stieß mit einer aufgeheizten Blondine zusammen, die sich hemmungslos im Kreis drehte und die Orientierung verloren hatte. Ehe sie auf den Boden krachte, fing Killian sie auf.

»Uuups«, sagte sie. »Da bin ich wohl etwas aus der Balance geraten.«

Killian stellte sie in die Senkrechte zurück. Sie wankte. »Wollen Sie sich setzen?«, fragte er.

Sie sah ihn an, als würde sie nachdenken, schüttelte den Kopf und begann wieder, zur Musik Arme und Beine von sich zu werfen.

Killian verließ die Tanzfläche und setzte sich an einen abgelegenen Tisch, von dem er den ganzen Saal überblicken konnte. Nach dem Nahkampf immer wieder aus der Schusslinie zurückziehen. Hitze und Kühle im steten Wechsel. Nur so überstand man die Gefechte. Er behielt die kurze Brennweite bei und schoss ein paar Bilder in der Totalen.

Mittlerweile waren maskierte Monster auf der Hochzeit aufgetaucht und hatten sich unter die feiernden Gäste gemischt. Sie schienen niemanden zu stören, waren vermutlich Teil des Hochzeitsprogramms.

Jemand klopfte Killian auf die Schulter. Er senkte die Kamera und drehte sich um. Es war der Vater des Bräutigams. Erwin Kiefer. Er besaß ein Weingut in Oberrottweil, hatte irgendwann die Schnauze voll von den Vorschriften der Winzergenossenschaft gehabt und sich getraut, seinen eigenen Wein auszubauen und selbstständig zu vertreiben. Da er mit den Trauben nicht mehr hinterherkam, hatte er begonnen, von kleineren Winzern welche aufzukaufen. Manche sagten, er sei mittlerweile keinen Deut besser als die Winzergenossenschaft.

»Und? Isch was dabei, was ma gebrauche kann?«, fragte er.

»Kommt immer darauf an, was einem gefällt.«

»Jaja, die Geschmäcker sind verschieden. Da brauchsch mir nix sage. Die eine häns gern lieblich, die andere eher trocke. Ma muss halt für alle ebbis im Sortiment habe.«

»Solange man sich dabei treu bleibt.«

Kiefer kniff die Augen zusammen. »Hab ich da eine kleine Spitze rausghört?«

»Ich sprach von mir.«

Kiefer schwenkte sein Weinglas, hing kurz seine Nase rein und trank einen Schluck. »Wie kommt jemand wie du dazu, Hochzeitsfotos zu mache?«

»Motzki und ich sind alte Freunde.«

Kiefer lachte.

Killian sah ihn fragend an.

»'tschuldigung. Ich lach, weil ich mir nit vorstelle kann, dass Motzki Freunde hat. Für mich isch der Kerl eine Katastrophe. Von vorne bis hinte. Zum Glück isch sei Tochter von einem andere Schlag.« Er trank das Glas leer und stellte es neben Killians Kamera. »Hättsch du vielleicht Interesse, von unserem Weingut ä paar Fotos zu mache? Ich zahl gut.«

»Danke. Nein. Wie gesagt: Hauptsache, man bleibt sich treu.«

Killian hasste die Verbrüderung, die sich Leute erlaubten, wenn sie angetrunken waren. Im Suff wurde man geduzt, und am nächsten Tag wusste keiner mehr den Namen des anderen. Er nahm die Kamera vom Tisch, stand auf und verschwand im Gemenge.

***

Belledin hatte dreimal geklingelt und wollte schon wieder gehen, als ihm ein zerzauster Wagner das Hoftor öffnete.

»Entschuldige, hast du geschlafen?«

»Belledin. Nein, nein. Ich bin nur über einem Kreuzworträtsel eingenickt. Komm rein. Was treibt dich hierher?« Wagner ging in den Hof.

Belledin folgte ihm. »Ich war kurz in Merdingen, habe noch ein paar Kartons abgeholt.«

»Autsch. Und? Wie geht's Biggi?«

»Keine Ahnung. Sie war nicht da. Ist auf irgendeiner Hochzeit. Besser so.«

»Braucht alles seine Zeit. Bin gleich wieder da.« Wagner schlurfte die Treppe hoch und ging in die Küche.

Belledin blieb im Hof und blickte sich um. »Hier sieht es ja aus wie vor vierzig Jahren«, sagte er.

»Kanntest du die Vorbesitzer?«, rief Wagner herab.

»Bühler. Meine Mutter ist eine geborene Bühler. Da kennt man sich.« Er ging in die Scheune und erinnerte sich sofort, wie er mit den Cousins und Cousinen hier Versteck gespielt hatte. »Willst du es so lassen?«, rief er, weil er glaubte, Wagner sei noch oben in der Küche.

Aber Belledins Rückblende hatte wohl länger gedauert, als er selbst sie wahrgenommen hatte. Wagner stand neben ihm. Eine Flasche Wein und zwei Gläser in der Hand. Er knipste das Licht in der Scheune an und stellte die Gläser auf einem Fass ab, das nahe dem Traktor stand.

»Sogar den alten Cormick hast du noch? Das gibt's doch nicht. Fährst du auch damit?«

»Der läuft einwandfrei. Für meine Zwecke ideal.« Wagner goss ein, reichte Belledin ein Glas und hob seins in die Höhe »Wohlsein.«

»Du trinkst?«

»Überrascht?«

»Nicht wirklich. Aber ich hatte gehofft, dass du es schaffen würdest.«

»Ich auch. Aber es macht doch keinen Sinn, Grauburgunder anzubauen, wenn man ihn selbst nicht trinken kann.« Sie stießen an und nahmen einen Schluck. »Und? Was sagst du?«

»Fruchtiger Abgang. Schlank mit klarer Note.«

Wagner strahlte. »Freut mich.« Er kramte zwei Holzkisten aus der Ecke, legte Kartoffelsäcke drüber und bot Belledin einen Platz an.

Belledin setzte sich und sah zur Decke hoch, von der alte Dreschflegel baumelten.

»Und? Vermisst du mich?«, fragte Wagner.

»Noch nicht. Ich hab ja noch Urlaub.«

»Wie ist mein Nachfolger?«

»Keine Ahnung. Bin ihm noch nicht begegnet. Habe alles ausgeblendet. Aschenbrenner arbeitet ihn ein.«

»Hoffentlich kein ehrgeiziges Karrierebürschchen.«

»Ist mir eigentlich egal. Wenn er mir nicht passt, mache ich es wie du.«

»Du gehst in Frühpension?«

»Nein. Ich fange an zu saufen.« Sie lachten, hoben die Gläser und tranken.

***

Killian hatte genug geknipst. Er war auf der Suche nach Motzki, um sich zu verabschieden. Da er ihn nicht fand, wandte er sich an dessen Tochter. »Bettina, ich gehe. Sag deinem Vater Bescheid, dass ich nächste Woche mal bei ihm vorbeikomme, um mit ihm die Fotos auszusuchen, die er entwickelt haben möchte.«

»Das mache ich. Vielen Dank. Könnten Sie mir nicht auch welche digital schicken? Ich habe jetzt leider keine Visitenkarte dabei, aber mein Vater gibt Ihnen meine E-Mail-Adresse.«

Killian wollte antworten, da tauchte Motzki auf und zog ihn am Arm von Bettina weg. Sie drehte sich zu einigen Brautjungfern um und scherzte munter weiter.

»Ich werde verfolgt, Killian. Sie sind tatsächlich hinter mir her.« Motzki hatte kaum Stimme.

»Wer?«

»Keine Ahnung. Irgendjemand, der nicht will, dass ich das Buch schreibe.«

»Und woher weißt du das?«

»Weil mich einer ständig verfolgt.«

»Wo ist er jetzt?«

»Weg.«

»Was hast du getrunken?«

»Ich bin nicht besoffen. Ich habe ihn gesehen. Er ist als Killerclown maskiert.«

»Spar dir den Trash für deine Pulp-Storys auf.«

»Mensch, Killian. Glaub mir doch. Ich werde verfolgt.«

Killian packte seine Nikon in die Fototasche. »Ich wollte gerade gehen. Ich glaube, es ist der richtige Zeitpunkt.«

»Nein. Bleib hier. Nur für eine Stunde. Bleib an meiner Seite, und ich kann dir beweisen, dass ich nicht spinne.«

Killian schulterte die Tasche und wollte gehen.

Motzki klammerte sich mit beiden Händen an ihn. »Bitte. Killian. Um der alten Freundschaft willen. Die werden mich umlegen.«

Killian sah Motzki an. Ein Wrack. Die zerzausten grauen Haare, die ihm schulterlang auf das zerknautschte Jackett fielen und daran festpappten, weil sie wohl zuletzt vor zwei Monaten mit Wasser in Kontakt gekommen waren, der verkniffene Mund, der sich fast selbst verzehrt hatte, und die grauen Augen, die wässrig und nervös nach Halt suchend umherirrten. »In Ordnung«, sagte Killian. »Eine Stunde.«

»Danke. Du bist ein echter Freund. Das werde ich dir nie vergessen. Nie.«

»Schon gut.« Killian löste sich aus der Umklammerung. »Kommst du mit nach draußen? Ich möchte eine rauchen.«

»Ich muss erst aufs Klo.«

»Gut. Ich warte.«

Motzki sah Killian an.

»Nein. Sag nicht, dass ich jetzt mit dir aufs Klo muss?«

»Nur das eine Mal. Bitte. Ich will nur pissen.«

»Immerhin.«

Motzki und Killian steuerten die Toilette an. Motzki stellte sich ans hintere Pissoir.

»Ist es in Ordnung, wenn ich hier am Waschbecken bleibe?«

»Jaja. Völlig in Ordnung.« Motzki versuchte zu pinkeln. »So eine Scheiße. Ich kann nicht pissen, wenn mir einer dabei zusieht.«

»Du wolltest, dass ich mitkomme.«

»Dreh dich um. Wasch dir die Hände.«

Killian fand die Situation absurd, aber er gehorchte.

Die Tür flog auf, ein Killerclown kam herein und zielte mit einer Pistole auf Motzki. Ein Schuss krachte, Motzki schrie laut auf und ließ sich vor Schreck auf den Boden fallen. Hinter ihm öffnete jemand die Tür der Toilettenkabine. Es war Kevin Kiefer, der Bräutigam. Er fasste sich ans Herz, sah auf seine blutverschmierte Hand, röchelte und sackte auf die Kacheln. Der Killerclown war so schnell verschwunden, wie er gekommen war.

Killian rannte aus der Toilette in den Tanzsaal. Es waren einige Maskierte unter den Gästen, aber den Killerclown konnte er nirgends sehen.

ZWEI

Wagner öffnete die zweite Flasche Grauburgunder und kostete vor. Er schnalzte mit der Zunge und schenkte Belledin ein.

»Wagner, ich muss noch fahren«, sagte der halbherzig und stieß mit dem Kollegen im Ruhestand an.

»Du kannst hier pennen. Kein Problem.«

Belledins Handy klingelte. Er sah auf das Display und schrak hoch. Biggi. Das sah ihr ähnlich. Endlich hatte er sie mal für einen Moment vergessen, da musste sie ihn an sich erinnern. Er ließ es klingeln. Das Läuten verstummte und setzte erneut an. Sie ließ nicht locker. Musste wohl wichtig sein. Na und? Was ging ihn noch ihre Wichtigkeit an? Das Klingeln hörte wieder auf. Er wollte das Handy in die Jackentasche zurückstecken, da begann das Läuten erneut.

»Stell's doch einfach ab«, sagte Wagner trocken.

»Gute Idee.« Belledins Finger glitt nervös über das Display, tippte falsch und hatte Biggi am Apparat. Das Telefon war noch auf laut gestellt, weil Belledin auch im Auto den Anrufer hören wollte, ohne das Telefon während des Fahrens in der Hand halten zu müssen. Der Lautsprecher schepperte, Biggis Stimme überschlug sich.

»Endlich. Zum Glück nimmsch ab. Du musch komme, so schnell wie möglich. 's isch was Furchtbars passiert.«

Wagner und Belledin sahen sich an.

»Hallo! Hörsch mich?«

Wagner forderte Belledin stumm auf zu antworten.

»Ja. Brüllsch ja laut genug«, sagte Belledin.

»Bitte komm sofort. Polizei isch zwar scho da, aber ich kenn die Leut nit. Nur ä junge Kommissarin. Noch nit emol de Wagner ...«

Belledin wurde nicht schlau aus Biggis hysterischem Geplapper. Er stellte das Handy auf Normalgespräch und drückte es sich ans Ohr. »Ganz ruhig, Biggi. Was isch los? Wo bisch?«

Er hörte zu, nickte, brummte und verzog das Gesicht. »Bin gleich da«, sagte er und legte auf.

Wagner sah ihn fragend an.

»Bräutigam auf Hochzeit von Killerclown erschossen«, sagte Belledin. »So wird es morgen in der ›Badischen‹ stehen.« Er stand auf und stöhnte. »Schade um den guten Wein.« Er nahm das Glas und leerte es in einem Zug. »Und schade um meinen Resturlaub.«

»Soll ich dich fahren?«, fragte Wagner.

»Hast du etwa weniger Promille als ich?«

»Ich bin's gewohnt.«

»Danke, aber das schaff ich schon. Außerdem, wie sieht das denn aus, wenn du mich nach Achkarren chauffierst? Dann wissen doch alle gleich, was die Uhr geschlagen hat.«

»Man könnte auch denken, du hast für den spektakulären Fall deinen besten Mann reaktiviert.« Wagner kicherte.

»Mach keine Witze, vielleicht komme ich tatsächlich bald auf dich zurück. Biggi sagte etwas von einer jungen Kommissarin. Ich habe keine Lust auf Lehrlinge.« Belledin nahm seinen Stetson, den er auf einer Werkzeugkiste abgelegt hatte, und ging. Den Wein spürte er leicht, aber Achkarren würde er schon noch heil erreichen.

***

»Und Sie haben wirklich keine Ahnung, wer es auf Sie abgesehen hat?«, fragte die junge Kommissarin und sah Motzki mit festem Blick an.

»Keinen Schimmer. Wirklich.«

»Aber Sie glauben, es hat mit Ihrem Buch zu tun, das Sie gerade schreiben?«

»Was anderes kann ich mir nicht vorstellen.«

»Kann ich das Manuskript lesen?«

»Es ist die heißeste Sache, die ich je geschrieben habe, und noch nicht ganz fertig. Kleine Korrekturen fehlen noch. Ich gebe es ungern im Rohzustand heraus. Es hängt sehr viel dran.«

»Und hat bereits das Leben eines Unschuldigen gekostet. Vielleicht ist Ihre Tochter die Nächste, die zufällig in Ihrer Nähe abgeknallt wird. Ist es das wert?«

Motzki sah zu Killian.

Hoffte er etwa, von ihm einen Rat zu bekommen?, fragte sich Killian. Er rührte sich nicht. Er beobachtete nur.

Als Motzki merkte, dass er von Killian keine Unterstützung erwarten durfte, drehte er sich zur Kommissarin. »Ich warte auf Belledin. Er kennt mich. Er weiß bestimmt, was richtig ist.«

»Belledin ist noch im Urlaub. Bis dahin weiß ich, was richtig ist. Wenn Sie mir das Manuskript nicht geben, kriege ich Sie wegen Verschleppung wichtiger Hinweise oder sogar Beweise dran.« Sie wandte sich von Motzki ab und Killian zu. »Sie haben den ganzen Tag fotografiert, richtig?«

»Richtig.«

»Ist Ihnen der Killerclown schon vorher aufgefallen?«

»Nein. Aber wir können die Fotos durchgehen. Vielleicht ist er irgendwo drauf. Er könnte sich unter die verkleideten Halloween-Leute gemischt haben.«

»Wo sind die jetzt?«

»Sind schnell abgehauen, als von Mord geschrien wurde. Hatten wohl Angst, dass man ihnen den Killerclown anhängt.«

»Wenn einer sich auskennt, dann er.« Motzki mischte sich ein und nickte in Killians Richtung. »Ich habe ihn schon ein paarmal gefragt, ob ich nicht seine Biografie schreiben soll. Dann wäre ich längst durch die Decke gegangen.«

»Oder tot«, sagte Killian.

Die Kommissarin sah fragend zwischen den beiden hin und her. »Klärt mich jemand auf?«

»Das ist Killian. Der Kriegsfotograf. Noch nie gehört? Sind wohl nicht von hier.«

»Nicht ganz. Stuttgart.«

»Oje. Dann wünsche ich Ihnen viel Spaß mit Belledin. Wie war noch mal der Name?«

»Kälble.«

***

Belledin wollte auf den Parkplatz vor der »Krone« fahren, aber ein T1-VW-Bus versperrte ihm die Zufahrt. Fluchend setzte er zurück und stellte den Audi in der Kurve ab, dicht hinter dem

Leichenwagen. Er stieg aus und ging ins Gasthaus. Die Hochzeitsgäste hockten auf Stühlen, tuschelten und schwatzten. Ein Summen wie in einem Bienenkorb. Selbst Belledins Eintreten brachte sie nicht zum Verstummen.

Hofer von der Spurensicherung lief ihm über den Weg und sah ihn erstaunt an. »Das ist aber eine Überraschung. Ich dachte, Sie hätten Urlaub?«

Belledin ignorierte die Frage und kam direkt zur Sache. »Was haben wir?«

»Viel zu viel. Herrentoilette ist leider immer etwas schmutziger als unsere.«

»Zählbares?«

»Acht Millimeter.« Sie hielt den Plastikbeutel mit der Patronenhülse in die Höhe.

»Hat jemand gesehen, wo der Täter raus ist?«

»Den Schuss hat im Saal keiner mitgekriegt. Die Musik war zu laut.«

»Untersuchen Sie die möglichen Ausgänge. Vielleicht ist er an irgendetwas hängen geblieben und hat einen Stofffetzen hinterlassen.«

»Am besten die Innentasche seines Jacketts, aus der dann seine Visitenkarten gefallen sind. Richtig?«

»Sie sind die Einzige in dem Laden, die mich versteht.« Er ließ sie stehen und ging in die Herrentoilette.

Selinger sprach etwas in sein Aufnahmegerät und nickte den beiden Beamten zu, die gerade die Leiche auf die Bahre legen wollten.

Belledin unterbrach sie. »Einen Moment, bitte.«

Sie sahen ihn an.

»Und ich dachte, mir stünde diesmal eine harmonische Zusammenarbeit mit einer intelligenten, schönen Frau bevor«, sagte Selinger und spielte den Enttäuschten.

»Ich höre.« Belledin sah auf den Toten.

»Luger, acht Millimeter. Entfernung: drei Meter. Mitten ins Herz. Das Opfer war sofort tot. Schöner Zufall.«

»Zufall?«

»Wie es aussieht, galt die Kugel einem anderen.«

»Wem?«

»Dem Brautvater. Aber der ist wohl ausgerutscht, als der Killer auf ihn zielte. Und der Bräutigam kam zufällig vom Klo.«

»Wo ist der Brautvater jetzt?«

»Wird gerade von der neuen Kollegin vernommen. Im Hinterzimmer.«

»Meinen Sie, wir kriegen mit einer Obduktion mehr raus?«

»Wenn die Kugel nicht ihm galt, macht sie wenig Sinn.«

»Und wenn doch?«

Selinger zuckte mit den Schultern.

»Obduzieren.« Belledin verließ die Toilette und steuerte durch den großen Saal auf das Hinterzimmer zu.

»Ah, der Herr Hauptkommissar gibt sich auch die Ehre.«

Belledin kannte die knarzige Stimme. Und hatte keine Lust auf sie. Sie gehörte Cousin Georg, der Geschichtsprofessor an der Uni Freiburg war und für die Badischen Patrioten kandidierte. Eine lokale Partei, die rechtes Gedankengut vertrat.

»Ich kann dir gleich sagen, wer der Täter ist. Unter der Clownmaske trägt er einen langen schwarzen Bart, und zu Mittag rollt er seinen Teppich in Richtung Mekka aus.« Georg versperrte Belledin den Weg.

»Lass mich durch. Ich hab keinen Nerv für dein Geschwätz.«

»Ja, hör nur weg. Die Arroganz wird euch noch um die Ohren fliegen. Ich sage nur: Amerika.«

Belledin schob ihn zur Seite und peilte das Hinterzimmer an. Kiefer kam heraus. Der Schock stand ihm ins Gesicht geschrieben. Belledin ging zu ihm hinüber. »Mein Beileid«, sagte er.

Kiefer sah durch ihn hindurch, nickte, ging weiter, setzte sich auf einen Stuhl und weinte.

Belledin ließ den Blick über die Gäste schweifen. Allesamt verstört. Killerclowns und Terroristen kannte man nur aus den Nachrichten. Wenn einem so etwas direkt widerfuhr, war der Filter der Fiktion mit einem Schlag verschwunden. Man fühlte sich schutzlos und verloren und war anfällig für jedes Versprechen, den Filter wieder herzuzaubern. Auf einem Stuhl am Fenster kauerte Kevins Mutter und schüttelte ohne Pause den Kopf. Belledin trat an sie heran und legte ihr die Hand auf die Schulter.

Sie zuckte und blitzte ihn an, als wäre er der Teufel persönlich. »Die Strafe Gottes trifft jeden. Hörst du? Jeden. Kehre vom falschen Glauben ab und finde auf den rechten Weg zurück.« Sie faselte.

Belledin lächelte sie gequält an und ging weiter.

In der hinteren Ecke des Raums entdeckte er zwei seiner alten Freunde, die sich heftig gestikulierend unterhielten. Er näherte sich ihnen. Als sie ihn sahen, verstummten sie.

»Was machst du hier?«, fragte Belledin und kniff misstrauisch die Augen zusammen.

»Fotos«, sagte Killian.

»Fotos? Seit wann knipst du wieder Hochzeiten? Bist du pleite?«

»Mir zuliebe«, sagte Motzki. »Um der alten Freundschaft willen.«

»Um der alten Freundschaft willen. Soso. Und was hattet ihr gerade so Wichtiges zu klären?«

Killian sah zu Motzki und forderte ihn auf, es auszuspucken.

»Killian will, dass ich euch das Manuskript gebe.«

»Welches Manuskript?«

»Das habe ich deiner Kollegin schon alles erzählt.«

»Hatte noch keine Zeit, mich mit ihr auszutauschen.«

»Die dahinten. Sie kommt gerade aus dem Zimmer. Ich kann jetzt wohl gehen, oder? Mich hat sie ja schon vernommen.«

»Willst du dich nicht um deine Tochter kümmern? Ich glaube, sie braucht jetzt Trost.«

»Den hat sie noch nie von mir gekriegt. Ruth ist bestimmt schon zugange. Gegen sie habe ich keine Chance.« Motzki stand auf und verzog sich.

»Und was ist mit dir? Wurdest du auch schon vernommen?«

»Ja.«

»Dann kannst du ja auch gehen.«

»Stört es dich, wenn ich noch ein wenig bleibe?«

»Schon. Ich habe immer das Gefühl, dass hinter einer Sache mehr steckt, wenn du in der Nähe bist.«

»Diesmal war es reiner Zufall.«

»Nein. Kein Zufall. Du ziehst den Krieg an. Egal wo du bist. Deshalb bitte ich dich jetzt zu gehen.«

Killian nahm den Chip aus seiner Kamera und winkte der Kommissarin, die gerade einen anderen Gast zum Verhör lud.

»Was ist mit der Speicherkarte?«, fragte Belledin.

»Deine Kollegin möchte sie haben. Vielleicht sind Fotos drauf, die den Mörder schon vor der Tat zeigen.«

»Gib ihn mir.«

»Ich gebe ihn ihr. Sie war freundlicher zu mir.« Killian ließ Belledin stehen und ging auf die Kollegin zu.

»Nein, ich warte, bis mei Mann, ich mein, mei Ex-Mann kommt. Der kann froge, aber sonscht niemand.«

Biggis hysterische Stimme drang bis zu Belledin herüber. Fast bekam er Mitleid mit der Neuen, hatte aber gleichzeitig keine Lust, Biggi zu vernehmen. Er war befangen. Hätte am liebsten ihr und dem Apotheker den Mord angehangen. Aber er kannte Biggi. Sie würde auf ihrem Wunsch bestehen und damit den ganzen Vorgang ins Stocken bringen. Aus der Ferne sah er, wie Killian der Kommissarin den Kamerachip gab und das Gasthaus verließ.

Biggi weigerte sich noch immer, mit der Kollegin ins Hinterzimmer zu gehen. Belledin gab sich einen Ruck und marschierte auf die beiden zu.

Die Kollegin stand mit dem Rücken zu ihm, aber Biggi sah ihn kommen. »Endlich. Zum Glück bisch da. Die jung Frau hät nit glaubt, dass du mein Mann bisch.«

»Ex-Mann«, sagte er.

Die Kollegin drehte sich zu ihm um.

Belledin fiel das Gesicht zusammen.

»Kälble«, sagte sie und lächelte. »Sie müssen Belledin sein, richtig?«

»Richtig.« Ihm wurde heiß und kalt zugleich. Waren es drei Jahre? Vier? Er hatte damals in Stuttgart ausgeholfen. Ein Mord im Theaterhaus. Kälble war die ermittelnde Kommissarin vor Ort gewesen. Sie hatten sich gekratzt, gebissen und ineinander verliebt. Sie hatten den Fall gemeinsam gelöst und eine wilde Nacht miteinander verbracht. Dann war Belledin nach Hause an den Kaiserstuhl gefahren und hatte sich nie mehr bei Kälble gemeldet. Aber die Cowboystiefel, die sie ihm geschenkt hatte, besaß er immer noch. Sie lagen im ersten Karton, den er gepackt hatte.

»Haben Sie etwas dagegen, wenn ich Ihrer Frau –«

»Ex-Frau«, sagte Biggi rasch.

»Wenn ich Ihrer Ex-Frau ein paar Fragen stelle?«

»Nein. Nein, machen Sie nur. Ich kümmere mich dann um die anderen Anwesenden.« Er sah sich hilfesuchend im Saal um, fand Ruth und steuerte auf sie zu. Sie saß mit einem Glas Wein in der Hand auf einem Stuhl und starrte auf den Boden.

»Hallo, Ruth«, sagte er, nahm eine Flasche Mineralwasser vom Tisch und trank, als käme er von einer zweistündigen Sauna-Session. Er rülpste, stellte die Flasche ab und setzte sich auf den freien Stuhl neben Ruth. »Schlimme Sache«, sagte er und war sich nicht sicher, ob er den Mord am Bräutigam oder Kälbles Anwesenheit meinte.

»Furchtbar.« Ruth nahm einen Schluck Wein und schüttelte ungläubig den Kopf. »Gibt es nicht einen Tarantino-Film, in dem der Bräutigam erschossen wird?«

»›Kill Bill‹. Aber da sterben alle.«

»Bis auf die Braut, oder?« Sie sah ihn hoffnungsvoll und verloren zugleich an.

»Bis auf die Braut. Aber die liegt lange im Koma.«

»Da wäre ich jetzt gern. Und irgendwann würde ich aufwachen, und der ganze Spuk hätte sich in Luft aufgelöst.«

»Bin dabei. Wollen wir zusammen dorthin fahren?«

Sie fasste Belledins Hand und begann zu weinen.

Belledin nahm sie in den Arm. Über ihre Schulter hinweg sah er, wie Kälble sich mit Biggi unterhielt. Vermutlich waren es nur die üblichen Fragen, die eine Polizistin in so einem Fall stellte. Doch Belledin phantasierte, dass Kälble Biggi erzählen würde, dass sie damals etwas miteinander gehabt hatten. Dass es mehr gewesen war als nur eine wilde Nacht. Dass sie sich ineinander verliebt gehabt hatten. Und wäre Stuttgart nicht so weit weg gewesen, Belledin hätte die Kurve nicht mehr bekommen. So aber hatte er Kälble ausblenden und nahtlos auf die Alltagsschiene zurückgleiten können. Kälble war ein Kurschatten gewesen. Eine sehnsüchtige Erinnerung, die immer wieder anklopfte, als süßes

Geheimnis im Busen getragen wurde und an besonderen Tagen darin gipfelte, dass er die Cowboystiefel aus dem Schrank holte, sie einfettete und wieder zurückstellte.

Und jetzt war sie hier und vernahm Biggi. Absurd. Sie sah noch besser aus, als er sie in Erinnerung hatte. War reifer geworden. Das wurde man in dem Job schnell.

»Hast du Bettina gesehen?«, fragte Ruth.

Belledin hatte vergessen, dass er sie im Arm hielt. »Nein. Vielleicht redet Motzki gerade mit ihr.«

»Motzki? Ausgerechnet der? Der hat sich doch immer davongeschlichen, wenn es Probleme gab.«

Belledin zog seine Arme zurück. »Er hat von einem Manuskript geredet, das er uns geben soll. Weißt du etwas davon?«

Sie verdrehte die Augen. »Sein großer Wurf. Er spricht von nichts anderem mehr.«

»Worum geht es darin?«

»Das Leben eines Gangsters, der jetzt sauber ist und Karriere als Motivationstrainer machen will. Von der schiefen Bahn auf die Zielgerade. Oder vom Saulus zum Paulus. Irgend so etwas. Aber über Details spricht er nicht. Das Thema sei zu brisant. Wichtigtuer. Kennst ihn doch.«

»Wie heißt der Gangster?«

»Keine Ahnung. Motzki verrät den Namen nicht. Er sagt nur, dass wir ihn alle kennen. Und dass es ein ganz heißes Ding ist. Er steigert sich so sehr rein, dass er mittlerweile glaubt, verfolgt zu werden.«

»Könnte der Schuss ihm gegolten haben?«

»Frag ihn.«

»Er ist schon weg.«

»Dann eben deine Kollegin. Sie hat ihn vernommen.«

Belledin sah zu Kälble und Biggi hinüber. Biggi wandte sich gerade von Kälble ab und ging zu ihrem Apotheker, der sie beschützend in die Arme schloss. Belledin fand das übertrieben. Biggi tat gerade so, als wäre sie die Mutter des Toten, dabei war sie nur eine entfernte Cousine, die mit den Kiefers nie etwas am Hut gehabt hatte. Hauptsache, sie konnte ihr eigenes Drama daraus spinnen. In dem Apotheker hatte sie jemanden gefunden, der sie darin unterstützte. Belledin hätte sie angeschnauzt, sich zusammenzureißen. Aber er hatte kein Mitspracherecht mehr.

Er nickte Ruth zu, stand auf und ging zu Kälble. Sie lächelte ihn an. Privater. Nicht mehr so professionell wie zuvor, als Biggi noch dabei gewesen war.

»Wusstest du nicht, dass ich deine neue Kollegin bin?«, fragte sie, und es schien sie zu erheitern, Belledin kalt erwischt zu haben.

»Nein. Ich war im Urlaub. Bin es eigentlich noch immer. Ich habe mich um nichts gekümmert. Aschenbrenner sollte die Einweisung übernehmen.«

»Hat sie auch gut gemacht. Ich weiß jetzt, wo man den besten Kaffee auf dem Revier kriegt.«

Belledin rang sich ein Lächeln ab.

»Findest du es doof?«, fragte sie.

»Weiß ich noch nicht.«

»Ich auch nicht.«

Sie schwiegen und sahen sich an. Belledin hätte so wohl noch eine Weile ausharren können, aber Kälble brach das Schweigen. Es waren immer die Frauen, die Stille nicht ertragen konnten.

»Wie gehen wir weiter vor?«, fragte sie.

»Wir teilen die Belegschaft hier unter uns auf. Habe keine Lust, alle auf dem Revier antanzen zu lassen. Und heute haben die sowieso nichts mehr vor.«

***

In Breisach parkte Killian den Defender vor dem Bahnhof und ging in die Wohnung. Seit er aus dem Atelier in Oberrottweil rausgeflogen war, weil der Besitzer auf Eigenbedarf gepocht hatte, stellte er seinen Kram bei Bärbel auf dem Dachboden unter. Ihre Wohnung war groß genug für eine ganze Familie. Aber Killian war nicht nach Familie. Schon gar nicht mit Bärbel. Auch wenn mit der gemeinsamen Tochter Swintha alle Voraussetzungen dafür gegeben waren. Swintha war in Paris und wurde von Ramelow angelernt. Bärbel weilte mit der Caritas auf Lampedusa, um dort im Flüchtlingslager erste Unterstützung zu leisten.

Killian mochte die Bahnhofswohnung. Er hatte sich hier schon immer wohlgefühlt. Eine geräumige Höhle mit hohen Decken, die Schutz und Luft zugleich bot. Killian ging in die Küche, setzte Wasser auf, fuhr den Laptop hoch, der auf dem Küchentisch stand, und lud die Fotos des ersten Chips, den er behalten hatte, auf den Rechner.

Es klingelte an der Tür. Killian wunderte sich. Zu ihm wollte bestimmt niemand, und Bärbels Bekannte und Freunde wussten, dass sie gerade in heroischer Mission unterwegs war.

Er ging zur Wohnungstür, drückte die Taste des Summers und wartete, wer die Treppe nach oben kommen würde.

Ein bulliger Kerl mit kurz geschorenem Haar nahm zwei Stufen auf einmal, bis er grinsend vor Killian stand. Neben einer platten Boxernase funkelten spitzbübisch zwei dunkle Augen.

»Janik«, sagte Killian.

Janik erwiderte nichts, ging dafür auf Killian zu, umarmte ihn fest, stieß sich von ihm ab, poste in Boxerstellung und warf ein paar Fäuste in seine Richtung. Killian spielte mit, duckte sich und schlug ebenfalls lockere Hände. So tänzelten sie in die Wohnung. Keiner dachte daran, die Fäuste fallen zu lassen.

»Drei Treffer?«, fragte Janik.

»Drei Treffer.«

Janik setzte den ersten leicht gegen Killians Stirn und den zweiten mit einem Aufwärtshaken gegen die Milz. Für den dritten wollte er mit einem Seithaken gegen Killians Schläfe tippen. Aber Killian rollte ab und konterte mit einer Dreierkombination zum Körper, sodass Janik die Luft wegblieb. Janik hielt sich an einem Stuhl fest, der im Flur an der Wand stand, und atmete tief durch. »Verdammt, du bist noch super in Form«, sagte er.

»Und du bist fett geworden.«

»Das gute Leben hinterlässt Spuren.« Janik setzte sich auf den Stuhl und tätschelte sich den Bauch. »Mehr Masse, mehr Punch«, sagte er und feixte.

»Dafür bist du langsamer.«

»Schnell war ich früher. Zu schnell. Und was hat es mir gebracht?«

»Erzähl's mir.«

»So viel Zeit habe ich nicht. Das ist die Krux, wenn man langsamer wird. Alles dauert länger.«

»Ist dafür vielleicht bedachter?«

»Wenn man denken kann.«

»Kannst du?«

»Ja. Schon. Aber nicht immer das Richtige.« Janik zwinkerte und sah sich in der Wohnung um. »Viel hat sich hier nicht verändert.«

»Bärbel hängt an den alten Möbeln. Sie erinnern sie an ihre Jugend, als alles scheinbar unbeschwert war.«

»War es das nicht?«

»Bei uns beiden nicht ganz, oder?«

»Wir hatten trotzdem Spaß. Was danach kam, war schlimmer.«

Killian sah an Janik vorbei. Plötzlich wurde ihm schwer ums Herz. Janik hatte recht. Was danach gekommen war, war schlimmer gewesen. »Espresso?«, fragte er.

»Gern.«

Killian ging in die Küche und setzte Kaffee auf.

Janik blieb im großen Vorzimmer zurück und sah sich die alten Fotos an, die auf der Kommode standen. »Was macht Bärbel?«, rief er.

»Hilft Flüchtlingen auf Lampedusa.«

»Immer noch ein Gutmensch. Respekt. Seid ihr zusammen?«

»Nein.«

»Und was tust du dann hier?« Janik kam in die Küche und ließ sich am Tisch nieder.

»Ich bin aus meinem Atelier rausgeflogen und komme so lange hier unter, bis Bärbel wieder zurück ist. Wolltest du zu ihr?«

»Weiß nicht. Ich bin geschäftlich unterwegs, fuhr vorbei und dachte mir, guckst mal rein. Wie früher. Irgendjemand war immer hier, mit dem man quatschen konnte. Wenn es Bärbel nicht war, dann ihre Schwestern oder die Mutter. Die war mir immer die Liebste. Bei der gab es Kuchen.«

»Und politische Gespräche.«

»Ich erinnere mich nur an Kuchen.« Janik lachte. »Von Politik verstand ich nie etwas. Ich habe immer nur genickt und mir ein Stück nach dem anderen reingeschoben.« Er sah auf Killians Rechner. »Das sind aber keine Kriegsfotos, oder?«

»Nein. Motzkis Tochter hat geheiratet. Das sind die Bilder von vor dem Krieg.«

»Rosenkrieg? Davon kann ich ein Lied singen.« Er lachte leise.

»Ich meine es anders. Die Fotos habe ich geknipst, bevor der Bräutigam erschossen wurde.« Killian nahm den Espresso vom Herd und goss ihn in eine kleine Tasse.

»War das eine Mafia-Hochzeit?«

Killian fand in einer Schublade zwei Zuckerbeutel und reichte sie Janik. »Motzki glaubt, der Angriff habe ihm gegolten.«

»Wichtigtuer. Wie immer. Bezieht alles auf sich. Den Krieg in Syrien führen sie seiner Meinung nach bestimmt auch nur wegen ihm.« Er riss beide Päckchen auf und schüttete den Zucker in den Kaffee.

»Ich war dabei. Der Täter hat tatsächlich auf Motzki gezielt. Aber der hat sich rechtzeitig weggeduckt. In dem Augenblick kam der Bräutigam aus der Kabine, und es hat ihn erwischt.«

»Und wenn der Täter es von vornherein auf den Bräutigam abgesehen hatte und Motzki nur zufällig im Weg stand? Kann mir vorstellen, dass ein echter Killer Motzki nicht die Zeit gegeben hätte, sich aus der Schusslinie zu nehmen.« Er rührte den Espresso um und trank.

»Kann alles sein, ist mir aber eigentlich auch egal. Ich habe keine Lust, Detektiv zu spielen. Das ist Belledins Job.«

»Trotzdem bist du der wichtigste Zeuge. Du hast den Täter gesehen. Belledin wird dich nicht in Ruhe lassen.«

»Der Täter hatte eine Clownmaske auf und ein Harlekinkostüm an. Kann noch nicht einmal sagen, ob es ein Mann oder eine Frau war. Hatte sich wohl unter die Halloween-Gäste gemischt. Außerdem ging es sehr schnell. Ich habe Belledin alles gesagt, mehr weiß ich nicht.«

»Belledin. Der alte Zehnkämpfer. Wie geht es ihm?«

»Sah nicht gut aus. Wirkte ausgebrannt. Vielleicht hat er die Trennung von Biggi noch immer nicht verdaut.«

»Ah, die heiße Biggi mit den großen Titten. Gott, was hätte ich damals drum gegeben, mal dran schrauben zu dürfen.« Janik lachte. »Einmal war es fast mal so weit. In der Möhlinhütte. Hatte sie gut abgefüllt und fing schon an zu fummeln, da kam Belledin dazwischen.«

»Waren sie damals schon zusammen?«

»Nein. Aber er fand es unanständig, dass ich mich an einer Betrunkenen vergriff. Schon damals ein Moralapostel.«

»Und du hast dich einfach davon abhalten lassen?«

»Biggi hat über den Tisch gekotzt. Ich war Belledin also dankbar. Stell dir vor, ich hätte sie in dem Moment geküsst, als sie würgte. Das Trauma hätte ich nie verarbeiten können.« Er hob die leere Tasse. »Hast du noch einen?«

Killian nahm die Kanne vom Herd und schenkte nach. »Es gibt aber keinen Zucker mehr.«

»Macht nichts. Zu viel Süße im Leben verweichlicht.« Er zeigte mit dem Finger auf den Bildschirm. »Ist das nicht Ruth?«

»Ja. Sag jetzt nicht, dass du auch mal an ihr dran warst.«

»Waren wir nicht alle an allen dran?« Er grinste und zwinkerte Killian zu. »Aber nein. Mit Ruth lief nichts. Die suchte intellektuelle Gespräche. Wie Bärbel. Das war nicht mein Feld. Heiß fand ich sie trotzdem. Aber was interessierten mich NATO-Doppelbeschluss und Volkszählung? Ich wollte nur wissen, ob sie die Pille nahmen.«

»Und? Nahmen sie?«

»Musst du doch wissen.«

»Ich habe nie gefragt. Bin immer davon ausgegangen, dass sie schon selbst aufpassen würden.«

Janik lachte laut. »Risikospieler. Wie beim Boxen. Da hast du auch immer zu viel riskiert. Schlechte Deckung.«

»Wer schnell ist, braucht keine Deckung.«

»Bla, bla. Was hat Ruth auf der Hochzeit gemacht?«

»Sie ist die Mutter der Braut. Und Motzki der Brautvater.«

»Die beiden sind zusammen?«

»Sie haben eine gemeinsame Tochter.«

»Verstehe. Lass mal die Fotos sehen, vielleicht erkenne ich noch andere von den alten Pappnasen.«

Killian stellte auf Slideshow. Die Bilder liefen durch.

»Das ist doch der Kiefer, oder?«, fragte Janik. »Was macht der denn auf der Hochzeit von Motzkis Tochter? Kann mir nicht vorstellen, dass die beiden sich mögen.«

»Kiefer ist der Vater des toten Bräutigams.«

»Autsch. Wäre er nicht so ein Arschloch, er täte mir leid.«

»Als ob dir jemals jemand leidgetan hätte.«

Die Fotos glitten über den Bildschirm und stoppten bei der letzten Aufnahme.

»Wo sind die Halloween-Gäste? Ich sehe gar keine Verkleideten«, sagte Janik.

»Auf einem anderen Chip. Ich habe ihn der Kommissarin gegeben, damit sie ihn auswerten kann.«

»Kommissarin? Ich dachte, Belledin ist an dem Fall dran?«

»Eine neue Kollegin aus Stuttgart. Kenne sie nicht.«

»Heiß?« Janik hob die Brauen.

»Du änderst dich wohl nie. Immer nur Beute im Kopf.«

»Warum sollte ich mich ändern? Mir geht's doch gut so.« Er stand auf. »Danke für den Espresso. Und grüß mir Bärbel, wenn sie zurückkommt.« Er umarmte Killian und ging zur Tür.

»Was treibt dich eigentlich in die Gegend?«, fragte Killian.

»Geschäfte, wie gesagt. Ich bin immer mal wieder hier. Aber nur für ein paar Tage. Habe hier einige Kunden.«

»Was für Kunden?«

»Unternehmer, die ihren Umsatz steigern wollen. Ich gebe ihnen Tipps und Motivationsstrategien an die Hand. Morgen treffe ich eine Gruppe von Winzern, die ihren eigenen Wein anbauen und damit auf dem Markt überleben wollen, und bin dann auch schon wieder weg. Mach's gut. War schön, dich zu sehen.« Janik öffnete die Tür und verließ die Wohnung.

Killian hörte, wie er die Stufen hinabtänzelte und die Haustür hinter ihm ins Schloss fiel. Ein seltsamer Auftritt. Aber so war Janik schon immer gewesen. Plötzlich da, den gesamten Raum einnehmend, und wie auf Knopfdruck wieder verschwunden.

Killian setzte sich vor den Rechner und startete die Slideshow erneut.

***

»Das war's.« Kälble sah den letzten Hochzeitsgästen hinterher, die das Gasthaus verließen.

Belledin gähnte und rieb sich die Glatze. »Und? Gibt es was bei dir?«, fragte er.

»Nein. Nichts. Keinem ist ein einzelner Clown aufgefallen. Nur die maskierte Halloween-Gruppe. Aber die fanden alle eher spaßig als erschreckend. Kann natürlich sein, dass er sich unter die Gruppe gemischt hat.«

»Was sagt die Gruppe dazu? Ist den Leuten eine Maske aufgefallen, die nicht dazugehörte?«

»Ich habe keinen von ihnen vernommen. Ich dachte, die wären bei dir?«

»Nein.« Er zerknüllte eine Serviette und warf sie auf den Tisch. »Die haben sich wahrscheinlich rasch aus dem Staub gemacht, als hier die Hysterie ausbrach. Möchte nicht wissen, wer noch alles verduftet ist, ehe wir hier waren.«

»Fliegen kann ich nicht.«

»Sollte kein Vorwurf sein.« Er goss sich ein Glas Wasser ein. »Ich würde Motzki gern noch mal hören. Und Killian.«

»Du magst den Fotografen nicht, habe ich recht?«

»Es geht nicht ums Mögen. Vielleicht mag ich ihn sogar. Aber wo er auftaucht, ist nichts, wie es scheint. Er ist kein normaler Hochzeitsfotograf.« Er trank.

»Sondern?«

»Kriegsfotograf mit besonderen Beziehungen.«

»Heißt?«

»Er darf Fotos schießen, wo andere nicht hinkommen. Hinter den Linien.«

»Er arbeitet also für den Geheimdienst?«

»Nicht für irgendeinen.«

Kälble sah ihn fragend an.

»Israel.«

Sie pfiff durch die Zähne. »Und so einer fotografiert hier?«

»Sag ich doch.«

»Soll ich noch mal mit ihm reden?«

»Warum du? Gefällt er dir?«

Kälble gab ihm eine Ohrfeige.

Belledin sah sie verdutzt an. Er hatte ihr Temperament vergessen. »Entschuldige. Aber ich bin durch den Wind«, sagte er. »Das ist alles etwas zu viel für mich. Warum hast du dich hierherversetzen lassen?«

»Habe es nicht mehr ausgehalten. Ich habe einen korrupten Kollegen hinter Gitter gebracht. Von dem Tag an war ich arbeitstechnisch tot.«

»Mobbing?«

»Ist der nettere Ausdruck dafür.«

Sie standen schweigend nebeneinander und sahen in den Saal. Zwei Kellnerinnen räumten die Tische ab. Ein junger Mann fegte den Boden.

»Sollen wir uns das Personal vorknöpfen?«, fragte Kälble.

»Mach du das, ich trink ein Glas Wein. Wasser bekommt mir heute nicht.« Belledin setzte sich an einen Tisch, nahm eine angebrochene Flasche Wein und goss den Tropfen in das Glas, aus dem er zuvor Wasser getrunken hatte. Er prostete Kälble zu und trank einen großen Schluck. »Wie gesagt, ist alles gerade etwas viel für mich.«

»Du kannst noch im Urlaub bleiben.«

»Heute schon. Aber morgen bin ich wieder am Start.« Nach dem nächsten Schluck sah er auf die Flasche. Es war ein Silvaner aus dem Hause Kiefer. »Was, wenn die Kugel doch dem Bräutigam galt?«

»Habe ich mich auch schon gefragt.«

»Aber ich hab's zuerst gesagt.« Er grunzte.

»Eifersucht?« Kälble setzte sich zu Belledin an den Tisch.

Er drehte ein Glas um und wollte ihr einschenken.

Sie hielt die Hand drüber. »Einer muss noch fahren können.«

»Wir können hier schlafen. Es gibt Gästezimmer.«

»Wenn, schlafe ich in meinem Bus.«

»Du hast den alten Klöpfer noch immer? Jetzt erinnere ich mich. Er versperrt die Einfahrt zum Parkplatz. Hoffentlich haben dir die Gäste, die vorbeiwollten, ihn nicht verbeult.«

»Warum glaubst du, dass die Kugel nicht Motzki galt?«

»Weil Motzki ein Schwätzer ist. Er greift nach jedem Strohhalm, um Aufmerksamkeit zu bekommen.«

»Ich will sein Manuskript trotzdem lesen.«

»Vermutlich wirst du seine einzige Leserin sein. Was meinst du, der wievielte Bestseller das schon ist, den er prophezeit? Und am Ende ist er froh, wenn sein Schund es überhaupt zwischen zwei Buchdeckel schafft. Tausender-Auflage. Wenn es hoch kommt, dreitausend. Mehr nicht.«

»Schreibt er so schlecht?«

»Ich habe keine Ahnung. Aber ich hätte auch Kleist zu dessen Lebzeiten verkannt.«

»Damit wärst du nicht der Einzige gewesen.«

»Du scheinst dich auszukennen.«

»Habe mal zwei Semester Literaturwissenschaft studiert, ehe ich bei unserem Verein angeheuert habe.«

»Hast du mir nie erzählt.«

»Wärst du eine Nacht länger geblieben, hättest du noch einige andere Dinge über mich erfahren.«

Belledin sah auf das Weinglas und trank. »Tut mir leid. Ich hatte plötzlich Angst.«

»Dachte ich mir schon.« Kälble stand auf und ging zu einer der Kellnerinnen.

Belledin schenkte sich nach und atmete schwer aus.

***

Killian hatte sich im Wohnzimmer aufs Sofa gelegt und mit Swintha telefoniert. Einmal die Woche rief er sie an, um zu hören, wie es bei ihr lief. Er hatte es ihr nicht ausreden können, dass sie in seine Fußstapfen treten wollte. Hätte er einen anständigen Beruf gehabt, er hätte sich wohl über Swinthas Entscheidung gefreut. Aber er war ein Vagabund und Hasardeur. Einer, der dorthin ging, wo er jederzeit sein Leben verlieren konnte. Moshe hatte Killian versprochen, Swintha langsam einzuarbeiten. Und bislang hatte er Wort gehalten. Seine Tochter lernte gerade im Atelier von Ramelow die ersten Schritte. Offiziell studierte sie Französische Literatur an der Sorbonne. Sie hatte Gefühl für Sprache. Etwas, was Killian immer schwergefallen war. Das Talent hatte sie von Bärbel. Aber Swintha besaß auch ein gutes Auge. Und das hatte nicht nur Killian bemerkt, sondern auch Ramelow. Und der alte Ostdeutsche hatte Ahnung.

Killian nahm das Buch, das er von Swintha zum Geburtstag geschenkt bekommen hatte, und schlug es auf. Er las das Zitat aus Goethes »Faust«, das dem Text vorangestellt worden war: »Nun gut, wer bist du denn? – Ein Teil von jener Kraft, die stets das Böse will und stets das Gute schafft.«

Diese Stelle hatte ihn schon in der Schule nicht in Ruhe gelassen. Was war damit gemeint? Vielleicht, dass das Böse Gegenkräfte mobilisierte, die dann Gutes schufen? Killian blätterte weiter und las die Überschrift des ersten Kapitels: »Reden Sie nie mit Unbekannten«.

Es läutete an der Tür. Was war denn heute los? Schon wieder ein Gast. Es ging fast zu wie früher, als Bärbels Schwestern und ihre Mutter noch hier gewohnt hatten.

Killian stemmte sich vom Sofa auf, ging zur Tür und drückte den Summer. Motzki kam die Treppe hoch. Auf den hatte Killian momentan gar keine Lust.

»Kann ich heute hier schlafen?«, fragte Motzki bereits im Treppenhaus. »Ich habe Angst allein.« Er sah Killian flehend an.

»Warum bittest du nicht um Polizeischutz?«

»Den kriege ich nur, wenn ich denen das Manuskript gebe. Und dann müssten sie mir auch noch glauben, was drinsteht.«

»Da wirst du nicht drum rumkommen.«

»Dann kann ich mich gleich umbringen. Wenn die Typen wissen, dass ich mit den Bullen zusammenarbeite, bin ich erledigt.« Er schluckte trocken.

»Du lebst zu sehr in deiner Krimiwelt. Komm wieder runter.«

»Krimiwelt? Spinnst du? War die Kugel nicht echt, die Kevin getötet hat? Ich glaube eher, du hast schon zu viele Tote gesehen, dass dich einer mehr oder weniger gar nicht mehr kratzt.«

Er ging an Killian vorbei in die Küche und ließ sich ein Glas Wasser aus dem Hahn einlaufen.

»Fühl dich wie daheim«, sagte Killian.

»Hier habe ich mich tatsächlich immer mehr zu Hause gefühlt als bei meinen Alten.«

»Wer nicht?«

»Das waren Zeiten, was? Politische Diskussionen, Musikabende und Literaturgespräche. Aber alles locker, so nebenbei. Nicht erzwungen. Und wer wollte, verkroch sich in ein Zimmer und fummelte.« Er leerte das Glas in einem Zug. »Nur für ein paar Nächte. Bis die Polizei mehr über den Täter weiß. Vielleicht war es ja auch nur ein Flüchtling. Wie an der Dreisam.«

Killian sah ihn scharf an.

»Das war Blödsinn. Entschuldige. Aber ich bin durch den Wind. Da redet man schon mal Scheiße. Also, was ist?«

»Meinetwegen. Du kannst das Zimmer nebenan haben. Bettwäsche ist im Schrank.«

»Danke.« Motzki kratzte sich am Kinn und sah Killian dabei unsicher an.

»Was ist?«, fragte Killian. »Dir liegt doch noch irgendwas auf der Zunge. Spuck es aus.«

»Ich fühle mich schuldig an Kevins Tod. An Bettinas Unglück. Verstehst du? Am liebsten würde ich mich im Rheinwald aufhängen.«

»Willst du dir nicht lieber professionelle psychologische Hilfe suchen? Ich bin der Falsche für Schuldfragen.« Killian ließ Motzki stehen und ging ins Wohnzimmer.

Motzki hing wie eine Klette an ihm. »Tut mir leid, Killian, ich will dich nicht mit meinen Befindlichkeiten zuscheißen.«

»Tust du aber.«

»Das ist doch nicht viel, was ich sage, im Verhältnis dazu, was geschehen ist.«

Killian legte sich aufs Sofa und sah zur Decke. »Es ist nichts im Verhältnis dazu, was ich schon gesehen habe.« Er nahm das Buch, in dem er hatte lesen wollen, ehe Motzki ihn gestört hatte, und schlug es auf.

»Ah, ›Der Meister und Margarita‹. Deswegen der Zynismus. Bulgakow färbt ab.« Motzki setzte sich in einen der beiden Sessel, die dem Sofa gegenüberstanden. »Wurde ihm schon der Kopf von der Straßenbahn abgetrennt?«

Killian nahm das Buch runter und legte es auf den Tisch. »Ich habe gerade mal die Überschrift des ersten Kapitels gelesen. ›Reden Sie nicht mit Unbekannten‹.« Er schloss die Augen.

»Aber ich bin kein Unbekannter. Ich bin ein alter Freund. Mit mir kannst du reden. Mit mir musst du sogar reden. Sonst drehe ich durch.«

»Genügt es auch, wenn ich einfach zuhöre?«

»Warst du eigentlich schon immer so? Oder haben dich die letzten Jahre dazu gemacht?«

Plötzlich richtete sich Killian auf und saß kerzengerade im Sessel. Seine Augen blitzten Motzki an. »Was willst du von mir? Ich habe dich früher schon verprügelt, weil du mit deinem nicht enden wollenden Geschwätz genervt hast, und ich habe kein Problem damit, es wieder zu tun.« Er war laut geworden.

Motzki krümmte sich und wartete auf den ersten Schlag. »Tut mir leid. Ich hör schon auf. Ich kann Stille nur nicht ertragen. Sogar wenn ich schreibe, lasse ich Musik laufen. Aus Angst vor ihr.«

»Stille und Leere muss man ertragen lernen«, sagte Killian, und seine Stimme kam von weit her. Das hatte ihm Rohina einst gesagt, als sie für eine Operation gemeinsam in der Wüste abgesetzt worden waren. Erst nach ihrem Tod hatte er richtig begriffen, was sie damit gemeint hatte. Nun war ihm dieser Satz aus dem Maul gefallen, und er horchte, wie er einsam auf dem Boden aufschlug. Er wünschte, Motzki hätte ihn aufgefangen. Aber der war zu sehr mit sich und den Gedanken in seinem Affenhirn beschäftigt, als dass er den Sinn der Worte hätte erfassen können.

Motzki stand auf und verschwand in dem Zimmer, das Killian ihm zugewiesen hatte. Killian schloss die Augen und versuchte, Stille und Leere zu ertragen.

***

»Und?«, fragte Belledin das leere Glas und schenkte sich die letzten Tropfen aus der Weinflasche ein. Nachdem Kälble die Kellnerinnen vernommen hatte, war sie in der Küche verschwunden. Als ob sie dort mehr erfahren würde. »Immer dieser schwäbische Ehrgeiz«, nuschelte er in seinen Schnäuzer und trank einen Schluck.

Jemand kam in den Saal. Belledin sah auf die Entfernung nicht mehr so scharf wie früher, und der Wein klärte zwar seinen Geist, aber nicht den Blick. Die Gestalt kam näher. Endlich erkannte er sie: Es war Ruth.

»Was machst du hier? Solltest du nicht besser bei deiner Tochter sein?«, fragte er.

»Sie liegt mit einem Nervenzusammenbruch im Bett. Der Arzt hat ihr ein Beruhigungsmittel gegeben. Sie schläft.« Ruth setzte sich und hob prüfend die Weinflaschen.

»Alle leer. Wollen wir noch eine bestellen?«

»Mir scheint, du hast schon ordentlich getankt.«

»Aber du nicht.« Belledin entdeckte eine der Kellnerinnen, die im hinteren Bereich des Saals Tischdecken abräumte. »Entschuldigung? Fräulein! Können wir noch eine Flasche Grauburgunder haben?«

Die Kellnerin sah herüber, nickte, verschwand kurz und kam mit dem Wein zurück. Sie öffnete ihn am Tisch, schenkte den beiden ein und wollte sich wieder an ihre Arbeit machen.

»Einen Moment. Hat meine Kollegin Sie schon vernommen? Oder sind Sie eine andere?«

»Wie meinen Sie das? Eine andere?«

»Ich glaube mich zu erinnern, dass die beiden Kellnerinnen, die schon befragt wurden, dunkle Haare hatten. Sie aber sind blond.«

»Ist das schlimm?« Sie sah unsicher zwischen Belledin und Ruth hin und her.

»Im Gegenteil. Ich mag Blond.« Er grunzte.

Ruth verdrehte die Augen.

»Entschuldigung«, sagte Belledin und fuhr sich mit den Fingern über den Schnäuzer. »Ist Ihnen heute Abend unter den Gästen jemand aufgefallen? Vielleicht jemand, der fremd wirkte?«

»Ich bin erst später gekommen. Zum Ab- und später Aufräumen. Aber auf der Straße hat mich einer umgerannt. Hatte es wohl eilig.«

»Wann war das?«

»Ich fange hier immer um sieben an.«

Belledin sah zu Ruth. »Um sieben ist der Mord geschehen, oder?«

»Ja. So ungefähr«, sagte Ruth. »Ich habe nicht auf die Uhr geguckt.«

»Wie sah der Mann aus?«

»Das Gesicht konnte ich nicht erkennen. Er trug eine Maske. Halloween-Zombie oder so was in der Art. Aber er wirkte gedrungen und kräftig. Und er hatte einen guten Laufstil.«

»Laufstil?«

»Ich studiere Sport. Da analysiere ich ständig Bewegungsabläufe. Die meisten Menschen können nicht richtig rennen. Wenn ich bei einem Volkslauf zuschaue, habe ich körperliche Schmerzen. Fast jeder arbeitet gegen die Erdanziehung. Furchtbar.«

»Haben Sie gesehen, wohin der Mann gerannt ist?«

»Auf den Parkplatz.«

»Und in welches Auto ist er gestiegen?« Belledin roch Lunte.

»Keine Ahnung. Ich habe mich nicht weiter um ihn gekümmert.«

»Kleidung?«

»Dunkelblauer Anzug. Halbschuhe. Die Absätze klackten. Das fiel mir auf, weil es mit solchen Schuhen nicht einfach ist, rund zu rennen.«

Belledin kramte aus seiner Jacke eine Visitenkarte hervor und reichte sie der jungen Frau. »Falls Ihnen noch etwas einfällt, rufen Sie mich an.«

Sie nahm die Karte, sah sie an, steckte sie ein und ging zurück, um weiterhin Tischdecken zusammenzulegen.

»Meinst du, das war der Täter?«, fragte Ruth.

»Klingt danach. Oder?« Er trank, ohne anzustoßen. Er wusste nicht, worauf er mit Ruth jetzt hätte trinken sollen. Ihr schien es nicht anders zu gehen.

Sie nahm einen kräftigen Schluck und atmete schwer aus. »Ich hätte ihm glauben sollen«, sagte sie.

»Wem?«

»Motzki. Schon seit ein paar Wochen liegt er mir in den Ohren damit, dass er in Gefahr schwebt. Aber wer glaubt denn einem, der seit Jahrzehnten nur in seiner eigenen Welt lebt?«

Belledin brummte.

»Anfangs hab ich das an ihm gemocht. Ich hatte ja selbst immer von hier abhauen wollen. In andere, größere und schönere Welten.«

»Ich erinnere mich. Der Kaiserstuhl war dir nie gut genug.«

»Es war so ein Drang aufzubrechen. Was ist daran verkehrt?«

»Nichts. Frag mich nicht. Ich weiß nicht, was verkehrt ist.«

»Aber du bist doch Polizist. Die Polizei weiß doch immer, was richtig ist.«

Belledin überhörte den spöttischen Unterton. »Die Polizei weiß, was im Gesetzbuch steht. Und danach handelt sie. Aber das Leben schreibt eigene Bücher darüber, was richtig und falsch ist.«

Ruth drehte das Glas zwischen den Fingern. »Weißt du, dass ich letzten Sommer den Jakobsweg gegangen bin?«

Belledin sah sie amüsiert an. »Du als fromme Pilgerin? Wegen deiner Sünden?«

Sie lachte. »Ich lass mir hier nichts zuschulden kommen.«

»Angebote hättest du bestimmt genug.«

»Aber ich bin wählerisch.«

»Sag nicht, dass du seit Motzki keinen Mann mehr gehabt hast. Wenn er das hört, fängt ihn gar niemand mehr ein.«

»Der ein oder andere war schon dabei. Aber meistens waren es Männer, die nur auf der Durchreise oder verheiratet waren. Welche, die mir nicht gefährlich werden konnten.«

»Angst vor der Versklavung?«

»Angst, mir alle Möglichkeiten zu nehmen.«

»Und was ist der Preis?«

»Einsamkeit. Davor habe ich Angst. Allein zu sein. Du glaubst gar nicht, wie sehr ich gestern in die Kissen geheult habe, weil ich Bettina verlieren sollte.«

Belledin sah sie eindringlich an. »Soll ich darin jetzt etwa ein Motiv für den Mord am Bräutigam entdecken?«

Ruth riss entgeistert die Augen auf.

»Entschuldige. Ich hab schon etwas viel getrunken. Und dunkle Scherze schaffen Platz für helle Gedanken.« Er stieß mit seinem Glas gegen das ihrige. Sie tranken beide aus. Belledin sah auf die Flasche. »Noch eins?«

»Nein. Mir reicht's.«

»Bist du froh, dass Bettina jetzt wieder bei dir ist?«

Ruth zuckte mit den Schultern. »Ein böses Gefühl, ich weiß.

Aber ich kann mich nicht dagegen wehren. Kevin war in Ordnung. Ein Spießer wie der Alte. Aber wo die Liebe hinfällt.« Sie stand auf und ging. Auf dem Weg nach draußen begegnete ihr Kälble. Sie nickten sich zu, dann verschwand Ruth.

»Und? Was sagt der Chef de Cuisine?«, rief Belledin durch den Saal.

Kälble schwieg, bis sie vor ihm stand. »Er fürchtet vor allem um Kundschaft. Der Vorfall sei schlechte Werbung.«

»Es gibt keine schlechte Werbung. Hauptsache, Werbung. So hat mir das mal ein Marketing-Profi erklärt.« Er schenkte sich ein. »Du wirst sehen, hier werden noch Menschen in Bussen anreisen, um den Ort zu sehen, an dem das Attentat auf den großen badischen Schriftsteller Motzki verübt wurde. Da könnt ihr euren Schiller einpacken.« Er hob das Glas. »Auf den Chandler des Kaiserstuhls.«

»Wollen wir fahren?«, fragte Kälble ruhig.

»Wir?«

»Oder übernachtest du hier?«

Belledin sah sich im Saal um. »Nein. Hier ist mir zu wenig los.« Er zeigte auf die Weinflasche. »Aber da ist noch was drin. Das kann ich doch nicht einfach verkommen lassen.«

Kälble stopfte den Korken in den Hals der Flasche und nahm sie an sich. »Wir trinken sie irgendwo anders leer. Komm.«

Belledin wusste nicht, was er davon halten sollte. Irgendwie mochte er Kälbles Direktheit, gleichzeitig fürchtete er sich davor, dass sie ihm den Rang ablaufen würde, wenn er sich so von ihr herumkommandieren ließ. Es war ein Fehler gewesen, bei Wagner einzukehren. Und es war ein Fehler gewesen, Biggis Anruf entgegenzunehmen. Überhaupt war alles ein Fehler gewesen. Sein ganzes Leben, ein großer Fehler.

»Großer Fehler«, nuschelte er und stand auf. Immerhin konnte er noch stehen. Wäre auch gelacht gewesen, hätten ihn die paar Gläser aus den Latschen kippen lassen. »Mir nach«, sagte er und wankte voran. Kälble folgte ihm, und er strengte sich an, geradeaus zu gehen. Er wusste, dass sie ihn genau beobachtete.

Draußen schlug ihm ein kalter Wind entgegen. Die Umgebung drehte sich leicht. »Frische Luft ist nicht gut. Gar nicht gut.«

Er hielt sich am Speisekartenschild fest und fasste sich mit der freien Hand an die Stirn.

»Alles klar?«, fragte Kälble und packte ihn am Arm.

Belledin zuckte zurück, ließ die Berührung dann aber zu. »Alles klar. Welche Richtung?«

»Hier entlang.« Kälble führte ihn über die Straße zu ihrem VW-Bus, stellte Belledin auf der Beifahrerseite ab und stieg auf der anderen ein.

Belledin lehnte an der Tür und sang: »*Well, since my baby left me, I found a new place to dwell …* Hast du die Kassette noch? Das würde ich jetzt gern hören. Elvis macht immer gute Laune.« Er riss die Tür auf und kletterte in den Bus.

Kälble startete den Motor, kramte in einer Kiste, in der sich Musikkassetten stapelten, und zog eine pinke heraus.

Belledin applaudierte und kreischte, wie es die jungen Frauen einst bei Elvis-Konzerten getan hatten. *»Elvis! I love you!«* Er lachte, imitierte Basslaute und zupfte pantomimisch in der Luft herum.

Kälble drückte die Kassette in den Rekorder. »My baby left me«, krachte aus den Lautsprechern.

»Das ist gar nicht ›Heartbreak Hotel‹. Ich verwechsle die beiden Songs immer.« Belledin nahm den Hut vom Kopf, strich über seine Glatze, als hätte er eine Elvis-Tolle, und zog die rechte Oberlippe zuckend hoch. *»Something wrong with my lip.«*

Kälble fuhr los.

»Kehr um. Wir fahren nicht über Ihringen. Wir nehmen den Weg über den Vogelsang.«

»Ist der kürzer?«

»Nein. Aber romantischer.« Er klopfte mit den Händen den Beat auf die Konsole und grölte mit.

Kälble wendete und fuhr, wie es sich Belledin gewünscht hatte.

»Ich glaube, ich wäre ein guter Elvis-Imitator geworden«, sagte er, drückte auf Stopp und sang: *»Are you lonesome tonight, do you miss me tonight …«*

Kälble drückte wieder auf Play und stellte Elvis lauter. »Blue Suede Shoes« brachte Belledin zum Schweigen.

Sie fuhren durch den nebligen Kaiserstuhl, und der VW-Bus biss sich durch Alt-Vogtsburg den Vogelsang hoch.

»Soll ich aussteigen und anschieben?«, fragte Belledin und grunzte.

»Aussteigen würde genügen.«

»Das ist Mobbing. Dicken gegenüber darf man auch nett sein.«

»Also gut. Du wärst ein großartiger Elvis-Imitator geworden. Vor allem von dem späten Elvis.«

Belledin kniff die Augen zusammen. »Der war nicht schlecht. Aber den merke ich mir. Den kriegst du irgendwann zurück.«

Der VW-Bus hatte den höchsten Punkt der Anhöhe erreicht.

»Stopp!«, rief Belledin. »Wir fahren rechts auf den Parkplatz und genießen die Aussicht.«

»Welche Aussicht? Es ist so neblig, dass man keine zwei Meter weit sieht.«

»Die Aussicht auf ein Gläschen Wein. Es geht nicht, dass wir einfach wieder miteinander arbeiten, ohne darauf angestoßen zu haben. Nicht nach allem, was war.«

»So? Was war denn?« Kälble bog auf den Parkplatz ein, stellte den Motor ab und sah Belledin herausfordernd an.

»War etwa nichts?«, fragte er verunsichert.

»Mit einer Gegenfrage kommst du nicht davon. Ich will es von dir wissen: War was?«

»Ich glaube schon.«

»Und warum hast du dich nie mehr gemeldet?«

Eine lange Pause entstand. Belledin lagen einige Antworten auf der Zunge, doch keine davon schien genau das auszudrücken, was er wollte. Kälble gewährte ihm die Pause. Sie schwieg und wartete geduldig. Sie hatte lange genug nichts von ihm gehört, da kam es auf ein paar Minuten mehr auch nicht an.

»Angst«, sagte er.

»Angst?«

»Angst.«

»Wovor? Vor mir?«

»Alles zu verlieren.«

»Was?«

»Die Familie. Biggi.«

»Und jetzt? Biggi scheint es nicht mehr zu geben, und zu deiner Tochter hattest du damals schon keinen Kontakt mehr.«

»Damals wusste ich nicht, dass der Verlust auch ein großer Gewinn sein kann.«

»Gewinn? Meinst du so etwas wie Freiheit?«

»Ja. Vielleicht. Die Freiheit, sich wieder neu gefangen nehmen zu lassen.« Er lachte leise.

»Mach dir keine Sorgen. Ich bin nicht hier, um dir deine frisch gewonnene Freiheit wieder zu nehmen.« Sie startete den Wagen und fuhr los.

Belledin drehte Elvis an, Kälble würgte den King ab, nahm die Kassette raus und wechselte sie gegen eine mit Bob Dylan aus.

»Passt besser zur Freiheit«, sagte sie. Bob sang: *»Don't think twice, it's alright.«*

DREI

»Ich muss noch mal weg.«

Killian schrak hoch. Das Buch, das auf seiner Brust lag, klatschte auf den Teppich. Er war darüber eingeschlafen. Er sah in die Richtung, aus der die Stimme gekommen war. Motzki stand im Türrahmen.

»Hast du einen Schlüssel für mich?«, fragte er.

Killian setzte sich aufs Sofa und gähnte. »Neben der Wohnungstür am Haken. Nimm den mit dem SC-Anhänger.«

»SC? Ist Bärbel SC-Fan?«

»Gilt doch als nachhaltig.«

»Und du? Hast du auch den Verein gewechselt?«

»Ich interessiere mich nicht mehr für Fußball. Es ist nur noch das Konzentrat des Weltgeschehens. Geld und Macht. Ein Instrument, das dazu dient, den Leuten Emotionen zu verkaufen. Opium fürs Volk.«

»Aber wenn du dich noch interessieren würdest? In welches Stadion würdest du gehen?«

»Ins Mösle natürlich.«

Motzki lachte. »Einmal FFC, immer FFC.«

»Frühe Prägungen kriegt man schwer raus.«

»Und was ist mit Boxen?«

»Dieselbe Scheiße wie Fußball. Außer im Amateurbereich.«

»In Riegel gibt's am Wochenende Internationale Meisterschaften. Hast du Lust?«

»Mal sehen.«

»Ein paar von den Alten würden sich bestimmt freuen, dich wiederzusehen.«

»Habe heute schon einen davon getroffen. Das hat mir gereicht.«

»Was? Wen? Wo?«

»Hier. Eine Stunde vor dir. Kam vorbei, weil er alte Zeiten heraufbeschwören wollte. War aber leicht enttäuscht, dass Bärbel und ihre Schwestern nicht da waren.«

»Wer? Jetzt spuck es schon aus.«

»Janik.«

»Janik? Das gibt's doch nicht. Was treibt den denn hierher?«

»Geschäfte.«

»Was für Geschäfte?«

»Er coacht irgendwelche Leute. Motivationstraining oder so. Hab nicht nachgefragt.«

»Ist vielleicht besser so.«

»Weißt du mehr?«

»Nein. Aber nach der Erfahrung, die ich gerade mache, verzichte ich gern darauf nachzufragen, welchen Geschäften andere Leute nachgehen.«

»Ist doch nicht jeder gleich kriminell.«

»Aber jeder hat irgendeine Leiche im Keller.«

»Wie heißt deine?«

Motzki lachte falsch. »Ich geh dann mal.«

»Sei leise, wenn du zurückkommst. Und erinnere dich, wo dein Zimmer ist.«

»Alles klar.« Motzki verschwand.

Killian hörte, wie er den Schlüssel vom Brett nahm und die Tür hinter sich zuzog. Er hob das Buch auf und schlug es dort auf, wo er aufgehört hatte zu lesen: Kapitel zwei. »Pontius Pilatus«. Weiter kam er nicht. Die Überschrift setzte schon genügend Assoziationen frei. Pontius Pilatus, der Statthalter Jerusalems, der den Mörder Barnabas auf Wunsch des Volkes laufen ließ und Jesus zum Tod durch Kreuzigung verurteilte. Danach hatte er sich der Überlieferung nach die Hände in Unschuld gewaschen. Ob das wirklich geholfen hatte? Wer konnte sich von Schuld freisprechen? Oder war Schuld auch nur ein Instrument der Mächtigen, um die Kleinen in ihren Selbstzweifeln zu ersticken?

Killian war katholisch geprägt worden. Die Frage der ewigen Schuld schwebte wie das Damoklesschwert über ihm, seit er denken konnte. Er war gespannt, was Bulgakow dazu zu sagen hatte, und las weiter. Doch bald war wieder Schluss. Es klingelte. Hatte Motzki etwas vergessen und den falschen Schlüssel eingesteckt?

Killian stand auf, ging zur Tür und drückte den Summer. Mittlerweile kam er sich vor wie der Concierge.

Es war nicht Motzki. Schnelle Schritte klackten die Holztreppe empor. Er schätzte die Frau auf Mitte dreißig. Ihre Wangen glühten, unter der schwarzen Baskenmütze kringelten sich wilde brünette Locken. Sie lächelte außer Atem und übergab Killian ein Paket.

»Sind erst heute Nachmittag angekommen. Ich kam nicht eher dazu, sie vorbeizubringen. Bin völlig verplant. Aber das bin ich immer.« Sie kramte in ihrer Jacke. »Bevor ich es vergesse. Die Unterschrift.« Sie fand den Lieferschein und einen Stift und streckte beides Killian entgegen.

Er hielt sich am Paket fest und dachte nicht daran zu unterschreiben. Ihm gefiel die hübsche Plappertasche. Sie brachte ihn auf andere Gedanken. Wenn er unterschreiben würde, wäre sie wieder fort und er müsste sich weiter mit seinen Abgründen beschäftigen. Er entschied sich dafür, die Frau so lange wie möglich in Beschlag zu nehmen.

»Sie müssen das Paket hinstellen.« Sie lachte.

Sehr erfrischend. Mehr davon. »Was ist da drin?«, fragte er.

»Die Deutsch-Lehrbücher. Arabisch-Deutsch. Frau Engler hatte dreißig bestellt.«

»Bei Ihnen?«

»Ja.«

»Sind Sie von der Neutor-Buchhandlung?«

»Nein. Ich habe meinen eigenen Laden.«

»Seit wann?«

»Seit einem Jahr.«

»Wo?«

»Direkt am Eckartsberg. Wenn Sie beim Café Ihringer in Richtung Gymnasium gehen, auf der linken Seite.«

»Und das funktioniert? Reicht ein Buchladen in Breisach nicht?«

»Ich bin nicht nur ein Buchladen. Ich veranstalte auch kleine kulturelle Events.«

»Ich dachte, dafür gibt es hier die Volkshochschule.«

Sie lachte wieder laut. »Tja, ich bin eine Mischung aus altem Buchladen und alter Volkshochschule.«

»Dafür sehen Sie aber sehr frisch aus.« Killian sah ihr länger in die Kastanienaugen als erlaubt.

Sie presste für einen Moment die Lippen zusammen und wedelte mit dem Lieferschein.

»Tut mir leid. Ich bin wohl der Falsche für die Unterschrift. Bin nur zu Besuch hier.«

»Ach so. Ist Frau Engler nicht da?«

»Sie ist auf Lampedusa.«

»Ah ja, ich erinnere mich. Das habe ich völlig verballert.« Plötzlich hielt sie sich die Stirn und krallte sich mit der anderen Hand am Geländer fest.

»Ist was nicht in Ordnung?«, fragte Killian.

»Mir ist schwindlig.« Sie setzte sich auf die Treppe. »Kann ich einen Schluck Wasser haben?«

»Kreislauf?«

Sie nickte schwach.

»Dann sollten Sie kurz die Beine hochlegen.«

Sie hörte es nicht mehr und glitt stattdessen ohnmächtig auf die Stufen.

Killian ließ den Karton fallen, sprang zu ihr und fing sie auf, ehe ihr Kopf gegen eine Kante knallen konnte. Er trug sie ins Wohnzimmer, legte sie auf das Sofa und dachte nach: kaltes Wasser oder leichte Schläge ins Gesicht? Er entschied sich gegen beides. Solange sie ohnmächtig war, konnte sie nirgendwo anders hin.

Charlie Parker blies: »Everything Happens to Me«. Kitschig. Aber warm fürs Gemüt. Die junge Frau mit der Baskenmütze passte ins Bild. Killian ging in die Küche, holte seine Fototasche, nahm die Nikon heraus und fotografierte die Schlafende. Er versuchte, auch die Musik im Bild einzufangen. Ein Inder, den er auf einer seiner Reisen getroffen hatte, hatte ihm geraten, die Fotos mit den Ohren zu machen und die Augen zu schließen. Das tat er nun. Er lauschte Birds Saxophon und knipste blind. Die Bilder würde er sich erst ansehen, wenn sie wieder gegangen war. Er legte die Kamera in die Tasche zurück, nahm Bulgakows »Meister und Margarita« wieder zur Hand, setzte sich in den Sessel gegenüber dem Sofa und begann zu lesen.

Sie schlug die Augen auf, blinzelte und rang um Orientierung.

»Wasser? Oder lieber Wein?«, fragte er.

Erschrocken von der Stimme Killians, den sie erst jetzt wahrzunehmen schien, setzte sie sich auf. Zu schnell. Sie bedeckte ihre Augen mit einer Hand. »Wasser. Bitte«, sagte sie. Ihre Stimme klang brüchig.

Killian ging in die Küche und kam mit einem Glas Wasser zurück. Er reichte es ihr.

Sie trank es hastig leer.

»Mehr?«

»Nein. Danke.« Sie stand vorsichtig auf. »Entschuldigen Sie bitte. Das ist mir wirklich unangenehm. Aber als Sie Lampedusa sagten, sah ich plötzlich die Flüchtlinge in ihren Booten – und dann kam eine Welle und riss alle mit sich in die Tiefe. Ich habe eine zu rege Phantasie. Schon immer gehabt.«

»Es ist schön, dass es noch sensible Seelen gibt. Die meisten von uns sind ja so abgestumpft, dass uns nichts mehr erschüttert.«

»Bei mir nimmt die Sensibilität aber schon ungesunde Züge an.« Sie zeigte auf den Bulgakow-Roman. »Dieses Buch hatte mich jahrelang im Griff. Sogar jetzt, wenn ich nur das Cover sehe, droht es mich wieder zu verschlingen.«

Killian drehte »Der Meister und Margarita« um. »Besser so?«

»Ein bisschen.« Ihre Lider flatterten. »Sie müssen mich für völlig durchgeknallt halten.«

»Ich halte Sie für …« Er suchte nach den passenden Worten, fand sie nicht und zuckte lächelnd mit den Schultern. Er wollte noch immer nicht, dass sie ging. »Vielleicht doch einen Wein? Einen Sasbacher Spätburgunder? Ist gut für die Durchblutung.«

Wieder kniff sie ihre Lippen zusammen, so wie sie es getan hatte, als er ihr auf der Treppe zu lange in die Augen geschaut hatte.

»Okay. Aber nur ein Glas. Sonst bin ich sofort betrunken. Ich vertrage nichts.«

Killian entschuldigte sich, ging auf den Dachboden und kramte in seinen Kartons. Er fand die Kiste des Weinguts Schacher, für das er vor zwei Jahren ebenfalls um der alten Freundschaft willen Fotos geschossen hatte, nahm eine Flasche, ging zurück in die Küche und suchte nach Gläsern und einem Korkenzieher. Die Gläser fand er, den Korkenzieher nicht. Auf dem Weg ins Wohnzimmer griff er in die Tasche seiner Weste, nahm das Schweizer Taschenmesser heraus und entkorkte damit die Flasche.

»My Melancholy Baby« erklang aus den Lautsprechern. Er stellte die Gläser auf den flachen Holztisch und goss den Wein ein. Die unbekannte Sensible schien ihn nicht wahrzunehmen. Sie hatte sich die Schuhe ausgezogen, die Beine angewinkelt aufs Sofa gelegt und las in Bulgakows »Meister und Margarita«. Killian verzichtete darauf zu warten, bis sie zu ihm aufsehen und mit ihm anstoßen würde. Er trank und genoss Tropfen, Musik und Anblick. Es gab auch die schönen Momente im Leben. Und manchmal konnte er sie sogar ertragen, ohne sie in Frage zu stellen. Vielleicht würde er diesmal drei Schlucke lang durchhalten? Oder ein Glas? Vielleicht würde sogar eine ganze Flasche daraus werden? Ein Karton? Auch beim zweiten Schluck fühlte er sich noch wohl.

Als sie den Kopf hob, sah sie ihn ernst an. Er streckte ihr das Glas entgegen. Sie reagierte nicht darauf und fixierte ihn weiterhin. Er hob fragend die Brauen. Wenn jemand von ihnen beiden den Moment durch Sprache zerstören wollte, dann sollte sie es sein. Er trank noch einen Schluck, damit er wenigstens drei Einheiten lang den Zipfel einer Romanze für sich verbuchen konnte.

»Wen hätten Sie freigelassen? Bar-Rabban oder Ha-Nozri?«, fragte sie.

»Kommt darauf an, wer ich gewesen wäre.«

»Pilatus natürlich.«

»Pilatus hatte keine Wahl.«

»Man hat immer eine Wahl. Pilatus hätte Geschichte schreiben können.«

»Hat er das nicht auch so?«

»Man schreibt keine Geschichte, wenn man das tut, was ohnehin von einem erwartet wird. Dann werden höchstens Geschichten über einen geschrieben.« Sie legte das Buch auf den Tisch und nahm das Glas. »Blutrot. Eine schöne Farbe.« Sie hielt es gegen das Licht der Stehlampe. »Was wäre wohl passiert, hätte er Jesus freigelassen?«

»Das Unternehmen Kirche hätte sich eine andere Gallionsfigur geschnitzt und sie ebenso geschickt vermarktet.«

»Alles austauschbar?«

»Es lag in der Luft, etwas Neues zu formen, das sich den alten Mächten widersetzte. Kommt immer wieder vor.«

»Auch jetzt?«

»Was jetzt gerade auf der Welt passiert, kann ich nicht erklären. Fragen Sie mich in tausend Jahren wieder, wenn ich den historischen Blick darauf habe.«

Sie grinste, schlug ihr Glas gegen seins. »Werde darauf zurückkommen.« Und trank.

»Ich heiße Killian.«

»Ich weiß.«

»So? Hatte ich das schon gesagt?«

»Brauchten Sie nicht. Sie sind so etwas wie ein Promi hier in der Gegend. Ich habe sogar zwei Fotobände von Ihnen in meinem Laden.« Sie trank viel zu schnell aus und streckte ihm das Glas hin.

Er goss nach. Jetzt nippte sie nur. Killian wunderte sich über den Rhythmuswechsel.

Wieder presste sie ihren Mund zusammen, biss sich diesmal aber noch mit dem rechten Schneidezahn auf die Unterlippe. Sie drehte das Glas zwischen den Fingern und beobachtete die Bewegung. »Ich bin Margarita.« Sie sah zu ihm auf. »Sie können sich entscheiden, ob Sie der Meister sein wollen.«

***

»Wo wohnst du?«, fragte Kälble, als sie Freiburg erreichten.

Belledin antwortete mit leichtem Schnarchen. Er war eingeschlafen, sein Kopf klebte am Fenster. Sie stupste ihn an. Er schlief fest.

»Meinetwegen können wir auch im Bus pennen«, sagte sie und fuhr auf den Parkplatz vor dem »Extrablatt«, der direkt an der Dreisam lag. Sie stieg durch die Sitze, zog eine Wolldecke aus einer Kiste und legte sie über Belledin. Sie sah ihn an. Er war älter geworden. Sie auch. Manchmal konnten vier Jahre einen stark verändern. Seit damals war einiges passiert. Ein paar Beziehungen hatte sie gewagt und gegen die Wand gefahren. Entweder hatten die Jungs sie unters Joch zwingen wollen oder waren Weicheier gewesen. An irgendetwas war es immer gescheitert. Sie hatte sich ihren Stand in Stuttgart hart erarbeitet und auf ein Privatleben verzichtet. Der Job hatte sie aufgefressen. Ihre Kollegen hatten ihr Verbissenheit vorgeworfen und sie immer stärker gemieden. Irgendwann hatte sie dann in den Spiegel gesehen und war erschrocken über sich selbst gewesen. Sie hatte sich nur noch als einzige Verkrampfung empfunden. Der Arzt hatte ihr Burn-out attestiert, und sie war ein Jahr mit dem VW-Bus durch Europa gereist. Dann war der erste Arbeitstag gekommen. Sie hatte vor dem Polizeirevier gestanden und am ganzen Körper gespürt, wie alles in ihr sich wieder zusammenzog. Darum wissend, dass es vorbei war, hatte sie um Versetzung angesucht. Sie hatte nicht hierherkommen wollen. Hamburg hätte sie interessiert. Oder das BKA in Wiesbaden. Fachlich hatte sie genug geleistet, um überall bestehen zu können. Aber man hatte ihr nur Freiburg angeboten. Natürlich hätte sie ablehnen und den Polizeidienst quittieren können. Aber was hätte sie stattdessen tun sollen? Ein weiteres Jahr mit dem Bus durch die Welt ziehen? In Portugal bei der Walnussernte helfen oder in Polen Gurken zupfen? Das hatte sie alles schon hinter sich. Zum Abschalten war es gut gewesen – aber als Lebensentwurf? Sie war Polizistin. Sie konnte nichts anderes. Also hatte sie in den sauren Apfel gebissen und war in Freiburg angetreten. Wie sehr sie sich vor dem Wiedersehen mit Belledin gefürchtet hatte. Gerade weil sie ihn nicht hatte bekommen können, bedeutete er ihr viel. Jetzt schnarchte er leise auf dem Beifahrersitz und dünstete seinen Rausch aus. Sie hätte beinahe laut gelacht, als sie ihn und seine Ex-Frau in der »Krone« gemeinsam getroffen hatte. Belledin hatte einen knallroten Kopf bekommen. Die Situation musste für ihn sehr unangenehm gewesen sein. Kälble hatte es genossen. Durch die Absurdität war das erste Treffen für sie nicht so schlimm wie gedacht gewesen. Das Unwirkliche hatte ihr schon immer geholfen, die Wirklichkeit zu ertragen.

Sie kroch in den Schlafsack und versuchte, ihre Gedanken zu

bändigen. Es gelang ihr nicht. Der Mord an Kevin Kiefer kreiste in ihrem Kopf. War es tatsächlich ein Unfall gewesen? Hatte die Kugel dem Aufschneider Motzki gegolten? Sie würde dem Wichtigtuer auf die Zehen treten. Glaubte der wirklich, er dürfte ihr sein Manuskript vorenthalten? Vermutlich war es sowieso nur heiße Luft, aber sie wollte sich keine Dreistigkeiten gefallen lassen. Sie hoffte auf den Chip, den ihr der Fotograf gegeben hatte. Der Kerl interessierte sie. Wenn Killian so wichtige Kontakte hatte, wie Belledin sagte, steckte vielleicht tatsächlich viel mehr hinter der Sache.

Sie rollte sich zusammen und schlief ein.

***

»Darf man hier rauchen?«, fragte Margarita und stieg in ihre Unterwäsche.

»Ich glaube nicht«, sagte Killian. »Aber die Vermieterin ist weit weg. Und bis sie wieder zurück ist, hat sich der Qualm längst verzogen.«

Margarita kniete über den Kleidern, die vor dem Sofa auf dem Boden lagen, und zog ein silbernes Etui aus ihrer Jacke. Sie klappte es auf und hielt es Killian hin.

»Du drehst?«

»Klar. Ist billiger. Und ich stehe auf bestimmten Tabak.«

Killian nahm eine Zigarette und roch daran. »Riecht nach Kirche.«

»Warte ab, bis sie brennt. Hast du Feuer?«

»In meiner Hosentasche.«

Sie kramte in den Taschen von Killians Jeans und fand das Zippo. Sie sah auf die hebräische Gravierung. »Was heißt das?«

»Freiheit und Liebe.«

»Von einer Frau?«

»Einem Freund.«

Sie zündete seine Zigarette an und nahm sich selbst eine.

Killian paffte.

»Und?« Sie schnüffelte wie ein Spürhund in der Luft.

»Weihrauch?«

»Und Myrrhe.«

»Du spinnst.«

Sie lachte und steckte sich ihre Kippe an. »Ich bin verheiratet«, sagte sie.

»Aha.«

»Stört dich das?«

»Warum? Frag lieber deinen Ehemann.«

»Besser nicht. Er würde das nicht verstehen.«

»Machst du das oft?«

»Nein. Ist mir zum ersten Mal passiert.«

»Soll ich mich jetzt geschmeichelt fühlen oder Angst haben?«

»Wegen der Freiheit?« Sie hielt das Zippo in die Höhe. »Keine Angst. Aber vielleicht muss ich mir um mich Sorgen machen.«

»Warum?«

»Ich könnte mir vorstellen, mehr von dir zu wollen.«

»Bist du nicht glücklich verheiratet?«

»Warum liebe ich Bücher? Weil ich glücklich verheiratet sein will? Nein, weil ich mich nach der Begegnung mit dem Teufel sehne.« Sie zeigte auf das Buch und lachte.

»Und du glaubst, dass ich der Teufel bin?«

»Nein. Aber du riechst, als hättest du die Hölle schon gestreift. Und deine Bildbände bestätigen es.«

Er drückte die Zigarette in einer Untertasse aus. »Der Weihrauch vertreibt den Teufel.«

»Du willst wohl eher mich vertreiben. Ich habe kapiert.« Auch sie drückte ihre Zigarette aus und hob ihre Kleider auf. »Kann ich mich noch etwas frisch machen, damit ich zu Hause nicht auffliege?« Sie roch an ihrer Schulter. »Deine Marke wittert man drei Meilen gegen den Wind. Wäre gern damit eingeschlafen.« Sie trat an ihn heran, stellte sich auf die Zehenspitzen und drückte ihm einen Kuss auf die Lippen.

Gegen ihren Geruch hatte er nichts einzuwenden, aber das ging ihm dann doch alles etwas zu schnell. Immerhin war sie verheiratet und legte Wert darauf, dass ihr gehörnter Gatte nichts von ihrem Seitensprung erfuhr. »Rechts und gleich wieder links«, sagte er.

Margarita verschwand im Bad, und Killian sah auf das Buch. Hieß sie wirklich so? Oder hatte sie den Namen nur erfunden, um sich in einer Geschichte ausleben zu können? Er zog sich an und öffnete das Fenster. Weihrauch und Myrrhe waren ihm schon immer ein Gräuel gewesen.

In der Tür drehte sich ein Schlüssel. Motzki kam herein. »Du bist noch wach? Und ich dachte, ich müsste extraleise sein.« Er schnupperte. »Nach was stinkt's hier denn? Hast du eine Messe abgehalten?« Er stellte einen Karton auf den Tisch im Vorraum und legte seinen Laptop daneben. »Du glaubst gar nicht, wie ich mir ins Hemd gemacht habe. Aber ich musste nach Hause. Die Kiste ist meine Zukunft.« Er klopfte drauf. »Hier steckt alles drin, was ich brauche, um mein Werk zu beenden.«

»Wie lange wirst du noch brauchen?«

»Höchstens drei Wochen. Mit Korrekturen.«

»Und so lange willst du hier bleiben?«

»Ich dachte, das hätten wir schon geklärt?«

»Haben wir das?«

»Ja. Ich bleibe, und du bist mein Personenschützer. Du hast den Irakkrieg und was weiß ich noch überlebt. Bei dir bin ich sicher.«

»Ich denke gar nicht daran, dich drei Wochen an der Backe zu haben.«

»Ich bezahle dich dafür.«

»Wovon?«

»Sag mal, Killian, hörst du mir überhaupt zu?« Noch einmal klopfte er mit der Hand energisch auf den Karton. »Diese Story wird der Bestseller des Jahres. Da stecken Millionen drin. Hollywood wird mir den Stoff aus den Händen reißen.«

Killian verdrehte die Augen. »Ich glaube eher, dass Belledin dir die Story aus den Händen reißen wird. Seine Kollegin war heute schon ganz heiß auf dein Manuskript.«

»Keine Sorge. Sie kriegt es schon.« Er kicherte und zog einen USB-Stick aus der Tasche. »›Der Dreisammörder‹. Auch kein schlechter Stoff. Unterhaltsam allemal. Aber wirklich glücklich bin ich damit nicht. Den kann die Kommissarin lesen. Und bis die kapiert, dass die Story nichts mit dem Mord an Kevin zu tun hat, steht mein Buch schon auf der Bestsellerliste.«

»Du spinnst.«

»Jaja, ich spinne. Das ist nicht neu. Nur weil ich schreibe, was wahr ist, spinne ich. Und die Welt ist normal, was? Was ist denn mit dir? Wenn du erzählen würdest, was du alles erlebt hast, würden die Leute dann nicht auch sagen, du spinnst?«

»Ich erzähle aber nichts.«

»Sie sagen es trotzdem. Und haben recht. Du spinnst nämlich wirklich. Das spürt jeder, dass mit dir was nicht ganz koscher ist. Aber mir ist das egal. Du bist mein Freund. Und ein Freund darf auch ein Spinner sein. Also? Drei Wochen?« Motzki nahm Karton und Laptop vom Tisch und ging in Richtung Zimmer, das ihm Killian zugewiesen hatte.

Der wollte etwas erwidern, kam aber nicht dazu, weil Margarita aus dem Bad trat.

»Oh. Das ist aber eine Überraschung.« Motzki ging auf Margarita zu und gab ihr zwei Wangenküsschen.

»Ihr kennt euch?«, fragte Killian.

»Kennen? Das ist noch untertrieben«, sagte Motzki. »Ich möchte behaupten, niemand kennt mein Innerstes besser als diese bezaubernde junge Frau.«

»Verstehe.«

»Nicht was du denkst.« Motzki sah ihn streng an.

Margarita wirkte beleidigt ob Killians unterschwelliger Unterstellung.

»Margarita glaubt an mich. An meine Literatur. Sie ist nicht nur Buchhändlerin, sondern auch Lektorin und künftige Verlegerin meines Bestsellers.«

»Bist du sonst nicht bei einem anderen Verlag?«, fragte Killian.

»Ja. Aber in dem Fall passt das nicht. Außerdem will ich mit diesem Buch richtig Geld machen und nicht an den Knochen nagen, die mir der Verlag übrig lässt.«

»Und du glaubst, deine Geschichte wird sich ohne Vertrieb verkaufen?«

»Wie von selbst. Du siehst ja, es werden deswegen jetzt schon Menschen erschossen.«

»Was? Wer wurde erschossen?« Margarita sah fragend zwischen Killian und Motzki hin und her.

Motzki wollte etwas sagen, fand aber nicht die passenden Worte und verschwand mit Laptop und Karton in seinem Zimmer.

»Kevin Kiefer. Heute Nachmittag auf seiner eigenen Hochzeit.«

Margarita hielt sich an einem Stuhl fest.

»Wirst du wieder ohnmächtig?«, fragte Killian und machte einen Schritt auf sie zu.

»Nein. Nein. Es geht schon.« Sie setzte sich. »Warum wurde Kevin erschossen?«

»Du kanntest ihn?«

»Ja. Er war Stammgast bei Veranstaltungen in meinem Laden. Bettina und er kamen fast zu jeder Lesung. Er war sehr interessiert an Literatur. Vor allem an Lyrik. Leute wie ihn gibt es nur noch selten. Rimbaud hatte es ihm angetan. Und Baudelaire. Ich habe ihn auch verlegt, er schrieb selbst Gedichte. Gar nicht mal übel. Etwas zu expressiv für die heutige Zeit, aber nicht schwülstig. Treffsicher. Oh Gott. Was habe ich gerade gesagt? Treffsicher. Wie makaber. Er wurde erschossen. Von wem? Und warum?«

»Keine Ahnung. Die Polizei ermittelt. Und Motzki behauptet, die Kugel sei eigentlich für ihn bestimmt gewesen. Wegen seines Manuskripts.«

»Ich hatte so etwas vorausgeahnt.«

»Hast du es schon gelesen?«

»Sonst würde ich es nicht verlegen. Es ist gut geschrieben. Schnörkellos. Fast kalt. Und es stehen Dinge drin, die man nicht glauben will.«

»Zum Beispiel?«

»Wer mit wem Geschäfte macht, wie es in deutschen Gefängnissen wirklich zugeht und wer die Politik im Land bestimmt.«

»Hat Motzki Beweise für seine Anschuldigungen?«

»Seine Quelle ist Beweis genug.«

»Ein ehemaliger Gangster.«

»Ja. Harter Bursche.«

»Name?«

»Kenne ich nicht.«

»Ich dachte, du hättest das Manuskript gelesen?«

»Motzki hat ihm einen anderen Namen gegeben. Er hat alle Namen geändert.«

»Dann hat er doch nichts zu befürchten.«

»Die Leute, die gemeint sind, werden sich trotzdem erkennen.« Sie stand auf und küsste Killian auf den Mund. »Ich könnte mir tatsächlich mehr vorstellen«, sagte sie, nahm ihren Mantel vom Stuhl, zog ihn an und ging.

Motzki sah Killian an. »Was wollte sie hier? Warum duzt ihr euch?«

»Haben wir uns geduzt? Ist mir nicht aufgefallen.«

Killian zeigte auf die Schulbücher. »Die hat sie vorbeigebracht. Für Bärbel. Hatte vergessen, dass sie auf Lampedusa ist.«

»Ein Glück.«

»Dass Bärbel nicht hier ist?«

»Nein. Dass Margarita nur hier war, um die Schulbücher zu bringen. Irgendwie roch es anders.«

»So? Wie anders denn?

Motzki schnupperte. »Wie die Zigarette danach.«

»Du spinnst.«

»Ich kenn dich, Killian. Du lässt nichts anbrennen.«

»Sie ist verheiratet.«

»Mit einem Riesenarschloch.«

»Sie scheint ihn zu mögen.«

»Sein Geld. Sobald sie unabhängig ist, wird sie ihn verlassen.«

»Wird sie das je sein?«

Motzki klopfte auf seinen Laptop. »Hiermit schon. Das verhilft ihr zur Freiheit.«

»Ich lese noch ein wenig.« Killian verschwand im Wohnzimmer und nahm den Bulgakow vom Tisch.

***

Belledin wachte auf. Sein Kopf war nach unten gefallen. Er griff sich in den Nacken, massierte ihn und knurrte wie ein alter Kettenhund, dem man zu nahe gekommen ist. Er sah sich um und hörte das tiefe Atmen Kälbles im hinteren ausgebauten Teil des Busses. Sollte er sich zu ihr legen? Nein. Das ging nicht. Sie würde denken, dass er etwas von ihr wollte. Aber wollte er etwas von ihr? Es war schon so lange her. Sie war nicht mehr die, die er einmal gekannt und geliebt hatte. Er war ja auch nicht mehr der alte Beißbär. Sie war reif geworden. Im besten Alter, eine Familie zu gründen. Er war gerade dem vorgezeichneten Lebenslauf entkommen. Ja, so sah er es mittlerweile. Er hatte mit der Konvention »bis dass der Tod uns scheidet« gebrochen. Dabei war das Entkommen mittlerweile genauso konventionell. Wer blieb schon bis zum Schluss zusammen? Jedenfalls weniger als früher. »Wir wuchsen noch in Zeiten auf, da reparierte man etwas, wenn es kaputtging«, hatte der alte Konstanzer gesagt, als Belledin ihn gefragt hatte, wie er es bis zur goldenen Hochzeit geschafft hatte. Aber wenn alles so auseinandergesprengt war, dass man die Trümmer nicht mehr sortieren konnte, wie wollte man es da noch reparieren? Es war von Anfang an ein Missverständnis gewesen. Nein. Alles schlecht zu machen half auch nicht. Es war, wie es war. Er sah noch einmal zu Kälble. Ja, er konnte sich vorstellen, etwas von ihr zu wollen. Aber nicht gleich. Wenn es sich ergab. Vielleicht. Er öffnete leise die Tür, stieg aus, drückte den Knopf nach unten und schloss die Tür wieder. Er ging in Richtung Dreisam. Für ein Taxi war er zu geizig, und der kleine Spaziergang würde ihm guttun.

Am Ufer der Dreisam dachte er an die tote Joggerin, die in der Stadt für viel Wirbel gesorgt hatte. Da es sich bei dem Täter um einen vorbestraften Schutzsuchenden handelte, hatte der Vorfall hohe Wellen geschlagen. Die Badischen Patrioten, allen voran Belledins Cousin Georg, hatten den Fall für ihre Propaganda ausgeschlachtet und Zulauf bekommen. Wenn der Clown, der Kevin Kiefer erschossen hatte, ebenfalls ein durchgeknallter Flüchtling war, wäre das Wasser auf die Mühlen der Rechten. Belledin war bestimmt kein Linker. Er sah sich als liberal. Solange einer Gesetz und Ordnung einhielt, konnte er tun und lassen, was er wollte.

»Tun und lassen, was man will«, sagte er laut. »Blödsinn. Es gibt keine absolute Freiheit. Gibt es einfach nicht. Wenn es eine Gesellschaft gibt, gibt es keine absolute Freiheit für das Individuum.

Hirnfürze sind das.« Er hob einen trockenen Erlenzweig vom Boden auf und schlug damit um sich. Er mochte das zischende Geräusch. Und den Gedanken, Luft zu teilen. »Das Unsichtbare fassen mit dem Ohr. Das ist schon fast Zen.« Er lachte und machte weiter. »Sancho, siehst du sie nicht. Dort vorne? Die Ritter auf ihren großen Schlachtrössern? Oder sind es Drachen?« Er rannte und hielt den Stock wie eine Lanze. »Rosinante, laufe, was die Hufe hergeben. Wir kämpfen für Dulcinea!« Er lief weiter, keuchte und sah tatsächlich feurige Drachen am Ende der Biegung. Dafür übersah er einen glitschigen Laubhaufen und rutschte aus. Es gelang ihm noch, die Hände vor seinen Körper zu reißen, um den Sturz abzufangen, trotzdem schlug er auf dem Asphalt auf. Er rappelte sich auf, warf den Stock in die Dreisam und schrie den plätschernden Fluss an. »Windmühlen! Alles Windmühlen! Wohin man schaut!«

***

»Die Tram hatte Berlioz überrollt. Und an den Zaun der Patriarchenallee kullerte über das schräge Pflaster ein dunkles rundes Objekt. Dort sprang es zurück und hopste weiter, die Bronnaja-Straße entlang. Das war der abgeschnittene Kopf von Berlioz.« Killian war im Zimmer auf und ab gegangen und hatte laut gelesen. Er legte das Buch auf den Tisch, ging weiter auf und ab, und seine Gedanken schossen vom abgeschnittenen Kopf Berlioz' zum erschossenen Bräutigam. Was bildete sich Motzki eigentlich ein? Warum weigerte er sich, das Manuskript rauszurücken? Wenn ihm tatsächlich jemand an den Kragen wollte, dann sollte es doch in seinem Interesse sein, mit der Polizei zu kooperieren.

Killian klopfte an die Tür von Motzkis Zimmer. Keine Antwort. Er klopfte stärker. Wieder nichts. Er drückte die Klinke leise runter und trat ein. Falls Motzki schlief, wollte er ihn nicht wecken. Doch Motzki schlief nicht. Er saß mit Kopfhörern vor seinem Laptop und tippte. Killian schlich sich an ihn heran, sah ihm über die Schulter und las den Text auf dem Bildschirm: *Mit einem blauen Plastiksack in der Hand und tausend Euro Überbrückungsgeld in der Brieftasche stand ich auf der anderen Seite der Gefängnismauer und starrte in eine ungewisse Zukunft. Hinter den Mauern hatte ich mir etwas aufgebaut gehabt, was ich draußen niemals besessen hatte. Im Milieu der Asozialen war ich sozialisiert worden. Ich hatte Aufgaben und Freunde gefunden. Hier draußen war ich allein. Natürlich besaß ich Kontakte zur Szene, aber ich wollte nicht gleich wieder mit einer Kanone in der Hand und dem Strumpf über dem Kopf eine Bank stürmen.*

Motzki nahm die Kopfhörer ab, rieb sich die Augen und lehnte sich zurück.

»Ist das das Ende?«, fragte Killian.

Motzki fuhr herum und hielt sich japsend dort die Brust, wo er das Herz vermutete. »Bist du wahnsinnig? Willst du mich umbringen?«

»Ich habe angeklopft.«

»Ich schreibe immer mit Kopfhörer. Mozart. Beste Musik für mich zum Schreiben.«

»Ich würde gern alles lesen.«

»Wirst du. Wenn es verlegt ist. Dann kriegst du ein Exemplar mit Widmung.«

»Ich will es jetzt.«

»Bist du mit Bulgakow schon fertig?«

»Mit Bulgakow ist man nie fertig. Es gibt Bücher, die liest man ewig. Wieder und immer wieder. Kennst du das nicht?«

»Nein. Habe keine Zeit, Geschichten zu lesen, die ich schon kenne. Es reicht mir, dass ich meine eigenen Texte immer wieder überarbeiten und korrigieren muss. Zum Glück gibt es diesmal kein Lektorat. Margarita veröffentlicht die Version, die ich ihr gebe.«

»Sie hat den Text auch gelesen. Warum rückst du ihn nicht raus?«

»Rede ich Aramäisch? Weil er gefährlich ist für jeden, der ihn kennt, bevor er erscheint.«

»Das will mir einfach nicht in den Kopf. Wenn du wirklich wegen des Textes in Gefahr bist, bin ich es auch, weil ich dich hier pennen lasse. Pack also sofort deine Sachen und verschwinde von hier.«

»Das ist nicht dein Ernst.«

»Mein Todernst.«

»Gott, bist du makaber.«

»Oder gib mir jetzt den Laptop und lass mich die Story lesen.«

Motzki wand sich, als hätte er Bauchkrämpfe. »Aber auf deine eigene Verantwortung.«

Killian nahm den Laptop und ging damit in die Küche. Motzki dackelte hinter ihm her.

»Du kannst ruhig schlafen. Ich hau schon nicht ab damit.«

»Ich kann kein Auge zumachen, solange du liest.«

»Wie viele Seiten hat es?«

»Zweihundertsechzig.«

»Das wird eine Weile dauern.«

»Ich kann mir ja solange auf deinem Laptop die Hochzeitsfotos anschauen.«

»Wie du magst.« Killian stellte Motzkis Laptop auf den Küchentisch und begann zu lesen: *Ein lautes Knacken. Der Schmerz schoss mir durch das Handgelenk und wanderte bis zum Ellbogen. Ich hatte ihn getroffen. Mitten in die Stirn. Aber seine Birne war hart wie Granit. Die Runde war zu Ende, mir war flau, und ich verlor die Orientierung. Ich sah die rote Ecke und wusste, da musste ich hin. Der Kampf war vorbei. Der Ringrichter riss meinen Arm nach oben. Ich spürte nur den Schmerz.* Killian sah zu Motzki, der sich durch die Fotos klickte. »Ein Boxer?«

Motzki nickte und schluckte trocken.

»Sag bitte nicht, dass es der Boxer ist, den wir beide kennen.«

»Ich sage gar nichts.«

»Also ist er es. Ich wusste gar nicht, dass er fünfzehn Jahre gesessen hat. Ich hatte nur gehört, dass er in die Szene abgerutscht war.«

»Ein Kreislauf. Da kommst du nur schwer raus. Ohne Hilfe von außen geht gar nichts. Die Verlockungen, ein Gangster zu sein, sind zu groß, wenn du erst einmal in der Mühle bist. Schnelles Geld. Wer will das nicht?«

»Also war sein Besuch kein Zufall?«

»Besuch?«

»Janik war hier. Kurz bevor du kamst.«

»Was?«

»Du weißt nichts davon?«

»Ehrenwort.«

»Wollte er dich besuchen? Wegen des Buchs?«

»Nein, wir wollen uns erst im Januar treffen. In Berlin. Dort soll das Buch präsentiert werden. Im großen Stil. Janik möchte Prominenz auffahren.«

»Prominenz?«

»Keine Ahnung. Er sagt nicht, wen. Aber es sollen richtige Kracher sein. Kennst ihn ja. Kleinvieh war noch nie sein Ding.«

»Da haben sich ja die zwei Richtigen getroffen.«

»Hört, wer spricht. Du wolltest doch auch immer groß rauskommen. Und du hast es geschafft.«

»Fühlt sich aber für mich nicht so an.«

»Ich werde dir dann sagen, wie es sich für mich anfühlt. Aber erst einmal will ich es schaffen. Ich habe es verdient. Und Janik auch. Er ist kein schlechter Mensch, hat nur einmal den falschen Weg genommen. Wenn du ihn erst mal gehst, ist es schwer, ihn wieder zu verlassen.«

»Damit kann ich was anfangen.«

»Für Janik und mich ist dieses Buch unsere große Chance. Wenn ich es Belledin gebe, kann ich die Veröffentlichung knicken.«

»Warum?«

»Weil Belledin auch drin vorkommt. Er hat Janik vor zehn Jahren zum letzten Mal geschnappt. Und Janik fünf Jahre eingebrockt.«

»Steht Schlechtes über Belledin drin?«

»Nein. Nicht wirklich. Nur dass Janik und er zu Schulzeiten gemeinsam in den Chemiesaal eingebrochen sind, um Zeug für Bomben zu klauen.«

»Die beiden waren das? Und mich haben sie deswegen Stunden in die Mangel genommen.«

»Mich auch. Und Bärbel. Wir galten als die Anarchisten, nur weil wir immer unsere Meinung gesagt haben.« Motzki lächelte verbrüdernd.

»Und bei der Sprengung der Geldautomaten war Belledin auch dabei?«

»Janik sagt, ja.«

Killian lachte laut. »Die Zeitungen haben damals von fünfzigtausend Mark geschrieben, die die Bombenleger erbeutet hätten.«

»Janik sagt, es waren nur dreißigtausend. Die Beute haben sie fifty-fifty geteilt.«

Killian scrollte den Text runter. »Das will ich lesen. Welche Seite?«

»Irgendwo im hinteren Drittel. Es kommt nur kurz als Erinnerung vor, wenn Belledin Janik verhaftet.«

»Hier. Ich habe es.« Killian überflog die Absätze.

***

Belledin öffnete die Wohnungstür, trat ein und knipste das Licht an. »Hallo!«, rief er, als ob ihn jemand erwartete. Es war Gewohnheit. Er wusste, dass er keine Antwort erwarten durfte. Aber hatte ihm Biggi jemals geantwortet? Hatte er sie überhaupt mit seiner Begrüßung gemeint? Nein. Irgendwann meinte man sich nicht mehr. Alles wurde zur Gewohnheit, im besten Fall zu einem wertvollen Ritual. »Hülsen«, sagte Belledin. »Alles nur Hülsen.« Er zog sich im Flur die Kleider aus und ließ sie am Boden liegen. Sein Hemd war klatschnass geschwitzt. Wankend stand er im Flur, kniff die Augen zusammen und spielte ein Abzählspiel. »Ene, mene, miste, es rappelt in der Kiste, ene, mene, meck, und du bist weg.« Der Finger zeigte zum Badezimmer. »Pech gehabt, Hygieneschwein. Ich gehe ohne Dusche schlafen.«

Er löschte das Licht im Flur und suchte tastend nach dem Bett. Er fand es und fiel hinein. In seinem Kopf drehte sich alles. »Windmühlen«, sagte er. »Schon wieder Windmühlen.«

»Lass ein Bein auf den Boden hängen, zum Bremsen. Das hilft.«

Wer hatte da gesprochen? Er selbst? Nein. Es war eine andere Stimme gewesen. Die eines Mannes. Sie kam ihm bekannt vor, aber dass er sie gehört hatte, war schon eine Ewigkeit her. Belledin richtete sich auf und sah auf den Radiowecker. Nein, das Radio war es nicht. Es würde sich erst um sieben Uhr anschalten. Jetzt war es kurz nach drei. »Vielleicht meine innere Stimme, die gesprochen hat? Aber die gerade klang anders. Nicht wie ich.

Scheiße, habe ich einen sitzen.« Er legte sich wieder hin, zog die Decke bis unters Kinn und schloss die Augen.

»Mann, Belledin, bist du lasch geworden. Wäre ich ein Knacki, der sich an dir rächen wollte, es wäre mir schon fast peinlich, wie einfach ich dich umlegen könnte.«

Wieder diese Stimme. Diesmal war Belledin sich sicher, dass es nicht seine eigene war. Er griff unters Kopfkissen, wo er seine Dienstwaffe während des Urlaubs deponiert hatte. Sie war weg.

Das Licht wurde angeknipst. Ein Mann mit Strumpfmaske und schwarzen Lederhandschuhen zielte auf Belledin. Mit einem Satz war er bei ihm und drückte ihm den Lauf der Pistole gegen die Schläfe. »Selbstmord. Hat die Scheidung nicht verkraftet. Burnout. Was hältst du davon?«

Belledins Kopf drohte vor lauter Pochen zu platzen, ehe eine Kugel ihn zerschießen könnte.

Der Mann sprang einen Schritt zurück, riss sich die Maske vom Kopf und lachte. »Hast dir gerade ganz schön in die Hosen geschissen, was?« Er warf Belledin die Pistole auf die Bettdecke.

Belledin nahm sie und zielte wütend auf den Spaßvogel. »Janik, du Arschloch! Tu das nie wieder, hörst du? Sonst mach ich dich fertig.«

Janik lachte noch immer. »Ich hätte jedes Recht der Welt, es zu tun.«

»Recht? Was weißt du schon von Recht?«

»Ich hatte mindestens so viel mit Recht zu tun wie du.«

»Unrecht.«

»Worin liegt der Unterschied?«

»Darin, ob man sich vor oder hinter Gittern befindet.«

»Bla, bla. Und das weißt du.«

Belledin rieb sich die Nasenwurzel und legte seine Pistole wieder zurück unter sein Kopfkissen. »Was willst du hier? Und wozu dieser Auftritt?«

»Der war doch lustig, das musst sogar du zugeben. Und was ich hier will? Einen alten Freund besuchen? Oder Rache nehmen?«

»Rache? Weswegen?«

»Du hättest mich damals auch laufen lassen können.«

»Hätte ich nicht. Vielleicht hätte ich es mir überlegt, wenn ich dich allein in einem stillen Winkel gestellt hätte. Aber mit einem Haufen Kollegen um uns herum? Vergiss es.«

»In einer anderen Situation hättest du es dir tatsächlich überlegt?«

»Nein.«

Janik lachte. »Das gefällt mir an dir. Du bist ein Arschloch. Aber ein ehrliches. Du hast deinen Kodex. So wie ich auch.«

»Was hast du schon für einen Kodex? Du verkaufst deine eigene Großmutter, wenn es sein muss.«

»Ist das kein Kodex?«

»Janik, es ist nach drei Uhr morgens. Ich habe ziemlich viel getankt und muss morgen einen Mörder jagen. Entweder legst du dich jetzt nebenan auf den Boden und schläfst auch eine Runde, oder du verschwindest.«

»Und wenn ich dir sage, dass ich weiß, wer der Mörder ist?«

»Was? Hast du etwa damit was zu tun?«

»Ich? Niemals. Ich habe einiges auf dem Kerbholz, aber mit Mord habe ich nie was am Hut gehabt.«

»Und was war mit Brandner, der dich schwer belastete?«

»Ich hatte ein Alibi. Ich saß im Knast, als er starb.«

»Er starb nicht, er wurde hingerichtet.«

»Jedenfalls ist er tot.«

»Und konnte nicht mehr gegen dich aussagen.«

»Manchmal habe eben auch ich mal etwas Glück im Leben.«

Belledin zog genervt die Pistole unterm Kissen vor. »Ich kann nicht mehr. Dein Geplapper macht mich fertig. Stört keinen, wenn ich dich umlege. Vorbestrafter Gangster steigt mit Strumpfmaske bei Kommissar ein, der ihn zuletzt eingebuchtet hat, und will ihn im Schlaf erdrosseln. Notwehr. Kein Hahn wird nach dir krähen.« Er zielte auf Janik.

»Du schießt doch nicht.« Janik blieb cool.

»Vielleicht ins Bein.«

»Leg sie weg.«

»Dann komm endlich zur Sache.«

»Motzki schreibt an meiner Biografie.«

»Hätte ich mir denken können. Welchen echten Gangster könnte der sonst schon kennen.«

»Und manche Leute kommen dabei nicht gut weg.«

»Hauptsache, das ist bei dir nicht der Fall, was?«

»Motzki macht mich besser, als ich bin.« Janik grinste breit. »Kumpels von mir meinen, man könnte die Story sogar nach Hollywood verkaufen.«

»Mindestens. Drunter machst du's nicht.«

»Immer hundertzwanzig Prozent. So wurde ich konditioniert. Und das hat mir den Arsch gerettet. Auch im Knast. Das wird mir nichts und niemand austreiben.«

»Schön für dich.«

»Mann, Belledin. Früher warst du echt euphorischer. Was ist los mit dir? Hast du keine Visionen mehr?«

»Du nennst deine Hirnfürze Visionen?«

»Ich war dreimal Millionär. Von null angefangen.«

»Und dreimal warst du weit unter null. Schon vergessen?«

»Wenn Investmentbanker oder große Handelsketten pleitegehen, hilft man ihnen. Einem wie mir wirft man vor, dass er sich verkalkuliert hat.«

»Verkalkuliert? Du setzt deine Raubzüge mit Kalkulationen gleich?«

»Ich bin Risikokapitalist, du bist Beamter. Du kannst das nicht verstehen. Schon damals hattest du plötzlich die Hosen voll, als wir die Bankautomaten in die Luft gejagt haben. Beim Einbruch in den Chemiesaal warst du noch Feuer und Flamme.«

»Weil ich Eisner eins auswischen wollte.«

»Und bei der Sprengung war auch noch alles gut, oder? Besser eine Bank ausrauben als eine Bank gründen, stimmt's?«

»Das war Brecht. Der Anarchie-Gedanke.«

»Und warum war der plötzlich weg?«

»Weil ich an die Leute dachte, denen das Geld gehörte. Leute, die es auf die Bank gebracht hatten. Ich wollte sie nicht bestehlen.«

»Blödsinn. Du hattest Angst vor den Konsequenzen. Angst vor der Freiheit. Angst, das, was du als Freiheit verstehst, zu verlieren.«

Belledin atmete schwer. Das war alles zu viel. Er wollte nur schlafen. Aber Janik hörte nicht auf. Vielleicht würde ihn tatsächlich erst ein Schuss zum Schweigen bringen. »Mach's kurz. Noch besser: Komm morgen gegen Mittag aufs Revier. Kennst dich ja aus.« Er rollte sich auf die Seite und schloss die Augen.

»Interessiert dich denn nicht, wer hinter dem Mord an dem jungen Kiefer steckt?«

»Heute Nacht interessiert mich gar nichts mehr«, nuschelte Belledin. »Mein Akku ist leer. Noch ein weiteres Wort und ich bin selbst tot.« Er hörte sich schon schnarchen und aus der Ferne einen Satz aus Janiks Mund, von dem er später nicht wusste, ob er bereits Teil seines Traums gewesen war.

»Der alte Kiefer. Der steckt da ganz tief drin.«

VIER

»Das kannst du nicht machen. Das ist nicht fair.« Motzki trank hastig den letzten Schluck Kaffee aus der Tasse.

Killian zog den Stick von dessen Laptop und steckte ihn ein. »Und ob ich das kann. Wenn das alles stimmt, dann muss Belledin davon erfahren. Außerdem hast du nicht alle Namen geändert.« Er rieb sich die Augen und sah aus dem Fenster. Der Morgen graute. Killian hatte bis jetzt durchgelesen. Motzki war zwischendurch immer mal neben ihm am Tisch eingenickt, jetzt aber hellwach.

»Das mache ich doch jetzt, wenn ich korrigiere.«

»Aber Belledin kriegt das Manuskript in dieser Fassung.«

»Und wenn er die Veröffentlichung torpediert? Weißt du, was das für mich bedeuten würde? Ich habe alles darauf gesetzt. Das ist meine letzte Chance.«

»Dann schreibst du eben ein neues Buch. Ein besseres.«

»Ich habe schon bessere geschrieben. Es geht hier doch nicht um Qualität. Es geht darum, dass ich damit reich und bekannt werde. Dann kann ich mir eine kleine Finca auf Mallorca kaufen und schreiben, was ich will.«

Killian warf sich seine Jacke über und wollte gehen.

Motzki hielt ihn am Arm fest. »Bitte nicht. Nur so lange, bis es in Druck geht. Eine Woche. Mehr brauche ich nicht.«

»Vorhin hast du noch etwas von drei Wochen erzählt.«

»Ich schaffe es auch in einer.«

»In einer Woche kannst du tot sein. Oder deine Tochter. Willst du das riskieren?«

»Du kannst uns doch beschützen. Und Janik. Ihr beide wart doch immer die Starken.«

»Diesmal steckt aber organisierte Kriminalität dahinter. Das sind Söldner. Die machen nichts anderes, als Leute zu killen.«

»Ich dachte, du wärst auch so etwas in der Art.«

»Ich bin Fotograf.« Killian wurde laut.

»Da habe ich aber andere Sachen gehört.«

Killian riss sich los und verließ die Wohnung.

Der gestrige Nebel war einem hellblauen Himmel gewichen. Die Sonne stach Killian in die müden Augen. Er setzte sich ins Auto, kramte die Sonnenbrille aus dem Handschuhfach und fuhr los.

***

Kälble parkte den VW-Bus vor dem Revier, schnappte sich Necessaire und Handtuch und stieg aus. Auf dem Parkplatz begegnete ihr Aschenbrenner.

»Auf Dauer geht des aber nit«, sagte sie und schüttelte besorgt den Kopf. »Des isch doch kei Campingplatz.«

»Nicht so einfach, auf die Schnelle in Freiburg was zu finden.«

»Studenten-WG?«

»Bring ich nicht mehr. Versiffte Küchen, Männer, die im Stehen pissen, und nächtliche Diskussionen über Adorno.«

»Na ja, einen Adonis täte Sie schon noch abkriege. Sie sind ja jung. Wie wär's mit Tinder? Ich bin da au. Was ich da manchmal Type match, die würde mich im Lebtag nie anquatsche.« Sie gingen zum Gebäude. »Und wer weiß, vielleicht löst sich über so eine Dating-App die Wohnungssituation ja von selbst?« Aschenbrenner zwinkerte Kälble anzüglich zu und ging ihr voran die Stufen ins Gebäude hinauf.

Kälble blieb stehen. »Ich rauche noch eine.«

»Nichtraucher komme besser an«, sagte Aschenbrenner, lächelte selbstverliebt und verschwand.

Kälble kramte aus dem Waschbeutel Tabak und Blättchen und begann, sich eine Kippe zu drehen, als ein Defender auf den Parkplatz fuhr. Der Wagen war ihr schon in Achkarren aufgefallen. Sie wettete mit sich, wer dessen Fahrer war, und gewann. Der Fotograf stieg aus und kam auf sie zu.

»Wohnen Sie hier?«, fragte Killian und spielte auf Waschbeutel und Handtuch an.

»Nein. Ich wollte Sport machen. Das ist die Zigarette davor.«

»Ich habe schon Sport gemacht und könnte die Zigarette danach gebrauchen.«

»So genau interessiert mich Ihr Privatleben nicht.«

»So war das doch nicht gemeint. Ich habe die Nacht durchgelesen.« Er zog den USB-Stick aus der Tasche. »Das ist Motzkis Manuskript. Wenn an der Geschichte was dran ist, ist es eine heiße Kiste.«

Kälble griff nach dem Stick.

Killian zog ihn zurück. »Ist Belledin nicht da? Eigentlich wollte ich ihn ihm geben.«

»Erscheine ich Ihnen nicht kompetent genug?«

»Ich habe keinen Grund, an Ihrer Kompetenz zu zweifeln. Ich habe Ihnen doch auch den Chip mit den Fotos gegeben. Haben Sie schon mal reingeguckt?«

»Ich bin noch nicht dazu gekommen. Steht aber gleich an.« Sie leckte das Blättchen und klebte es zusammen. »Also?« Sie streckte die Hand mit der Zigarette aus. »Ein Deal? Drogen gegen Information.«

Killian spielte mit. In Zeitlupe streckte er ihr den Stick entgegen, bis dieser mit der Zigarette auf einer Höhe war. Kälble schnappte mit der freien Hand den Stick und schob sich die Zigarette selbst zwischen die Lippen.

Killian sah sie verdattert an. »Das war aber mies.«

»Ich dachte, Sie kennen die billigen Tricks. Nach allem, was mir Belledin von Ihnen erzählt hat, habe ich mehr von Ihnen erwartet.« Sie zündete sich grinsend die Zigarette an.

Killian zog einen anderen Stick aus der Tasche. »Das hier ist der richtige. Und den kriegt Belledin.«

Sie nahm die Zigarette aus dem Mund und hielt sie Killian hin. Er nahm sie und rauchte.

»Und? Was ist nun mit dem Stick?«, fragte sie.

»Jetzt habe ich beides. Ich dachte, Sie kennen billige Tricks.«

»Okay. Sie haben mich. Wäre ich heller, hätte ich Ihren Job.«

»Das glaube ich nicht. Wer heller ist als ich, macht den Job nicht.« Er sah in den Rauch, den er ausblies.

Ein Taxi fuhr vors Gebäude. Belledin stieg aus und kam auf die beiden zu. Er sah nicht ganz frisch aus.

»Morgen, Chef. Hatte mir schon Sorgen gemacht, als mein Beifahrersitz heute früh leer war.«

»Vielleicht wäre ich besser hocken geblieben.« Er sah zu Killian. »Und was machst du hier? Gestern Nacht hat mich einer aufgesucht, der mir mindestens genauso unheimlich ist wie du.«

»Janik?«

»Richtig. Woher weißt du das?«

»Weil er auch bei mir war.«

»Auch mit Schließwerkzeugen und Strumpfmaske?«

Killian lachte. »Das hat er wirklich gebracht? Der Kerl ändert sich nie.«

»Das befürchte ich auch. Bist du wegen ihm hier?«

»Er wollte dir das Manuskript von Motzki bringen.« Das war Kälble.

»Wenn es tatsächlich so heiß ist, wie Janik gestern tat, ist es wohl gut, dass ich es lese.« Er sah Killian fragend an.

»Für mich ist die Sache damit erledigt.« Er warf die Kippe auf den Asphalt und löschte die Glut mit der Schuhspitze. »Sie hat den Stick.«

Kälble sah ihn verdutzt an.

Killian zwinkerte und ging.

Belledin streckte die Hand aus.

Kälble gab ihm den Stick. »Ich habe die Fotos. Vielleicht finde ich da was drauf«, sagte sie und wollte ins Gebäude.

»Das geht auf Dauer aber nicht«, sagte Belledin und zeigte auf das Handtuch, das Kälble über der rechten Schulter hing.

»Ich weiß. Hat Aschenbrenner auch schon gesagt.«

»Hast du was in Aussicht?«

»Hab mich noch nicht wirklich drum gekümmert. Ich mag meinen Bus.«

»Aber es wird Winter.«

»Werde schon was finden, bevor der erste Schnee kommt.«

»Mach nur Witze. Manchmal haben wir hier tatsächlich noch Schnee, der nicht aus Kanonen geschossen wird.« Er atmete tief durch. »Wenn du magst, kannst du bei mir einziehen. Ich habe zwei freie Zimmer. Ich verliere mich in der Wohnung.«

»Ist das dein Ernst?« Kälble sah ihn mit großen Augen an. »Und die Kollegen?«

»Was kümmern mich die Kollegen? Wenn es mich stören

würde, was hinter meinem Rücken über mich geredet wird, könnte ich gleich auf eine einsame Insel ziehen.«

»Meinst du, das funktioniert?«

»Warum nicht?«

»Nach all dem, was zwischen uns war?«

»Es war. Es ist ja nicht mehr, oder?«

»Könnte aber wieder anfangen.«

»Wir haben auch heute Nacht den VW-Bus überstanden.«

»Nicht ganz. Du bist abgehauen. Hättest dich auch an mich kuscheln können.«

»Hättest du es zugelassen?«

»Ich muss jetzt mal duschen.« Sie ging ins Gebäude.

Belledin folgte ihr. »Gut. Und ich fahre mit der Bahn nach Achkarren und hole meinen Wagen. Dann gehe ich bei Kiefer vorbei und klopfe dort mal auf den Busch. Und dann lese ich das hier.« Er winkte mit dem Stick.

Kälble blieb abrupt stehen und sah Belledin entschlossen an. »Okay. Ich ziehe bei dir ein. Aber ich sage dir von vornherein, dass nichts laufen wird. Klar?«

»Klar.« Er kramte den Hausschlüssel aus der Tasche und reichte ihn ihr. »Marienstraße zwölf, zweiter Stock. Kannst dir das Zimmer aussuchen.«

Kälble nahm den Schlüssel und ging in Richtung Toiletten.

Belledin steuerte auf sein Büro zu. Aschenbrenner fing ihn ab. »Also, wie finde Sie das? Die wohnt im Campingbus. Des isch doch kei Art.«

»Jetzt wohnt sie bei mir.« Er ging an ihr vorbei und freute sich über die Gedanken und Phantasien, die seine Antwort garantiert in Aschenbrenners Hirn auslösen würden.

***

Killian war froh, mit der Angelegenheit jetzt nichts mehr zu tun zu haben. Nun musste er nur noch Motzki loswerden. Schon früher war es so gewesen, dass sich Motzki an Killian oder Janik geklammert hatte, wenn er irgendetwas ausgefressen hatte. Sie ließen ihn nie hängen, egal mit wem er es sich wieder verdorben hatte. Oft steckten sie dafür Prügel ein, die eigentlich Motzki galt. Aber sie teilten auch aus. Vor allem Janik. Manchmal schien es, als hätte er nur darauf gewartet, dass Motzki sich mit irgendwelchen Clans oder Firmen anlegte, um sich einen Spaß zu gönnen. Killian machte aus Freundschaft mit und weil Motzki es immer so verkaufte, dass die anderen die Ausbeuter und sozial Ungerechten waren. Damals hatte Killian solche Sachen noch geglaubt. An die große Utopie. An John Lennon. »Imagine«.

»You may say, I'm a dreamer. But I'm not the only one. Some day you'll join us, and the world will be as one«, sang er jetzt und fand den Song noch immer gut. Insgeheim wollte er auch heute daran glauben. Vielleicht fiel es ihm deshalb so schwer, Motzki abzuschütteln. Aber was war aus Motzkis Utopie geworden? Die Biografie, die er über Janik geschrieben hatte, war nur eine Aneinanderreihung von Gewalt und Darwinismus. Der Stärkere fraß den Schwächeren, der Mensch war dem Menschen ein Wolf. Mehr Substanz hatte Killian nicht herauslesen können. Manche Stellen waren literarisch sogar sehr schön geraten. Killian ahnte, dass sie der reinen Phantasie Motzkis entsprungen waren. Witzige dialektische Dialoge, die nachhallten, ohne dabei moralisch zu wirken. Der Rest war Actionschund, der den einsamen Wolf heroisierte, dem in der schlechten Welt nichts anderes übrig blieb, als ebenso schlecht zu werden, um zu überleben. Killian war das zu wenig. Er hatte von Motzki schon ganz andere Dinge gelesen. Berührendes, Scharfzüngiges und Anstößiges.

Er fragte sich, warum es Motzki diesmal ums Geld ging. Hatte er die Schnauze voll von der Rolle des verkannten Literaten? Oder war er zu müde geworden, um um Literatur zu ringen, die niemand lesen wollte? Von einer Finca auf Mallorca hatte er gesprochen. Der Traum der deutschen Spießer. Ausgerechnet Motzki wollte sich damit abfinden? Einer, der sich immer verweigert hatte? Oder tat er es nur Janik zuliebe? Um der alten Freundschaft willen? Zwar schrieb Motzki am Ende des Buches, dass Janik mittlerweile ein seriöser und erfolgreicher Geschäftsmann geworden war, aber konnte man das glauben, nach all dem, was er zuvor verbrochen hatte? Mit dem Blechnapf verhielt es sich so wie mit dem Alkohol. War man einmal Alkoholiker, war man es ein Leben lang. Vielleicht schaffte man es, vom Trinken wegzukommen, aber abhängig blieb man trotzdem.

Killians Handy klingelte. Er kannte die Nummer nicht und nahm den Anruf entgegen. »Hallo! – Ah, Ruth. – Was? – Oh, nein. – Hast du Belledin schon verständigt? – Verstehe. Und Motzki? – Ja, wir können uns in Riegel treffen. – In der ›Arche‹. – Bin in einer halben Stunde da.« Killian legte das Handy auf den Beifahrersitz und stöhnte. Nein, er war nicht draußen aus der Sache. Jetzt schien es erst richtig loszugehen.

Er fuhr vom Zubringer in Richtung March und suchte in der Playlist seines USB-Sticks, der in seiner Anlage steckte, den passenden Song, der ihm die nötige Kraft für das bevorstehende Treffen mit Ruth geben würde. Er entschied sich für Manfred Mann, »Just Like a Woman«, klopfte auf dem Lenkrad den Rhythmus mit und schüttelte ungläubig den Kopf.

***

Belledin hatte sich beeilt, um den nächsten Zug zu erwischen. Mit der Regiobahn konnte er nach Breisach fahren und dort nach Achkarren umsteigen. Er war lange nicht mehr mit der Bahn gefahren. Früher fast täglich von Bötzingen nach Breisach in die Schule. Aber sobald es wärmer wurde, hatte er das Fahrrad genommen. Das hatte Geld gespart und war die erste sportliche Einheit des Tages gewesen. Eine Strecke immerhin fünfzehn Kilometer. Wann war er das letzte Mal fünfzehn Kilometer mit dem Fahrrad gefahren?

Er streichelte sich über den Bauch und sah zum Fenster raus. Er würde sein altes Rennrad aus Merdingen holen und es herrichten. Und sich dann den Speck abtrainieren. Gramm für Gramm. Keine Blitzdiät. Das brachte nichts. Damit hatte er schon seine Erfahrungen gemacht. Bei dem Gedanken an Diät bekam er Appetit. Die türkische Frau, die ihm gegenübersaß, packte ein mit Tomaten und Käse belegtes Brot aus und reichte es ihrem Sohn, den Belledin auf acht Jahre schätzte.

Sie sah Belledins hungrigen Blick und lächelte ihn an. »Wollen Sie auch etwas? Ich habe zu viel gemacht. Ich mache immer zu viel. Ich glaube immer noch, man muss viel essen, wenn man krank ist. Das habe ich von meiner Oma.«

»Sehe ich denn krank aus?«

Sie lachte. »Nein. Entschuldigung. So war das nicht gemeint. Aber mein Sohn ist krank. Ich komme gerade aus dem Krankenhaus.«

»Was hat er?«

»Ein Trauma. Erkin kann nicht schlafen. Wir waren im Sommer in Istanbul. Familie besuchen und Ferien machen. Eine Bombe ist direkt auf dem Markt explodiert. Mein Onkel und dessen Tochter sind dabei ums Leben gekommen.« Sie reichte Belledin ein in Alufolie verpacktes Sandwich.

Er nahm es, obwohl ihm der Appetit vergangen war, und nickte empathisch.

»Jede Nacht wacht Erkin auf und schreit. Mein Mann hat zum Glück Nachtschicht. Sonst würde er auch noch anfangen durchzudrehen.«

»Aber jetzt ist er ganz ruhig«, sagte Belledin und sah auf den kauenden Jungen, der aus dem Fenster blickte.

»Er hat Medikamente bekommen, die ihn beruhigen. Ich glaube, sie sind viel zu stark. Er ist wie in einer anderen Welt, wenn er die Tabletten genommen hat. Oh, wir sind schon da. Komm, Erkin.« Sie nahm den Jungen an die Hand und stand auf.

»Auf Wiedersehen. Und danke«, sagte Belledin und winkte ihr mit dem Sandwich in der Hand nach.

Die Frau lächelte und stieg aus der Bahn.

»Die überrenne uns«, sagte ein Mann um die fünfzig eine Reihe vor Belledin und schwang seinen knöchrigen Zeigefinger in die Luft. »Rein rechnerisch. Erscht unterwandern, dann Kinder zeuge ohne Rücksicht auf Verluschte, und plötzlich bisch dä einzige Deutsche in de Schulklass.«

»Do bruchsch gar nit so lang warte.« Die Stimme einer Frau mit fleckig gefärbten Haaren überschlug sich. »Bei de Rita in Ihringe sin fascht nur noch Muslime. Weisch, was einer zu ihr gsagt hätt? Sie hätt ihm nix zu befehle, sie wär ä Frau. Hä, so ä Rotzlöffel. Dem hätt ich grad eine backe.« Sie sah sich im Rund der Vierergruppe um und holte sich nickende Zustimmung ein. »Irgendwann kumme sie und verlange, dass sich d' Rita noch a Schal vors Gsicht macht.«

»Hänei, so weit därf's nit kumme.« Ein kleiner Dicker, dessen Hose sichtbar spannte, rückte sich im Sitz zurecht. »Do müsse ma was unternemme. Wehret den Anfängen.«

Die anderen nickten.

»Ich mein, aktiv was unternemme. Rede allein reicht nit. Mir müss auf d' Straße. Wie in Dreschden. Die Politiker müsse sehe, dass mir ä Meinung habe und uns nit alles gfalle lasse.«

»De Heinz hät recht. Mir müsse ufstehe. Einmal alle vier Johr wähle, des reicht nit. Die mache do obe, was sie wolle.«

»Die Flüchtling könne ja nix dafür«, sagte jetzt eine schmale Frau, die sich an einer Handtasche festhielt. »Die Politiker sind's, die ihne falsche Versprechunge mache. Wegen denne glaube sie, sie komme hier ins Paradies.«

»Des werde mir denne scho austreibe. Dann gehen die gern wieder heim. Wart's ab«, sagte der Dicke, unterstrich seine Aussage mit einem gewichtigen Kopfnicken und stand auf.

»Steigsch hier scho aus? Was machsch du in Gottene?«

»Ich fahr weiter nach Endinge. Mir hän heut Versammlung, und ich muss noch ebbis dafür vorbereite. Kumme doch vorbei. Heut spricht dä Professor. Der kann schwätze, da wird dir alles klar. Und des isch fundiert.«

»Isch wichtig, dass so einer mit vorne dabei isch. Sonscht sage die andere wieder, mir wäre alles nur fruschtrierte Dummköpf.«

»Henei, blöd sin mir nit. Ma will uns nur für dumm verkaufe«, sagte die Gescheckte.

Zustimmung der Übrigen. Die Bahn hielt, der Dicke stieg aus. Zwei Schwarze kamen herein und setzten sich Belledin gegenüber.

Die Schmale klammerte sich stärker an ihre Handtasche, die Gescheckte verschwand in die Welt eines »Julia«-Romans, und der Mann mit dem knöchrigen Zeigefinger sah aus dem Fenster.

Belledin packte das Sandwich aus, biss hinein und dachte dabei an seinen Cousin Georg, der an der Uni Freiburg Geschichte dozierte und bei den Badischen Patrioten die Angst vor dem Fremden schürte.

***

Kälble hatte sich bei Aschenbrenner am Automaten einen Kaffee geholt und sich dann hinter den Computer geklemmt. Die Fotos, die Killian geschossen hatte, erzählten mehr als die üblichen Bilder, die sie von Hochzeiten kannte. Es schien, als hätte er auch auf der Feier auf einem Schlachtfeld gestanden. Alles war in Bewegung. Ob sie sich Kuchen reichten, wild tanzten oder einen leeren Blick ins Nirgendwo warfen – immer fühlte Kälble sich mittendrin und wartete nur darauf, dass die Menschen auf den Fotos endlich zu sprechen begannen.

Gerade betrachtete sie ein Bild, auf dem sich die Brautmutter und der Vater des Bräutigams ansahen, als hätten sie mehr gemeinsam als nur die Hochzeit ihrer Kinder. Kälble klickte weiter und hoffte, dass es auf dem nächsten Foto mit den beiden weiterging und ihr stummes Geheimnis gelüftet würde. Aber Killian hatte sich einem anderen Motiv zugewandt. Die Tanzfläche in der Totalen. Warum hatte er die beiden nicht weiterverfolgt? Hatte ihn ihr Geheimnis nicht interessiert? Oder hatte er es gar nicht gesehen? War der Gedanke am Ende nur eine Projektion Kälbles, und nichts davon existierte in der Wirklichkeit? Sie klickte zurück. Doch, das Geheimnis war da. Sie kannte diese Blicke. Hatte sie von Kind auf mitbekommen, wenn ihr Vater hinter dem Rücken der Mutter heimlich flirtete. Und auch sie selbst hatte solche Blicke häufig geworfen. Nach Belledin hatte sie Verhältnisse mit drei liierten Männern gehabt. Oft genug war sie den Männern auf irgendwelchen Festen in Begleitung ihrer Frauen begegnet. Die Blicke, die sie ausgetauscht hatten, rochen nach Verrat und lustvollem Einverständnis. So wie der zwischen Ruth Motzki und Erwin Kiefer.

Sie kopierte sich das Bild in einen Dateiordner. Auch wenn es ihr schwerfiel, das Foto direkt in Beziehung zur Tat zu setzen, fand sie es wichtig. Es waren immer die Beziehungsgeflechte, die zu Tätern führten. Sie würde dem nachgehen.

Sie klickte weiter und studierte das Tableau der Tanzenden. Braut und Bräutigam im Zentrum. Harmonisch. Sie schienen glücklich. Die anderen drum herum in allen Facetten. Mal wild und extrovertiert, mal reduziert nur für sich. Kälble konnte anhand des Fotos nicht erraten, was für eine Musik gelaufen war. Sie summte einen Walzer. Auf das Brautpaar und zwei andere würde der Dreivierteltakt passen, doch der Rest arbeitete dagegen. Vielleicht ein freier Techno-Mix, bei dem die Rhythmen in so rascher Folge wechselten, dass die Tänzer sich nur stolpernd anpassen konnten. Oder waren einige schon derart angetrunken gewesen, dass sie den Beat der Musik vernachlässigt und nur noch auf ihren eigenen Herzschlag gehört hatten.

Kälble klickte weiter. Vier Maskierte, Halloween-Monster, die mit Konfetti um sich warfen und um das Brautpaar tanzten. Ein Verkleideter hatte auf Motzki gezielt und Kevin Kiefer getroffen. War es einer von denen auf dem Foto? Kälble lehnte sich zurück und ließ das Bild auf sich wirken. Drei der Masken wirkten als geschlossene Gruppe, eine stand vereinzelt am Bildrand. Im Gegensatz zu den anderen, die schwarze Umhänge trugen, hatte diese Person eine Maske und einen dunkelblauen Anzug an. Kälble zoomte auf die Schuhe. Die drei mit den Umhängen trugen Turn- und Trekkingschuhe, die Maske im Anzug dunkelbraune Halbschuhe, die teuer wirkten. Hatte die Kellnerin, die später gekommen war, nicht von einem Clown in Halbschuhen gesprochen, der gut rennen konnte? Kälble klickte weiter. Nur noch die drei Masken in den schwarzen Umhängen waren auf dem Foto zu sehen. Sie umkreisten die Braut wie die Hexen Macbeths. Wo war der Bräutigam? Auf dem Klo? Und die andere Maske? Ebenfalls?

Nein. Das passte nicht. Dann hätte der Fotograf auch auf dem Klo sein müssen. Oder ein anderer hätte das Bild geknipst. Ungeduldig klickte sie weiter. Weder der vierte Maskierte noch der Bräutigam waren zu sehen. Dafür verstörte Gesichter. Eine weinende Braut. Sie selbst, wie sie mit den Kollegen das Gasthaus betrat. Der Tod des Bräutigams war für Killian kein Grund gewesen, die Kamera wegzulegen. Für ihn schien der Spaß mit dem Mord erst richtig begonnen zu haben.

***

Killian betrat die »Arche« und wurde weit in seine Kindheit zurückkatapultiert. An Allerheiligen hatte sich die Familie seiner Oma mütterlicherseits stets hier getroffen, um den Toten der Sippe einen Besuch abzustatten. Erst war man auf den Friedhof gegangen, dann in die »Arche«. Schnitzel mit Pommes hatte es immer gegeben. Einen kleinen Salat als Beilage. Es roch noch streng nach dem Fett von damals. Ruth saß in einer Ecke und stand auf, als er durch die Tür kam.

»Ich habe schon gezahlt. Ich halte es hier nicht aus.«

»Du wolltest hierher.«

»Ich dachte, es wäre anders. Aber es ist wie immer.«

»Das ist es überall. Egal wo man ist.«

»Lass uns spazieren gehen.«

»Michaeliskirche?«

»Friedhof. Das passt besser.«

Zum Friedhof war es nicht weit. Deswegen waren sie wohl auch immer in der »Arche« eingekehrt. Die Oma war nicht gut zu Fuß gewesen. Killian wusste nicht mehr, vor welchem der Gräber sie damals gestanden hatten. Er inhalierte den Geruch. So wie in dem Wirtshaus das Fett alter Pommes hing, schwelte hier der Duft von Buchsbaum und feuchtem Kies.

»Seit wann ist sie weg?«, fragte Killian.

»Heute Morgen wollte ich sie wecken. Ihr Bett war leer.«

»Fehlen Sachen aus dem Schrank?«

»Ein Koffer. Bestimmt hat sie Kleidung eingepackt. So genau weiß ich das nicht. Der Schrank ist übervoll. Wenn was fehlt, fällt es nicht auf.« Sie lachte bitter. »Wenigstens etwas, das sie von mir hat.«

»Hast du Motzki schon Bescheid gesagt?«

»Bin ich verrückt? Du bist der Einzige, der es weiß.«

»Und warum ausgerechnet ich?«

»Weil es irgendwie auch deine Tochter ist.«

Er sah sie fragend an.

»Es hätte deine Tochter sein können.«

»Ich habe schon eine, um die ich mich nicht gekümmert habe. Eine zweite würde mich vollends überfordern.«

»Ich hätte jedenfalls gern ein Kind mit dir gehabt.«

»Du hast eins mit Motzki. Und es ist traumatisiert und irrt irgendwo umher.«

»Ich glaube nicht, dass Bettina abgehauen ist. Sie ist nicht der Typ.«

»Was glaubst du dann?«

»Dass jemand sie entführt hat.«

»Du redest schon wie Motzki.«

»Ist das ein Wunder? Nach allem, was passiert ist?«

»Warum sollte sie jemand entführen?«

»Weil sie Motzkis Tochter ist.«

»Sie ist auch deine.«

»Deswegen weiß ich ja auch, dass sie nicht so einfach verschwunden ist.«

Sie standen vor einem alten Grab. Johanna und Arthur Stegle. Stegle. Das war der Familienname der Oma gewesen. Killian erinnerte sich an den dunkelgrauen Granit. Wie groß und mächtig war der Stein ihm als Kind erschienen. Er hatte sich ans Bein seiner Mutter geklammert, weil er gefürchtet hatte, er wäre das Tor zum Tod, das sich jederzeit öffnen und ihn verschlingen könnte.

Heute klammerte sich Ruth an ihn. »Bitte, Killian. Hilf mir, sie zu finden.«

»Warum fragst du nicht Belledin? Er kann eine Fahndung einleiten.«

Sie kramte ihr Handy aus der Tasche, gab es Killian und zeigte ihm eine SMS. »Bettina geht es gut. Keine Polizei.« Unbekannte Nummer.

Er gab ihr das Handy zurück. »Könnte auch ein Freund sein, bei dem sie untergetaucht ist.«

»Aber warum sollte sie das tun? Sie hat doch mich. Ich bin ihre Mutter.«

»Elternsein wird überschätzt.«

»Das sagst du nur, weil du selbst nie wirklich Vater warst.«

»Fast glaube ich, Bärbel steht vor mir.«

»Ähnlicher Typ. Stimmt. Deswegen hast du sie ja auch genommen, nachdem du mit mir fertig warst.«

»Ich war nie mit dir fertig. Aber du wolltest höher hinaus. Der Sohn eines Anwalts versprach eine bessere Perspektive.« Er brach einen Zweig vom Buchsbaum ab, tauchte ihn in Regenwasser, das eine Kerzenschale aufgefangen hatte, besprengte das Grab und ging weiter.

»Was war das denn?«, fragte Ruth und folgte ihm.

»Weiß ich nicht. Ich glaube, man macht das so. Alte Erinnerung. Kennst du das nicht? Wenn ich in katholische Kirchen gehe, bekreuzige ich mich auch immer mit Weihwasser und gehe kurz auf die Knie, ehe ich in die Bank rutsche.«

»Du gehst in Kirchen?«

»Geheimagenten treffen sich manchmal dort.«

Sie stellte sich vor ihn. »Du brauchst mich nicht zu verarschen. Ich kenne Bettina. Sie haut nicht einfach ab.«

»Auch nicht, wenn ihr Bräutigam am Tag der Hochzeit erschossen wurde?«

»Selbst dann nicht. Sie ist erzogen, Schmerz mit Würde zu ertragen.«

»Mit Würde. Das klingt nach altem Hochadel. Wusste gar nicht, dass du schon so weit bist.«

»Was willst du? Soll ich vor dir auf die Knie fallen?« Sie sah ihn flehend an.

Er musterte sie. Tränen füllten ihre Augen. Gleich würde eine kullern. Er war keine achtzehn mehr. Er hatte schon genügend Tränen gesehen. Echte und falsche. Ruths waren eine Mischung aus falscher Verzweiflung und echter Wut. Sie mochte es nicht, abgewiesen zu werden. Sie war es gewohnt, dass man ihre Bitten ernst nahm und als Aufträge ansah; schließlich zählte sie sich zum Hochadel von Gottes Gnaden. Woher auch immer sie sich diesen Segen geholt haben mochte, sie verstand es, ihn bis zum Äußersten zu gebrauchen. »In Ordnung. Ich glaube dir«, sagte er. »Aber wie kann ich dir helfen?«

»Ich denke, ich weiß, wer sie entführt hat.« Sie wischte sich die Träne von der Wange und lächelte. »Der alte Kiefer.«

»Warum hätte er das tun sollen?«

»Aus Rache. Weil Kevin wegen ihr gestorben ist. Und jetzt möchte er sie töten, damit sie beide vereint sind. Totenhochzeit. Verstehst du?«

Killian wusste nicht, ob er laut lachen sollte. »Totenhochzeit? Das klingt wie ein Horrorschund, den Motzki erfunden hat.«

»Wenn Motzki wüsste, wie tief Kiefer in einem Kult steckt, er würde dieses Wissen sofort in seinen Krimis verwursten. Glaub mir, der Typ ist verrückt.«

»Was für ein Kult? Eine Sekte?«

»Nein, keine Sekte. Eher eine Loge. So wie die Freimaurer. Aber mit schwarzer Magie.«

»Ich erinnere mich. Motzki hat so etwas in seinem Manuskript erwähnt. Aber nur am Rande. Woher weißt du das?«

Ruth knetete ihre Hände und sah auf einen Grabstein. »Bettina hat mir davon erzählt. Kevin würde sie nur heiraten, wenn sie sich initialisieren ließe.«

»Initialisieren?«

»Irgendein Aufnahmeritual, bei dem sie einen Ziegenbock schlachten.«

Killian platzte nun doch ein Lachen heraus.

»Hör auf. Das ist nicht lustig.«

»Entschuldige. Aber es klingt absurd.«

»Für Kiefer ist es todernst. Er glaubt, seinen Erfolg und seine Macht hätte er dem Kult zu verdanken.«

»Und? Wurde Bettina initialisiert?«

»Nein. Sie hat sich geweigert.«

»Und warum kam es trotzdem zur Hochzeit?«

»Sie ist schwanger.«

»Verstehe. Äußerlicher Schein steht über geheimem Kult. Das wirft die Frage auf, welcher Kult der dümmere ist.«

»Verstehst du jetzt, warum ich nicht zu Belledin gehen kann? Er glaubt mir die Sache nie.«

»Da wette ich drauf.« Sie erreichten den Ausgang des Friedhofs und wichen einem alten Mann aus, der ihnen mit einem Strauß

Astern entgegenkam. »Aber wie soll ich an Kiefer rankommen, ohne dass es auffällt?«, fragte er.

»Ich habe gehört, dass er dich auf der Hochzeit gefragt hat, ob du nicht Fotos von seinem Weingut machen möchtest.«

»Und du meinst, ihm steht jetzt noch der Sinn danach? Sein Sohn wurde getötet.«

»Kevin hat ihn nie interessiert. Es geht Kiefer immer nur um sich selbst.«

»Wem nicht?«

Ruth griff Killians Hand. »Wir gehen dabei nicht über Leichen.«

Killian sah in ihre hellbraunen Augen. Sie warfen ihn zurück in die Zeit, als sie gemeinsam für die Schülerzeitung geschrieben hatten. Bärbel, Motzki, Ruth und Killian. Die Redaktion des Blattes. Während die anderen drei mit spitzer Feder Lehrer und Schulpolitik aufspießten, hatte Killian mit Cartoons und Karikaturen das Blatt bereichert. Und mit Fotos natürlich. Leider hatte die Zeitung nur aus Schwarz-Weiß-Kopien bestanden, zu mehr hatte das Geld nicht gereicht. Ja, er hätte auch Bettinas Vater sein können. Aber Ruth hatte sich für Motzki entschieden. Er schien vielversprechender. Hatte damals schon kleinere Sachen für die »Badische Zeitung« geschrieben, und die Deutschlehrer prophezeiten ihm als nächste Karrierestufe die »FAZ« oder die »Süddeutsche«. Killian war da verträumter gewesen. Ihm war es nie um Erfolg gegangen. Er hatte einfach nur das Leben begreifen wollen. Sein Medium war die Kamera gewesen. Mit ihr war er auf Reisen gegangen und hatte geknipst, was ihm lebendig schien. Dass dabei immer mehr Tote vor seiner Linse erschienen waren, war paradox, aber konsequent. Wie konnte man Leben ohne Tod definieren?

»In Ordnung. Ich fahre bei ihm vorbei und sehe mich dort um«, sagte er.

»Danke.« Sie drückte ihm einen Kuss auf die Wange und ging.

Killian sah ihr nach, bis sein Handy klingelte. Eine unbekannte Nummer. Er nahm den Anruf entgegen. »Hallo? – Heute Abend? – Nein, ich habe noch nichts vor. – Gern. – Bis dann.« Er legte auf und steckte das Handy ein. Margarita hatte ihn zu einer Lesung in ihrer Buchhandlung eingeladen. Lyrik von Kevin Kiefer. Ein Gedenkabend mit klassischer Musik und Häppchen.

***

Die Bahn hielt in Achkarren. Mit Belledin stieg nur ein altes Mütterchen aus dem Waggon. Sie schleppte eine schwere Einkaufstasche.

»Kann ich Ihnen helfen?«, fragte Belledin und zeigte auf die Tasche.

Sie musterte ihn. »Abhaue wirsch wohl nit damit. Ich bin zwar schwach und alt, aber schneller, als ma meint. Und du bisch dick, stark und jung, aber langsam.« Sie stellte die Tasche ab.

Belledin nahm sie und ging neben der Frau her. Sie hatte tatsächlich einen strammen Schritt drauf.

»Furchtbar, so ä junge Mensch«, sagte sie und schüttelte den Kopf.

»So jung bin ich auch nicht mehr.«

»Ich mein nit dich. Ich mein de Kevin. Wird einfach abknallt uf de eigene Hochzit.«

»Schrecklich.«

»Wer weiß, für was es gut war. Mir wär viel erspart bliebe, hätt mich einer uff de Hochzit abknallt.« Sie lachte laut. »Noch besser: Er wär abknallt worre.« Sie blieb stehen. »Ich weiß jo nit, was de Kevin wirklich für ä Mensch war. Vielleicht war's genauso ä Dubel wie mei Mann, dann war's Glück für d' Bettina. Kummt immer druf a, wie ma's sieht.« Sie ging weiter.

Belledin trottete nebenher.

»Wenn sie wenigschtens de alte Kiefer au glei mit abknallt hätte. Aber die richtige Dreckspatze erwischt's nie.«

»Kiefer ein Dreckspatz? Warum?«

»Was der Dreck am Stecke hät. Erscht im Frühjahr hät sich dä alte Engist ufghängt, weil ihn de Kiefer ruiniert hat. Und de Engist hät ä super Wein gmacht. Aber plötzlich ware seine Rebstöck befalle von einem Mehltau, gegen den kei Spritze hilft. Zwei Monat davor hät de Kiefer die Rebe kaufe wolle, aber de Engist hat Nein gsagt. Und dann doch verkaufe müsse. Um einiges billiger natürlich. Schmecksch was?«

»Sie glauben, Kiefer hat die Reben mit Mehltau infiziert?«

»Er selbscht bestimmt nit. Der macht sich seine Händ nit schmutzig. Aber seine Pole oder Jugos, weiß eh keiner, wer da wer isch.« Sie blieb vor einem alten Haus stehen, dessen Fensterläden schief in den Scharnieren hingen und einen neuen Anstrich nötig hatten. »So, mir sind da. Danke.« Sie streckte die Hand nach der Tasche aus.

Belledin reichte sie ihr. »Haben Sie Beweise für Ihre Vermutung?«, fragte er.

»Menschenverstand und Erfahrung. Des reicht mir.«

»Dem Staatsanwalt nicht.«

Sie lachte bitter. »Weisch, wie oft mich mei Alte vergewaltigt hät? Im Dorf hät des jeder mitkriegt, auch wenn keiner dabei war. Aber wenn mir einer ins Gschicht gschaut hat, hat er's gwusst. Klar, für de Staatsanwalt hätt des nie greicht.« Sie drehte sich um und verschwand in ihrem Haus.

Belledin ging weiter zum Parkplatz, stieg aber nicht in seinen Wagen, sondern setzte sich auf die sonnige Bank unter die beiden Kastanien. Er schloss die Augen und fasste zusammen, was er bislang über den Fall wusste. Da war Motzki, der behauptete, der Anschlag habe ihm gegolten, weil er an einer Biografie über einen Gangster schrieb, die einigen nicht schmecken würde. Nun war der Gangster ausgerechnet Janik, ein alter Freund aus gemeinsamen Schulzeiten, den Belledin sogar vor Jahren eigenhändig hinter Gitter gebracht hatte. Der bei ihm gestern Nacht aufgetaucht war und die Rede auf Kiefer gebracht hatte. Auch die Alte eben war nicht gut auf Kiefer zu sprechen gewesen. Klar, das alles war Klatsch und Tratsch, aber der Weinfürst hatte einige Feinde. Was, wenn einer davon sich ausgedacht hatte, sich auf diese Weise an ihm zu rächen? Kevin war Kiefers einziger Sohn gewesen. Der Erbe des Weinimperiums. Der Senior würde von nun an ständig mit der Frage aufwachen, wozu er alles erschaffen hatte, wenn es doch mit ihm in der Versenkung verschwinden würde. Belledin musste dieser Vermutung nachgehen. Er musste Kiefer aufsuchen und nachhaken.

Er nahm den Stick, den Killian ihm gegeben hatte, aus der Manteltasche und drehte ihn zwischen seinen Fingern. Vielleicht wäre es klug, Motzkis Manuskript zu lesen, ehe er Kiefer einen Besuch abstattete. Aber er hatte keinen Laptop im Auto. Wo fand er auf die Schnelle einen Computer?

Er stand auf und ging zur »Krone«. Das Gasthaus war geschlossen. Er erinnerte sich an Eva Geppert, auch eine alte Schulfreundin. Sie kam aus Achkarren, war eine Weile weg gewesen und letztes Jahr ins Elternhaus zurückgezogen, um ihre demente Mutter Gisela zu pflegen. Belledin war früher oft dort gewesen. Immer an Fastnacht richteten die Gepperts für alle ein großes Lager in der Scheune her, in dem man seinen Rausch ausschlafen konnte. Es ging stets lustig her. Die Gepperts waren Fastnachtsverrückte. Karl war im Pfauenrat und bekannt für gallige Büttenreden, Gisela in der fünften Jahreszeit ein wildes Huhn, das nichts anbrennen ließ. Karl war an einem Aschermittwoch gestorben. Keiner hatte gewusst, ob Gisela mehr über seinen Tod oder das Ende der Fastnacht weinte.

Belledin läutete und wartete. Ein Fenster öffnete sich. Das Gesicht, das herausschaute, hatte vor dreißig Jahren zu den schönsten gehört, die die Gegend zu bieten hatte. Und auch jetzt fand Belledin es noch immer sehr reizend.

»Ja? Was gibt's?«, fragte Eva.

»Ich bin's, Belledin!«, rief er hoch und wedelte mit dem Stick in der Hand. »Ich bräuchte kurz einen Computer.«

»Belledin? Der Kommissar?« Sie lachte laut. »Dass ich das noch erleben darf. Warte, ich komme runter.« Sie schloss das Fenster, öffnete einen Moment später die Tür und musterte ihn mit einem breiten Grinsen. »Zwanzig Jahre?«, fragte sie.

»Mindestens.«

Sie umarmte ihn und gab ihm zwei Wangenküsschen. »Komm rein.«

»Ich hoffe, ich störe nicht.«

»Überhaupt nicht. Ich bin froh, wenn in dieser Einsamkeit mal einer anläutet. Achkarren ist nicht gerade Brooklyn.«

»Zum Glück. Ein Todesopfer jährlich reicht mir.« Er folgte ihr die Treppen hinauf.

»Habe schon davon gehört. Schrecklich. Aber immerhin ist hier jetzt was los. Die Leute reden plötzlich miteinander. Jeder will mehr wissen als der andere.«

»Und? Was wissen sie?«

»Die meisten gehen davon aus, dass sich jemand am alten Kiefer rächen wollte.«

»Die Theorie habe ich auch schon gehört. Und die anderen?«

»Unterschiedlich. Einige sagen, Kevin wäre in einer Sekte gewesen und hätte aussteigen wollen.«

»Was für eine Sekte?«

»Irgendein Ableger der Stündler. Angeblich noch strenger. Kein Sex ohne Zeugungswunsch und so ein Quark. Und vor allem nicht vor der Ehe.«

»Aber Mord verstößt doch auch gegen die Zehn Gebote.«

»Nenne mir eine Religion, die nicht trotzdem für ihren Gott tötet.«

»Buddhismus?«

»Das ist keine Religion. Das ist Mode.«

Sie befanden sich in einem Atelier, das Belledin hier nicht erwartet hätte. Blanke, geölte Holzdielen. Eine Mauer war einer breiten Fensterfront gewichen. Auf einem riesigen Tisch, der sich quer durch den Raum zog, standen drei Flachbildschirme, auf denen Grafiken flimmerten, klassische Musik durchflutete den Raum, und zwei Katzen lagen faul auf einem Sofa.

»Doch Brooklyn«, sagte Belledin.

»Ein Loft mit Rebenblick. Wer hat das schon in New York?« Eva lachte und führte Belledin an die Fenster. Sie sahen über die herbstgefärbte Rebenlandschaft und lauschten einem Violinsolo.

»Sie ist schon ein Wunderkind«, sagte Eva.

»Wer? Bettina?«

»Bettina?«

»Kevin Kiefers Witwe.«

»Kenne ich nicht. Genauso wenig wie Kevin. Wenn man keine eigenen Kinder hat, kommt man mit der jüngeren Generation kaum in Kontakt. Es sei denn, man spielt Fußball oder engagiert sich in der Kirche.«

»Fastnacht?«

Sie winkte ab. »Hör auf. Damit habe ich lange abgeschlossen.«

»Ich dachte, du wärst deswegen wieder zurückgekommen.«

»Schön wär's. Aber es war das schlechte Gewissen. Die katholische Prägung. Man kann die Mutter doch nicht allein ihrem Vergessen überlassen, oder?«

»Nein. Kann man nicht.« Sie schwiegen und lauschten der Musik.

»Ich meinte übrigens Anne-Sophie Mutter. Mit dreizehn hat sie Karajan vorgespielt und dann gehalten, was sie versprach. Sie ist noch immer unterwegs und noch immer brillant. Klar, es kommen viele Junge nach, die technisch mit ihr mithalten können. Vor allem Asiaten. Aber die hatten alle keinen Karajan, verstehst du?«

»Hattest du einen Karajan?«, fragte Belledin.

»Wenn ich einen gehabt hätte, würde ich jetzt über die Dächer New Yorks blicken.«

»Würdest du das gern?«

»Dann wüsste ich, dass es sich gelohnt hätte.«

»Viele wären schon mit diesem Ausblick glücklich.«

Sie drehte sich zu ihm. »Und du? Hast du einen glücklichen Ausblick?«

»Habe noch nie wirklich aus meinen neuen Fenstern geguckt. Aber hinter mir liegt ein Scherbenhaufen.«

»Hab davon gehört.«

Er hielt den Stick hoch. »Wo darf ich?«

Sie ging an den Tisch, öffnete eine Schublade, holte einen Laptop heraus und fuhr ihn hoch. »Hier.« Sie schob Belledin einen Stuhl hin.

»Kann aber etwas dauern.«

»Du darfst bleiben, so lange du willst.«

»Wie früher. Manche Sachen ändern sich zum Glück nie.«

Sie lächelte. »Ist ganz schön, mal nicht allein zu arbeiten.« Sie setzte sich hinter einen anderen Bildschirm, stülpte sich Kopfhörer auf die Ohren und begann, Grafiken zu bearbeiten. Belledin schob den Stick in die Buchse und öffnete Motzkis Manuskript.

***

Kälble hatte genug Fotos gesehen. Den Täter hatte sie zwar nicht ausmachen können, dafür aber sehr viel über die Beziehungsgeflechte der Anwesenden aus den Bildern gelesen. Killian hatte einen besonderen Blick. Er stieß schonungslos in Intimsphären vor, obwohl er kaum mit langer Brennweite arbeitete. Von den Paparazzi war man es gewöhnt, dass sie sich bis zur einzelnen Pore heranzoomten, um ihre Opfer zu sezieren. Killian hingegen hielt einen scheinbaren Abstand und zeigte seine Objekte nie isoliert, sondern immer in Bezug zu anderen oder der Situation. Dadurch wirkten die Fotos scheinbar weniger manipulativ, und trotzdem wurde der Blick vom Fotografen so gelenkt, dass man gezwungen war, dort hinzuschauen, wo er es wollte. Manchmal waren es Fluchtlinien, die das Auge aufs Ziel lenkten, die den Blick in verschiedene Richtungen suchen ließen, bis er einen Haltepunkt fand. Kälble unterstellte Killian, dass er genau diesen Haltepunkt provozieren wollte. Vielleicht zufällig, aber die Entscheidung, eine Hochzeit mit harter, kurzer Brennweite zu fotografieren, hatte er definitiv bewusst getroffen. Und die fotografischen Folgen dieser Entscheidung kannte Killian auch. Nein. Da hatte einer einem alten Freund nicht nur einen Gefallen getan. Da wollte jemand Bescheid wissen. Aber worüber? Und wer war dieser Janik, von dem der Fotograf gesprochen hatte, als er ihr den Stick mit Motzkis Manuskript gegeben hatte? Hatten Belledin und er nicht über einen Banküberfall geredet?

Kälble ging zu Aschenbrenner, die sich gerade einen Kaffee aus dem Automaten drückte.

»Auch einen?«, fragte Aschenbrenner.

»Gern.«

»Kommen Sie voran?«

»Es geht. Ich habe das Gefühl, der Fall ist komplexer, als er auf den ersten Blick schien.«

»Vielleicht bilden Sie sich das auch nur ein, weil Ihnen das Einfache nicht genügt? Zucker und Milch stehen dort.« Sie reichte Kälble den Kaffeebecher.

Kälble warf sich einen Zuckerwürfel in den Kaffee und rührte um. »Kann sein«, sagte sie. »Kennen Sie Killian?«

»Wer nicht? Ein bunter Hund. Und ein charmanter noch dazu. Nehmen Sie sich vor ihm in Acht.«

»Er und Belledin haben von einem Janik gesprochen. Einem Bankräuber. Kennen Sie den auch?«

»Die meinten bestimmt Bredow. Janik Bredow. Vor dem warne ich Sie gleich mit. Gleiches Kaliber wie Killian. Charmant bis zum Abwinken, aber du weißt nie, woran du bist.«

»Belledin sagte, Janik Bredow sei bei ihm gewesen.«

»So? Dann ist er also wieder draußen. Belledin hatte ihn das letzte Mal eingebuchtet. War nicht leicht für ihn.«

»Warum?«

»Alte Freunde. Und plötzlich stehst du auf verschiedenen Seiten. Ich hätte das nicht gebracht. Hut ab vor Belledin.« Sie spülte den Mund mit Kaffee. »Oder würden Sie einen alten Freund ins Gefängnis stecken?«

»Wenn er gegen die Regeln verstößt.«

»Haben Sie noch nie gegen Regeln verstoßen? Ich weiß nicht. Bei mir geht Freundschaft über Gesellschaft. Die Gesellschaft frisst dich auf, Freunde können dich retten.«

Kälble antwortete nicht. Stattdessen trank sie, ohne den Plastikbecher abzusetzen.

»Ich weiß, warum Sie nichts sagen. Sie können nicht mitreden. Sie haben keine Freunde. Noch nie gehabt. Stimmt's?«

Kälble stellte den Becher ab und sah Aschenbrenner an. »Kann schon sein«, sagte sie ruhig. »Vielleicht, weil ich mir selbst Freund genug bin und keine anderen brauche.«

»Jeder braucht andere. Ohne andere gibt es uns nicht.«

»Danke für den Kaffee.« Kälble ging in ihr Büro zurück, klemmte sich hinter den Rechner und begann, Daten über Janik Bredow zu sammeln.

FÜNF

Killian stellte den Defender am Ortseingang von Oberrotweil ab und ging zu Fuß zum Weingut Kiefer. Auf dem Weg dorthin schoss er einige Fotos von der bunten Reblandschaft. Die Farbenpracht machte ihn trunken. Bald würde sie vorüber sein. Wenn der erste Frost sich auf die Blätter legte, würden die Pigmente brechen und das Braun Einzug halten. Jede Couleur schrie sich jetzt heiser, als wüsste sie, dass ihre Zeit ablief. Ein letzter dionysischer Chor, ehe die graue Zeit den alljährlichen Kampf gewann.

Killian wich einem Traktor aus, der vom Hof des Weinguts knatterte, und ging auf das Gebäude zu, worin sich Büro und Direktverkauf befanden. Durch die Fensterscheibe sah er Astrid Kiefer, die erregt mit einem Angestellten redete und dabei wild gestikulierte. Dafür, dass ihr Sohn gestern ermordet worden war, stand sie beeindruckend fest auf ihren beiden Füßen.

Killian klopfte an und trat ein. Astrid Kiefer und der Angestellte unterbrachen ihre Diskussion und sahen ihn fragend an.

»Ich möchte gern mit Herrn Kiefer sprechen«, sagte er.

»Er ist mit einem Kunden unterwegs.« Astrid Kiefer nickte dem Angestellten zu, der den Raum verließ. »Was wollen Sie von ihm? Kann ich Ihnen weiterhelfen?«, fragte sie. Alles an ihr war hart. Noch eine etwas höhere Dichte und sie würde zu Granit erstarren.

»Ich bin Killian. Ich habe gestern auf der Hochzeit die Fotos gemacht.«

»Und?« Sie sah ihn an, als läge diese Hochzeit Jahrhunderte zurück, sodass sie sich nur schwer an sie erinnern konnte.

»Ihr Mann fragte mich, ob ich Bilder vom Weingut machen möchte, für neue Werbeprospekte.«

»So, hat er das?« In ihrem Steingesicht zuckten die Mundwinkel. »War das vorher oder nachher?«

»Wie meinen Sie?«

»Vor oder nach dem Schuss?«

»Vorher.«

»Dann hat es sich erledigt. Nichts, was vor dem Schuss war, hat noch Gültigkeit, verstehen Sie? Die Uhren wurden auf null zurückgestellt.« Das Zucken gefror.

Killian glaubte nun, tatsächlich eine Skulptur vor sich zu haben. Am liebsten hätte er Astrid Kiefer fotografiert. Den steinernen Ausdruck des Schmerzes in ihrem Gesicht. Erstarrt und festgehalten für die Ewigkeit. Die Pein schien gefangen in ihrem Antlitz. Wollte sie den Schmerz nicht tiefer in sich spüren, oder konnte sie ihn nicht abwerfen?

»Mein Beileid«, sagte Killian. Er fühlte sich unwohl. Hätte Ruth ihn nicht gebeten, er wäre nie auf die Idee gekommen, diese Nummer abzuziehen.

»Er ist bei Gott. Alles ist gut. Es war der Wille des Herrn, dass Kevin schon jetzt zu ihm auffährt.« Ihr Mund verzog sich und grub ein scharfes Lächeln in das Steingesicht. »Wer Gott bei sich weiß, hat nichts zu fürchten. Glauben Sie?«

»An Gott?«

»An wen sonst?«

»An das Leben vielleicht?«

»Das Leben danach? Das ist das wahre Leben.«

»Tut mir leid. Diese Gabe habe ich nicht.«

»Jeder kann glauben. Er muss es nur wollen.«

»Ist Glaube eine Frage des Willens?«

»Glaube ist Verzicht auf die Versuchungen des Bösen. Glaube ist Stärke. Sie wirken stark. Sie müssen an etwas glauben. Und wenn es nicht Gott ist, dann ist es der Teufel.«

»Ist es so einfach?«

»Ja und nein. Schwarz und weiß. Eins und null. Das sind die Bestandteile des Lebens. Entweder wird ein Nerv gereizt oder nicht. Entweder ist es Tag oder Nacht.« Sie sah ihn siegessicher an, als hätte sie den ultimativen Gottesbeweis geliefert.

»Mich interessiert vor allem das Licht der Dämmerung.«

»Weil Sie sich vor klaren Entscheidungen fürchten. Kevin fürchtete sich auch vor der Klarheit. Deswegen flüchtete er in die Welt seiner Gedichte. Statt die Psalmen des Herrn zu verinnerlichen, verlor er sich im Dunkel Baudelaires und Rimbauds.

Da war er vierzehn. Ich habe ihm die Bücher weggenommen und an Fastnacht mit den Hexen verbrannt. Es hat nicht geholfen. Ihn nur gieriger nach den Blumen des Bösen gemacht. Oscar Wilde, Bukowski, Bulgakow. Er hat die dunkle Literatur gefressen, statt vom Kelch der Erkenntnis zu trinken. Es war nur konsequent, dass ihn eine Kugel vorzeitig aus dem Leben riss.«

»Haben Sie seine Gedichte gelesen?«

»Um Gottes willen, nein. Das hätte ihn nur glauben lassen, dass ich mich dafür interessiere. Er hätte sich bestärkt gefühlt und wäre gar nicht mehr zu retten gewesen.«

»Empfinden Sie seinen Tod als Rettung?«

»In gewisser Weise schon. Er war noch nicht ganz verdorben, aber die Hochzeit mit diesem Flittchen hätte ihn in den Abgrund gestürzt. So war es vielleicht ein Cherub Gottes, der meinen Sohn davor bewahrt hat, sich in noch düsteren Gewölben zu verirren.«

»Warum hätte Bettina Kevin ins Dunkel geführt?«

»Sie ist die Schlange. Und Kevin war ein weicher Adam.«

»Wissen Sie, wo sie ist?«

»Zu Hause, nehme ich an.«

»Nein, sie ist verschwunden. Ihre Mutter denkt, sie wäre vielleicht hier?«

»Ihre Mutter? Verschwenden Sie dieses heilige Wort bitte nicht an diese Frau. Mir fielen tausend andere ein, die mir meine Frömmigkeit aber verbietet auszusprechen.«

»Ist nicht allein der Gedanke schon Sünde?«

Astrid Kiefer sah Killian eindringlich an, öffnete eine Schublade ihres Schreibtisches und reichte ihm einen Flyer.

Er nahm ihn und las. »Bibelstunde. Sonntag, elf Uhr.«

»Ich glaube, das täte Ihrer Seele gut.« Sie lächelte kalt. »Jetzt muss ich arbeiten. Der Herr mag keine Faulenzer.« Sie wies ihm die Tür.

»Ich warte draußen auf Ihren Mann. Ist das in Ordnung?«

»Da können Sie lange rumstehen. Der Kunde war eine Ausrede. Er hat sich vorgenommen, vierzig Tage in der Rebhütte zu meditieren. Ich wünsche ihm, dass er wie Jesus aus der Wüste erstarkt zurückkehrt.«

Killian faltete den Flyer, steckte ihn in seine Jackentasche und ging.

***

»So ein Arschloch.« Belledin schlug mit der Faust auf den Tisch, dass der frische Kaffee, den ihm Eva hingestellt hatte, überschwappte.

»Was ist los?«, fragte sie und schien amüsiert über seinen Ärger.

»Hier. Motzki schreibt über mich. Eine Frechheit, wie er mich darstellt. Und Biggi erwähnt er auch.«

»Namentlich? Darf er das überhaupt?«

»Eigentlich nicht. Aber selbst, wenn er mir einen anderen Namen gegeben hätte, wüssten alle, wer gemeint ist.«

»Kann ich mal lesen?«

»Nein.«

»Warum nicht?«

»Ist mir peinlich.«

»Weil es stimmt, was er schreibt?«

»Es ist erfunden, aber es könnte stimmen.«

»Ist es das, was dich ärgert?«

»Vielleicht.« Er kratzte sich am Kopf und wischte mit einem Taschentuch den verschütteten Kaffee auf. »Ist nicht so schlimm, wenn er sich über mich ein paar Würmer aus der Nase zieht. Die ›Badische‹ hat auch schon allerhand Mist verbreitet. Aber er steigt noch ganz anderen Leuten auf die Zehen.«

Eva hatte sich so gestellt, dass sie auf den Bildschirm sehen konnte. »Was? Du hast Janik in den Knast gebracht?« Interessiert las sie weiter und lachte. »Cooler Hund. Hat es sich wirklich so abgespielt?«

»Nein. Es war eine ganz normale, unspektakuläre Festnahme. Aber Motzki haut auf den Putz. Wahrscheinlich nennt er das die Freiheit des Dichters. Für mich ist es Verfälschung der Tatsachen.«

Eva kicherte. »Der Dialog zwischen dir und Janik ist aber witzig. Könnte tatsächlich so passiert sein.«

»Ist es aber nicht.«

»Schon gut. Wer kommt noch drin vor?«

»Alle möglichen Leute, mit denen Janik zu tun hatte. Es ist seine Biografie.«

»Oh, dann stehe ich vielleicht auch drin.«

»Du? Wieso?«

Sie verdrehte die Augen. »Janik war ein cooler Typ und ich kein Kind von Traurigkeit.«

»Du und Janik? Ich dachte, du wärst immer nur mit Fons zusammen gewesen?«

»Das mit Janik war nicht lang. Mal zwischendurch. – Guck mich nicht so an, als wärst du die Inquisition. Außerdem war an Fastnacht alles erlaubt. Also: Komme ich drin vor?«

»Bisher nicht, und ich glaube auch nicht, dass du noch erscheinen wirst. Die Jugendsünden habe ich bereits gelesen.«

»Schade. Wie lange brauchst du noch?«

»Oh, entschuldige. Habe nicht gedacht, dass das Buch so dick ist. Musst du weg?«

»Nein, aber ich könnte was kochen. Dann essen wir nachher zusammen, und du erzählst mir Motzkis Krimi.«

Belledin wusste nicht recht, wie er mit dem Vorschlag umgehen sollte.

»Wirst du etwa rot?« Sie lachte. »Das ist keine Anmache, Bello. Ich stehe nicht auf Cops, dumme Sachen mache ich nur mit Gangstern.« Sie zwinkerte ihm zu und ging zur Zimmertür.

Belledin wandte sich wieder dem Bildschirm zu und las weiter.

***

Kälble hatte genug Material über Janik Bredow gefunden. Der Kerl war ein Schwergewicht. Nach seinen Anfängen als Türsteher in einer Dorfdisco hatte er sich über Autodiebstähle und Banküberfälle in der Hierarchie des organisierten Verbrechens Stück für Stück nach oben gearbeitet. Zwei Gefängnisausbrüche, Isolationshaft und einundzwanzig Haftverlegungen. Zusammengerechnet hatte er fünfzehn Jahre hinter Gittern gesessen und war seit fünf Jahren draußen. Über diese Zeit fand Kälble wenig. Nur dass er aktuell in Berlin gemeldet war.

Er hatte Belledin und Killian aufgesucht. Ausgerechnet jetzt.

Kurz nach dem Mord an Kevin Kiefer. Sie kannten sich alle untereinander. Auch Motzki. Also musste Kälble nicht nach Janik Bredows Zeit in der Haft, sondern nach der davor recherchieren. Sie fand heraus, dass er 1988 Abitur gemacht und sich dann vier Jahre bei der Bundeswehr verpflichtet hatte. Anschließend hatte auch schon seine kriminelle Karriere begonnen. Auf mehr stieß sie nicht. Sie blätterte durch ihren Notizblock, fand Motzkis Handynummer und rief ihn an. Nur Mobilbox. Sie zögerte und hinterließ keine Nachricht. Dann warf sie sich ihre Lederjacke über und verließ das Büro.

Aschenbrenner kam ihr entgegen.

»Ich fahre nach Riegel. Habe noch ein paar Fragen an Motzki.«

»Oh, da könnten Sie mich mitnehmen. Ich muss zum Grab von meiner Tante. Hätte heute sowieso freigehabt. War nur Belledin zuliebe für ein paar Stunden hier. Sonst arbeite ich am Feiertag natürlich nicht. Nicht dass Sie glauben, ich hätt nix Besseres zu tun.«

Kälble antwortete nicht, ging voran und setzte sich hinters Steuer ihres T1. Aschenbrenner kletterte auf den Beifahrersitz und blickte sich im Inneren des Wagens um. »Gemütlicher als erwartet«, sagte sie. »Ich war früher auch gern Camping mache. Mit meinem ersten Mann.« Sie schlug die Augen nieder und wartete wohl, dass Kälble nachhakte.

Aber Kälble hakte nicht nach, startete den Wagen und fuhr vom Parkplatz.

»Mit meinem zweiten ging das gar nicht. Der war zu penibel. Auf dem Campingplatz die Duschen mit anderen teilen, henei, nie im Lebe.« Aschenbrenner lachte schrill auf. »Er war beim Finanzamt. Sauber bis zur dritten Stelle hinterm Komma. Wenn daheim Krümel auf dem Sofa waren, ist der nicht mehr ins Zimmer gekommen. Am Anfang hab ich noch gesaugt und geputzt wie ein Teufel, aber irgendwann war mir das scheißegal. Da habe ich dann extra gekrümelt, dass er nicht mehr reinkommt.«

Stille. Würde sie gleich von ihrem dritten Mann anfangen? Kälble wettete mit sich, dass Aschenbrenner die Stille nicht ertragen würde, und verlor. Sie sagte keinen Ton mehr. Irgendwie tat sie Kälble auch leid. »Und jetzt? Wie ist es jetzt? Ich meine, haben Sie einen neuen Mann? Oder noch immer den vom Finanzamt?«

»Beide sind tot. Ich bin Doppelwitwe. Aber ich habe sie nicht vergiftet.« Sie lachte wieder zwei Oktaven über ihrer Sprechstimme. »Krebs. Alle beide.« Sie seufzte schwer. So wie man es tat, damit es andere hörten. »Ich hätte schon Angebote. Aber ich habe Angst.«

»Sich wieder zu binden?« Kälble hoffte auf eine Gemeinsamkeit.

»Nein. Damit habe ich kein Problem. Ich mag Nähe. Aber ich fürchte mich davor, dass ich wieder einen zu Tode pflegen muss. Das ist nicht schön. Vor allem, wenn man sich gar nicht mehr liebt. Wenn man es nur noch tut, weil es sich so gehört. Wenn einer gleich in der Anfangszeit Krebs kriegen würde, dann hätte das etwas. Dann würde man eine Liebe bis in den Tod begleiten. Aber wenn man sich hasst oder sich, noch schlimmer, gar nichts mehr zu sagen hat, dann ist das furchtbar.«

Kälble sah zu Aschenbrenner. »Sind Sie immer so ehrlich mit Ihren Gefühlen?«

Aschenbrenner erschrak. »Überhaupt nicht. Ich weiß auch nicht, warum ich Ihnen das jetzt erzählt habe. Vielleicht weil Sie eine Frau sind. Und weil wir uns nicht kennen.«

»Aber wir arbeiten jetzt zusammen.«

»Wer weiß, wie lange noch. Die letzte Frau, die Belledins Partnerin war, starb schon bei ihrem ersten Fall. Sie erinnern mich an sie. Aber mit ihr habe ich nie über mich gesprochen. Damals lebte mein zweiter Mann auch noch. Er hatte zwar schon Krebs im dritten Stadium, aber mir war das alles mit meinen Gefühlen noch nicht so klar. Ich war noch nicht so weit. Verstehen Sie?«

Kälble nickte und bog auf den Zubringer ab.

»Haben Sie was über Bredow rausgefunden?«, fragte Aschenbrenner plötzlich sachlich und kühl, als hätte es das Gespräch davor nie gegeben.

»Einiges. Aber ich weiß noch nicht, ob es von Nutzen ist.«

»Mörder ist er keiner.«

»Kennen Sie ihn?«

»Nicht wirklich. Mein Bruder hat mit ihm geboxt. In Riegel.

Ich war damals acht, mein Bruder und Janik sechzehn. Janik hat immer gewonnen.«

»Das imponierte Ihnen?«

»Klar. Aber mehr noch, wie er siegte. Mein Bruder gewann gegen andere außer Janik auch meistens. Aber auf eine ganz andere Art. Er redete sich vor dem Kampf immer ein, den anderen töten zu müssen. Und so boxte er auch. Wie ein Tier. Bei Janik dachte man, er würde fechten, so elegant war er. Auch die Beinarbeit. Er war ein Tänzer. Fast wie ein Torero.«

»Die stechen die Stiere am Ende auch ab.«

»Trotzdem. Janik ist kein Mörder.«

»Aber es ist doch verdächtig, dass er sofort nach dem Mord bei Belledin und Killian aufgetaucht ist, oder?«

»Wenn Motzkis Buch kurz vor der Veröffentlichung steht und Janik die Hauptperson darin ist, finde ich es eigentlich ganz normal, dass er hier ist.«

»Und der maskierte Auftritt bei Belledin? Ist der für Sie auch normal?«

»Das ist Janiks Humor. Belledin hat ihn hinter Gitter gebracht, obwohl sie mal Freunde waren.« Aschenbrenner kramte in der Kassettenkiste. »Oh, Supertramp. Darf ich die einlegen?«

Kälble nickte.

Aschenbrenner schob die Kassette in den Rekorder, und die Mundharmonika von »School« knisterte aus den Boxen.

»Waren Sie auf der gleichen Schule wie Belledin in Breisach?«

»Ja. Aber Belledin war zu meiner Zeit schon nicht mehr da. Killian und Motzki machten gerade Abitur, da kam ich in die fünfte Klasse.«

»Kennen Sie Motzki?«

»Nicht wirklich. Ich weiß halt, dass er schreibt.«

»Schon mal was von ihm gelesen?«

»Ich lese nicht. Ich höre lieber Musik oder schaue Filme.«

»Krimis?«

»Schnulzen mit Happy End.«

***

»Das Happy End kann er sich in die Haare schmieren. Das kauft ihm keiner ab.« Belledin schloss das Dokument und zog den Stick vom Rechner ab.

»Was für ein Happy End?«, fragte Eva, die auf dem gedeckten Nebentisch zwei gefüllte Teller abstellte.

»Motzki hat Janik eins geschrieben, das vor Schmalz nur so trieft.«

Eva lachte. »Nur weil dein Leben gerade ein Melodrama ist, heißt das doch noch lange nicht, dass andere kein Happy End erwarten dürfen. Komm, sonst wird es kalt.« Sie setzte sich.

Belledin hockte sich ihr gegenüber. »Das riecht gut«, sagte er und hielt seine Nase über die Spaghetti. »Isst du immer hier im Atelier?«

»Ja. In der Küche fühle ich mich einsam und begraben. Der Blick auf den Horizont gaukelt mir vor, dass ich jederzeit wieder aufbrechen kann. Parmesan?« Eva reichte ihm Käse und Reibe.

Belledin ließ einen ordentlichen Berg über Nudeln und Soße rieseln.

Eva zupfte ein paar Blätter von einer Basilikumtopfpflanze und verteilte sie auf beiden Tellern. »Lass es dir schmecken«, sagte sie.

»Danke für die Einladung.«

Sie aßen.

»Und? Bringt dich Motzkis Buch weiter?«, fragte Eva.

»Motzki ist ein Aufschneider. Wenn ich all das ernst nehmen würde, was er da geschmiert hat, wäre jede zweite Person in Janiks Biografie verdächtig.«

»Und Kiefer senior? Was steht über ihn drin?«

»Nichts Neues. Nur dass er einem geheimen Kult angehören soll, der schwarze Messen abhält. Eine Art Loge, in der hochrangige Personen aus Politik, Wirtschaft und Justiz mit von der Partie sein sollen.«

»Ist da was dran? Ich dachte, sie wären bei den Stündlern?«

»Die Stündler sind harmlos dagegen. Sind einfach nur etwas strengere Protestanten.«

»Seit wann sind Protestanten harmlos? Dreißigjähriger Krieg, schon vergessen?« Sie zog vorwitzig ihre Brauen in die Höhe.

»Bist du so nachtragend?«

»Na, hör mal. Ich bin ein Kind der Fasnet. Ich mag Bilder und Barock. Und die Protestanten verbieten mir die Sinnlichkeit und wollen mir einreden, dass Gott mich nur liebt, wenn ich finanziell erfolgreich bin.«

»Du übertreibst. Wie Motzki.«

»Und? Was ist schon dabei? Ohne Übertreibung wird man als Künstler doch gar nicht mehr wahrgenommen.« Sie trank einen Schluck Wein und grinste Belledin frech an.

Er sah auf sein gefülltes Glas und zögerte. »Ich hatte gestern eigentlich schon mehr als genug.«

»Siehst du, das meine ich«, sagte sie. »Diese Mäßigung. Diese protestantische Disziplin.« Eva lauerte und gewann.

Belledin nahm sein Glas, stieß mit ihr an und trank.

»Was hast du nun vor?«, fragte sie.

»Ich werde Kiefer besuchen und ihn fragen, was es mit den schwarzen Messen auf sich hat. Wenn da tatsächlich etwas dran ist, könnte es ein Motiv für Rache sein.«

»Inwiefern?«

»Angenommen, du hättest eine Tochter, die in diesen Kult rutscht und dabei missbraucht wird. Wäre das kein Grund, sich zu rächen?«

»Indem ich Kiefers Sohn erschieße?«

»Warum nicht?«

»Während Motzki zufällig in der Nähe rumsteht?«

»Ja.«

»Weshalb glaubst du nicht, dass der Anschlag Motzki galt?«

»Weil er ein Spinner ist. Und von nicht belegbaren Andeutungen lebt. Das Buch wird keinen interessieren. Weißt du, wie viele Enthüllungen täglich durch Medien und Netzwerke geistern? So viele, dass es keinen mehr kratzt. Hätte sich früher ein Präsident der USA auch nur einen Fauxpas wie Trump geleistet, er hätte nicht einmal die Vorwahlen überstanden.«

»Trotzdem ist investigativer Journalismus wichtig.«

»Davon ist Motzki weit entfernt. Er hangelt sich an ein paar einfachen Fakten aus Janiks Vita entlang und reimt sich den Rest zusammen, wie es ihm gefällt.«

»Woher willst du das wissen?«

»Weil ich Motzki kenne und bei einigen Geschehnissen, die er beschreibt, zufällig dabei war.«

»Also ist es anders passiert, als Motzki es schildert?«

»So anders, wie Achkarren anders als Brooklyn ist.«

»Und trotzdem willst du Kiefer auf die Zehen steigen?«

»Werde ich nicht drum herumkommen. Es ist sein Sohn, der erschossen wurde. Da muss die Polizei ein paar Fragen stellen.« Er hatte den Teller geleert und wischte sich Mund und Schnäuzer mit der Serviette.

»Magst du einen Nachschlag? Es gibt noch.«

»Danke.« Er schüttelte den Kopf.

»Nachtisch? Crème Caramel?«

Belledin verdrehte die Augen und tätschelte sich den Bauch. »Vielen Dank, aber ich muss los.« Er wollte gerade aufstehen, als er sah, dass Eva noch nicht aufgegessen hatte. »Oh, Entschuldigung.«

»Nein. Geh nur. Ich bin es gewohnt, allein zu essen.« Sie lächelte und erhob sich.

Belledin folgte ihr die Treppe hinunter zur Haustür.

»Wenn du magst, kannst du gern mal wieder vorbeikommen«, sagte sie und gab ihm zwei Wangenküsschen zum Abschied.

Belledin wusste nicht recht, wie er ihr Verhalten deuten sollte, entschied sich aber für die unverfängliche Variante, stieg in seinen Wagen und fuhr davon.

***

Killian hatte den Defender unterhalb der Rebhütte abgestellt und war den Rest zu Fuß gegangen. Jetzt sah er auf die Terrassen der Reblandschaft und inhalierte die Farbenpracht. Ein saftiges Tableau lag vor ihm.

Er stieg eine aus Naturstein angelegte Treppe empor und erblickte die Hütte vor sich. Wobei Hütte ein bescheidener Ausdruck für den Bungalow war, den sich Kiefer inmitten der Reben hingestellt hatte. Wie er die Genehmigung dazu erhalten hatte, wollte Killian gar nicht wissen. Er war hier, um sich für Ruth über Bettinas Verschwinden zu erkundigen.

»Das ist Privatgrund.« Ein etwa zwei Meter großer Mann mit

einer Schrotflinte in der Hand tauchte aus den Zilden auf. Er trug Arbeitskleidung und sprach mit polnischem Akzent.

»Ich möchte zu Herrn Kiefer«, sagte Killian ruhig.

»Herr Kiefer ist nicht da.«

»Seine Frau sagte mir aber, dass ich ihn hier finden könnte.«

»Da hat sie sich geirrt.«

»Ich soll Fotos für den neuen Werbeprospekt machen. Auch von der Hütte. Herr Kiefer meinte, das käme gut, wenn die Kunden einen Einblick in die privateren Gebäude des Weinguts erhielten. Eine Art Homestory in Bildern.«

Der Riese sah Killian misstrauisch an, kramte ein Handy hervor und rief jemanden an. Er wechselte ein paar Worte auf Polnisch, steckte das Telefon in die Jackentasche zurück und trat einen Schritt zur Seite. »Kommen Sie.« Er ließ Killian vorbei und folgte ihm.

Als Killian die letzte Stufe zur Hütte erklomm, öffnete sich die Tür des Bungalows. Ein Mann trat heraus. Der Gegenentwurf zum Hünen. Dunkelblauer Maßanzug, gestutztes Bärtchen, gegeltes Haar und kaum eins siebzig groß. Er rief dem Hünen ein paar Worte auf Polnisch zu, der daraufhin in den Reben verschwand.

»Kommen Sie. Herr Kiefer hat Sie schon erwartet.« Der Mann lächelte ölig und trat zur Seite, damit Killian ihn passieren konnte.

Kiefer saß vor einem offenen Kamin und stierte in die Flammen des Birkenholzes. Er sah nicht auf, als Killian eintrat. Der Mann im Maßanzug blieb im Flur und schloss die Tür hinter Killian.

»Werden Sie immer so streng bewacht?«, fragte Killian.

»Viel Ehr, viel Feind.« Kiefer warf ein Stück Holz in den Kamin zurück, das vom brennenden Stapel gerutscht war.

Killian trat näher an das Feuer und blickte ebenfalls in die Flammen.

»Was sehen Sie darin?«

»Bisher nur tanzende Flammen.«

»Warten Sie ein Weilchen. Dann werden Sie Ihr eigenes Fegefeuer sehen.« Kiefer lachte bitter.

»Und Sie?«

»Das wollen Sie nicht wissen.«

»Sagen Sie es mir trotzdem.«

Kiefer wandte seinen Blick vom Feuer ab und sah Killian scharf an. »Man hat mir gestern alles genommen. Alles. Was sollte ich also noch sehen? Nichts. Ein großes, farbloses Nichts. Glauben Sie an Gott?«

»Das hat mich Ihre Frau schon gefragt.«

Er lächelte schief. »Diese Närrin. Sie geißelt sich und glaubt an den lieben Gott. Aber den gibt es nicht. Nur einen bösen. Frieden und Glück sind auf der Erde nicht gegeben, deswegen denkt sich der dumme Mensch ein Paradies im Jenseits aus. Gott ist nur eins: Macht. Und was Sie mit dieser Macht anstellen, liegt an Ihnen. Aber glauben Sie mir, Gutes kommt selten dabei raus. Macht ist zu verführerisch, um sie nicht in all ihren Schatten auszukosten.«

»Halten Sie deswegen spiritistische Sitzungen ab? Um der dunklen Macht näherzukommen?«

Kiefer nahm einen Schürhaken und stocherte in den runtergebrannten Scheiten. »Woher wissen Sie davon? Hat meine Frau darüber auch mit Ihnen gesprochen?«

»Nein. Motzki hat ein Buch geschrieben und erzählt davon.«

»Motzki? Habe gar nicht mitbekommen, dass er endlich mal wieder was veröffentlicht hat. Sein letztes Buch ist schon eine Weile her und handelte von irgendeinem Mord in Freiburg. Man hat es mir zum Geburtstag geschenkt. Ich habe kein einziges Mal reingelesen.« Kiefer warf ein Birkenscheit in die Glut. Es fing sofort Feuer.

»Motzki schreibt von Tieropfern und Initialisierungsritualen, die unter Ihrem Vorsitz stattfinden.«

»Soso. Und hat er auch Beweise dafür?«

»Das weiß ich nicht.«

»Mich stört es nicht. Was sollte mich noch stören? Wenn des Teufels Arm jetzt aus der Glut stieße und mich mit sich in die Hölle zöge, ich würde laut lachen und mich auch nicht mehr quälen, als ich es jetzt schon tue.«

»Fühlen Sie sich schuldig am Tod Ihres Sohnes?«, fragte Killian und rückte ein Stück vom Feuer weg. Ihm war zu heiß geworden.

»Haben Sie Kinder?«

»Eine Tochter.«

»Was soll dann dieses Frage? Wenn man Kinder hat, fühlt man sich immer schuldig.«

Killian schwieg. Kiefer hatte einen Punkt berührt, der ihn selbst oft beschäftigte und zweifeln ließ. Swintha war eine freie, erwachsene Frau. Sie war selbst verantwortlich für das, was sie tat. Und trotzdem fühlte sich Killian schuldig an ihrem Verhalten. Er hatte es ihr aus der Distanz vorgemacht. Seine Art zu leben vielleicht dadurch romantisiert. Und sie versuchte nun, über diesen Weg die Nähe zu ihm zu finden, die sie als Kind nie gespürt hatte, da er nie da gewesen war.

»Mit Kevins Tod ist mir alles genommen worden.« Kiefer klang mit einem Mal hart und verbittert. »Und der Schuldige wird dafür büßen.«

»Sie wissen, wer es war?«

»Wer geschossen hat, meinen Sie? Nein, das weiß ich nicht. Aber der Schütze ist auch nicht der Schuldige. Das ist er nie. Kein Soldat ist schuldig. Die Spieler im Hintergrund, die ihn übers Feld schieben, die tragen die Schuld.«

»Und wer sind die Spieler?«

»Motzki.«

»Motzki?«

»Ja. Der Anschlag galt Motzki. Vermutlich hat er noch über andere Leute Blödsinn verbreitet, denen es weniger egal ist, was über sie geredet wird.«

»Und jetzt wollen Sie sich an ihm rächen, indem Sie seine Tochter töten?«

»Bettina? Niemals. Kevin hat sie geliebt. Und zu Recht. Sie ist liebenswert. Hat zum Glück nichts von diesem Schmierfinken. Ich bezweifle ohnehin, dass er ihr wirklicher Vater ist. Ruth war ein wilder Feger. Sie war schwanger und froh, einen Dummen gefunden zu haben, dem sie die Vaterschaft andrehen konnte. Meine Meinung. Und Motzki schwoll der Kamm.« Er hielt inne und sah Killian an. »Wie kommen Sie auf die Idee, ich würde mich an Bettina vergreifen wollen?«

»Sie ist verschwunden. Ruth hat mich angerufen und gebeten, nach ihr zu suchen.«

Kiefer kratzte sich am Kinn und sah in die Flammen. »Und da kommen Sie als Erstes zu mir? War das Ruths Vorschlag? Sieht ihr ähnlich. Späte Rache. Wir hatten eine Affäre, Ruth und ich. Nichts Ernsthaftes. Jedenfalls nicht von meiner Seite. Ist schon zwei Jahre her. Haben ein paar romantische Abende hier oben verbracht. Aber Ruth hatte sich wohl mehr erhofft.« Er lachte trocken. »Eine absurde Vorstellung. Ich heirate Ruth und ihre Tochter meinen Sohn.« Er sah zu Killian auf. »So hätte es auch laufen können. Ist es aber nicht. Genügt das?«

Killian schwieg und blickte in die Flammen. Rohina tauchte auf und winkte ihm lachend zu. Vor einem Zeitungsstand in Jerusalem. Sie trug eine abgewetzte Jeans und ein weißes T-Shirt. Ihre Lippen rot geschminkt, das schwarze Haar zum Zopf nach hinten gebunden. Sie wollte die Straße überqueren, aber ein vorbeifahrender Lkw mit einer Ladung Soldaten versperrte ihr den Weg. Als der Laster vorüber war, war auch Rohina verschwunden. Die Flammen hatten sie gefressen. Ja. Es hätte auch anders laufen können.

»Probieren Sie es doch mal in Margaritas Bücherkiste. Kevin und Bettina hingen dort oft ab. Kevin schrieb Gedichte. Und gar nicht mal schlechte, soweit ich das beurteilen kann.«

Killian sah Kiefer an und kam erst allmählich wieder in die Rebhütte zurück.

»Alles in Ordnung mit Ihnen? Sie sind plötzlich blass wie der Tod«, sagte Kiefer.

»Nein, nein. Alles gut. Bücherkiste, sagten Sie?«

»Ja. In Breisach. Am Eckartsberg.«

»Ich weiß. Margarita.«

»Ein verrücktes Huhn. Ihr Mann ist das absolute Gegenteil. Aber irgendwie scheint es zu funktionieren.« Er stand auf. »Bei mir funktioniert es ja auch. Irgendwie.« Er begleitete Killian zur Tür. »Hoffentlich finden Sie Bettina. Wäre schade, wenn ihr auch noch etwas zustoßen würde.« Er öffnete die Tür. »Obwohl, vielleicht findet die wahre Liebe doch im Jenseits statt? Hätte doch etwas, oder?«

Killian trat aus der Hütte, und Kiefer folgte ihm. Der gegelte Aufpasser erhob sich von einer Holzbank, von der aus man über die Reblandschaft schauen konnte, und stand stramm.

»Heute Abend findet in der Bücherkiste eine Veranstaltung statt. Ihrem Sohn zu Ehren. Es werden seine Gedichte gelesen. Kommen Sie auch?«, fragte Killian.

»Früher hätte ich mir das angetan. Die Heuchelei der Anwesenden, die mir ihr Beileid aussprechen und insgeheim denken: Es geschieht ihm recht. Jetzt merkt er, dass Geld nicht alles ist. Oder merkt er es überhaupt?« Er schüttelte seufzend den Kopf. »Dabei ging es mir nie ums Geld. Immer nur um guten Wein und darum, dass der Standort Kaiserstuhl eine Qualitätsmarke auf dem Markt wird. Die Neider haben keine Ahnung, wie schwer es war, sich auf dem internationalen Markt einen Namen zu machen. Sie begreifen nicht, dass sie mit ihren kleinen Weinen nur überleben, weil sie meine Trittbrettfahrer sind.« Er nickte seinem Wachhund zu. Der lächelte Killian an und wies ihm mit der Hand den Weg.

Killian ließ sich die Steintreppe hinuntergeleiten und ging dann allein zu seinem Wagen. Alles schien enger miteinander zusammenzuhängen, als er es anfangs erwartet hatte. Ruth und Kiefer. War Motzki nicht der Vater von Bettina? Und wie eng war Margarita mit der Sache verwoben?

Plötzlich vermutete Killian, dass der Auftritt Margaritas in der Bahnhofswohnung nicht Bärbel, sondern ihm gegolten hatte. Dass sie bereits von Kevin Kiefers Tod gewusst und sich von Killian mögliche Informationen über den vermeintlichen Mörder erhofft hatte. Er würde sie heute Abend fragen. Er stieg in den Defender und fuhr davon.

***

»Dort vorne können Sie mich rauslassen. Ich gehe lieber zu Fuß zum Friedhof. Brauche immer ein paar Meter, um mich darauf einzustellen. Ich fürchte mich nämlich auf Friedhöfen«, sagte Aschenbrenner und schüttelte sich.

»Soll ich mitkommen?«, fragte Kälble. »Ich mag Friedhöfe.«

»Nein. Das schaffe ich schon allein. Möchte Sie nicht von der Arbeit abhalten. Besuchen Sie besser Motzki. Er wohnt nur eine Straße weiter. Im Eckhaus. Sie können es nicht übersehen. Es ist das einzige, das noch immer so aussieht, als wäre erst gestern der Zweite Weltkrieg zu Ende gegangen.«

Kälble hielt an. Aschenbrenner stieg aus. Supertramp wurde abgewürgt. Kälble brauchte noch ein paar Takte Ruhe, ehe sie sich Motzki vorknöpfte.

Sie bog mit dem Bus rechts ab und fuhr bis zum Ende der Straße. An der Ecke erblickte sie Motzkis Haus. Es glich tatsächlich einer Ruine; vor allem im Kontrast zu den umstehenden Häusern, bei denen auch die Vorgärten geleckt aussahen. Vor Motzkis Zuhause wucherten Liguster, die schon vor drei Jahren einen Schnitt nötig gehabt hätten, eine wilde Wiese umgab statt eines Rasens das Haus, und kaputte Dachziegel waren vorübergehend durch Plastikfolie ersetzt worden.

Kälble stieg aus, drückte das rostige Gartentor nach innen und ging über einen Teppich aus Wegerich und Quecke, der sich zwischen den Ritzen der Waschbetonplatten Platz verschafft hatte, auf die Haustür zu. Sie glaubte, gesehen zu haben, dass sich eine Gardine bewegte, und klingelte.

Sie wartete. Niemand öffnete. Sie klingelte erneut. Diesmal gleich zweimal. Hatte sie sich die Bewegung der Gardine nur eingebildet? Sie versuchte es ein drittes Mal. Noch immer öffnete ihr niemand. Sollte sie unverrichteter Dinge abziehen? Zu Aschenbrenner auf den Friedhof? Wenn sie schon mal hier war, konnte sie auch beim Boxclub vorbeischauen. Vielleicht gab es dort jemanden, der ihr mehr zu Janik Bredow sagen könnte. Oder sollte sie eine Fahndung nach ihm rausgeben? Aber was hatte sie gegen ihn in der Hand? Nur eine dunkle Vergangenheit und das Manuskript von Motzki. Gut, er war nachts maskiert bei Belledin eingestiegen, aber den hatte es nicht besonders gestört. Wenn, dann hätte er selbst längst mit einer Fahndung reagiert. Aber er hatte Janik Bredows Auftritt als Scherz verbucht. Auch Aschenbrenner hatte gesagt, dass so ein Auftreten zu Bredows Humor passte. Sie hatten alle sehr viel Verständnis für den Gangster.

»Ehemaliger Gangster«, verbesserte Kälble ihre Gedanken laut. »Er hat für seine Taten gebüßt.« Und trotzdem. Sie traute ihm nicht. Wer einmal aus dem Blechnapf frisst. Nein. Sie würde hier nicht so einfach abziehen. Sie schlich ums Haus herum und fand Stufen, die zu einer Kellertür führten. Sie stieg hinab und drückte die Klinke. Die Tür war nicht verschlossen. Kälble trat ein und landete im Waschraum. Eine Maschine schleuderte und hopste unruhig auf dem Betonfußboden. An der Leine hingen Bettlaken, die noch feucht waren. Kälble ging durch den Raum und in einen Gang, der zu einer Treppe nach oben führte. Sie lief die Stufen hoch bis zu einer Tür, die ebenfalls unverschlossen war, öffnete sie und fand sich in einer Wohnung wieder.

Aus einem Zimmer klang klassische Musik. Eine Mozart-Sinfonie in g-Moll. Kälble steuerte in die Richtung, aus der die Musik erklang. »Hallo, Herr Motzki? Kommissarin Kälble, Kripo Freiburg. Nicht erschrecken. Ich habe geklingelt, aber Sie haben es wohl nicht gehört.« Außer Mozart antwortete ihr niemand.

Sie drückte die Tür zu dem Raum auf, aus dem die Musik plätscherte, und spürte plötzlich einen harten Schlag gegen den Hinterkopf. Sie versuchte noch, sich umzudrehen, um zu sehen, wer für den Hieb verantwortlich war, doch ihr wurde schwarz vor Augen, und sie sank bewusstlos zu Boden.

***

»Sie sind heute schon der Zweite, der zu meinem Mann will«, sagte Frau Kiefer. »Nicht mal an Allerheiligen hat man seine Ruhe.« Sie stellte einen Aktenordner ins Regal zurück und sah Belledin herausfordernd an.

»Arbeiten Sie immer an Feiertagen?«, fragte er.

»Nein. Aber wenn ich nichts tue, werde ich verrückt. Und wie ist es bei Ihnen?«

»Ich bin schon verrückt.« Er lächelte und freute sich über seine Selbstironie.

»Wie gesagt, er ist nicht da. Sie können also wieder gehen.« Sie zog einen anderen Ordner aus dem Regal, legte ihn auf den Schreibtisch und schlug ihn auf.

Belledin kannte die Flucht in die Arbeit. Dennoch schien ihm ihr Verhalten nicht normal. Immerhin war gestern ihr Sohn erschossen worden. »Wissen Sie mehr, als Sie sagen wollen?«, fragte er und hoffte, mit seinem Blindversuch auf etwas zu stoßen, das ihm weiterhalf.

Astrid Kiefer sah auf. »Mehr? Worüber?«

»Wer hinter dem Tod Ihres Sohnes stecken könnte.«

»Gottes Wege sind unergründlich. Wir können sie nur akzeptieren.«

Belledin war sich nicht sicher, ob die Worte auswendig gelernt waren oder sie sie tatsächlich meinte.

»Kevin wandelte auf düsteren Pfaden. Es war eine Rettung für ihn. Das habe ich dem anderen auch schon gesagt.«

»Kollegen?«

»Der Fotograf, der die Bilder auf der Hochzeit gemacht hat. Er hat fast dieselben Fragen gestellt.«

»Killian war hier? Warum?«

»Angeblich, weil Bettina verschwunden ist. Er wollte wissen, ob ich ihm diesbezüglich helfen könnte.«

»Motzkis Tochter?«

»Vermutlich will sich Ruth nur wichtigmachen. Kann es nicht ertragen, wenn mal andere im Mittelpunkt stehen.«

Belledin zupfte unruhig an seinem Schnäuzer. Es passte ihm nicht, dass Bettina verschwunden war. Und noch weniger, dass Killian mal wieder Privatdetektiv spielte. Oder steckte doch wieder mehr dahinter? War es Zufall, dass er am Tatort gewesen war? Er wurde aus Killian einfach nicht schlau.

»Was ist? Hat es Ihnen die Sprache verschlagen? Wenn Sie nichts mehr zu sagen haben, gehen Sie. Dann kann ich hier in Ruhe weitermachen.«

»Ich wollte auf Ihren Mann warten.«

»Da können Sie lange warten. Der kommt heute nicht mehr. Er übernachtet ein paar Wochen oben in der Rebhütte. Er braucht Ruhe zum Trauern. Kevins Tod geht ihm mehr an die Nieren, als ich dachte.«

»Ihnen wohl weniger.«

»Werden Sie nicht unverschämt, Belledin. Nur weil ich nicht rumflenne, wie Sie es erwarten, heißt das noch lange nicht, dass mir der Tod meines Sohnes nichts ausmachen würde. Aber Gott gibt mir Halt. In einer verweichlichten Gesellschaft, die nur noch an den Götzen Mammon glaubt, scheint meine Disziplin Ausdruck von Gefühllosigkeit zu sein. Aber sie ist alles andere. Ich habe Kevin geliebt. Doch weil er Gott hinterfragt hat, hat er nun seine Strafe erhalten. Ich hoffe, dass er seine Lehren daraus ziehen wird.«

»Er ist tot.«

»Das heißt nicht, dass es dafür zu spät ist. Sie vergessen, dass wir Christen an ein Leben nach dem Tod glauben. Es gibt also genügend Zeit, aus den Fehlern des diesseitigen Lebens zu lernen.«

»Amen«, sagte Belledin, setzte seinen Stetson auf und verließ das Büro.

***

Kälble kam wieder zu sich und sah in die wachen Augen eines verwitterten Gesichts. Der Kerl grinste und fuhr sich mit der Hand über den geschorenen Schädel. Instinktiv tastete sie nach ihrer Dienstwaffe. Der Fremde schüttelte den Kopf und zeigte mit der Hand auf den Tisch, der zwischen ihnen stand und auf dem die Pistole lag. Neben ihrem Dienstausweis.

»Frau Kälble«, sagte er und versuchte, einen schwäbischen Akzent zu imitieren. »Wie kommet Sie in die Wohnung nei? Ohne Durchsuchungsbescheid?« Er grinste wieder.

Kälble dachte daran, schnell ihre Hand auszufahren und die Pistole zu greifen.

Er erriet ihren Gedanken und schnalzte mit der Zunge. »Henei. Bloß koine Dummheite.«

»Wer sind Sie?«, fragte sie. »Warum haben Sie mich niedergeschlagen?«

»Ich habe Sie nicht niedergeschlagen. Ich habe Sie hier gefunden und Ihre Beule verarztet.« Der schwäbische Akzent war klarem Hochdeutsch gewichen.

Sie fasste an ihren Hinterkopf und spürte einen Mullverband.

»Etwas laienhaft, das gebe ich zu. Aber die Blutung ist gestoppt.«

»Wer sind Sie?«

»Ein Freund von Motzki.«
»Janik Bredow?«
»Sie haben schon von mir gehört? Das ehrt mich. Und das noch vor der Veröffentlichung des Buches. Dann kann ich mich ja auf was gefasst machen. Ist bestimmt nicht leicht, ein Promi zu sein. Hoffe, ich kann mit dem Stress umgehen. Eigentlich bin ich ja mehr der schüchterne Typ.«
»Wo ist Motzki?«
»Bei Killian, schätze ich. Er wohnt vorübergehend bei ihm.«
»Wieso?« Kälble setzte sich langsam auf und schielte wieder zu ihrer Dienstwaffe hinüber.
»Er fühlt sich hier nicht sicher. Meine Nähe würde den Tod anziehen, sagt er. Ich hätte ein schlechtes Karma.« Er lachte. »Und dann sucht er ausgerechnet bei Killian Unterschlupf.«
»Wie meinen Sie das?«
»Ich meine damit, dass Killian keinen Deut besser ist als ich. Hätte er seine Taten nicht unter dem Schutz einer staatlichen Organisation, sondern als Privatmann begangen, er säße in Guantanamo.«
»Spekulation.«
Janik zuckte mit den Schultern. »Fragen Sie Belledin, wenn Sie mir nicht glauben.«
»Ich kann auch recherchieren.«
Er lachte laut. »Zu ihm werden Sie wenig finden. Außer ein paar Preise für gelungene, gewagte und poetische Kriegsfotografie.«
Kälble griff nach ihrer Dienstwaffe, entsicherte sie und zielte damit auf ihr Gegenüber.
Janik blieb ruhig. »Ist kein Magazin drin.« Er griff in seine Jackentasche und hielt das Magazin in die Höhe.
»Geben Sie es mir.«
»Und dann?«
»Nehme ich Sie fest.«
»Und weswegen?«
»Sie stehen unter dem Verdacht, eine Polizistin niedergeschlagen zu haben.«
»Blödsinn. Warum sollte ich dann hier warten, bis Sie aufwachen?«

»Bluff. Sie spielen mir was vor.«

»Und was habe ich davon?«

»Keine Ahnung. Aber ich spüre, dass Sie nicht ehrlich sind.«

»Weil ich im Knast war. Deswegen Ihr Gespür. Man nennt es Vorurteil. Wie ist es bei Killian? Spüren Sie da auch, dass etwas nicht koscher ist? Oder sehen Sie in ihm nur den wagemutigen Helden, der sich für den ehrlichen Journalismus hinter die Fronten wagt?«

»Er interessiert mich nicht.«

»Warum nicht? Er war am Tatort. Das sollte Sie interessieren.«

»Als Zeuge interessiert er mich schon.«

»Haben Sie Motzkis Manuskript denn nicht gelesen?«

»Nein. Belledin ist gerade dabei.«

»Warum hat er es Ihnen nicht gegeben? Dateien kann man schnell kopieren. Ist ja kein handschriftliches Manuskript wie im Mittelalter. Will er den Braten für sich allein? Belledin war schon immer ein Macho. Ich traue Frauen mehr zu. Obwohl, sich so einfach niederschlagen zu lassen spricht nicht für Sie.«

»Ich habe nicht damit gerechnet.«

Janik blähte die Backen. »Das ist billig.« Seine Äuglein tanzten vor Freude. Es spürte, wie sich Kälble über die Stichelei ärgerte.

Und Kälble hasste es wirklich, Fehler zu machen. Sie verdrehte die Augen und stöhnte. »Mir wird ganz übel.« Sie sank auf das Sofa zurück.

Janik rührte sich keinen Millimeter von der Stelle.

Sie würgte und röchelte.

Janik blieb noch immer sitzen.

Sie zuckte, schloss die Augen, blieb regungslos liegen und lauschte. Hörte, dass sich ein Stuhl bewegte. Stand Bredow auf? Kam er zu ihr? Nichts weiter geschah. Sie wartete und öffnete minimal die Augen. Durch die Schlitze konnte sie sehen, dass er ihr noch immer stoisch gegenübersaß.

»Wenn Sie die Augen noch etwas mehr öffnen würden, könnten Sie sehen, dass ich mich köstlich über Ihr Schmierentheater amüsiere.«

Zornig sprang Kälble auf und stürzte sich auf ihn. Er schien damit gerechnet zu haben. Ehe sie ihn packen konnte, war er vom

Stuhl geschnellt und hatte sich so gedreht, dass er sie von hinten zu fassen bekam und ihr den Arm auf den Rücken drehte.

»Lesen Sie?«, fragte er.

»Ich höre lieber Musik«, sagte sie und stöhnte auf vor Schmerz.

»Ich empfehle Ihnen Kleist.« Er warf sie auf das Sofa zurück. »›Über das Marionettentheater‹. Da steht alles drin, was man wissen muss. Habe ich oft gelesen. Ich hatte aber auch viel Zeit. Manche Stellen kann ich sogar auswendig. ›Aug in Auge, als ob er meine Seele darin lesen könnte, stand er, die Tatze schlagfertig erhoben, und wenn meine Stöße nicht ernsthaft gemeint waren, so rührte er sich nicht.‹« Er setzte sich wieder auf den Stuhl.

»Hat sich Kleist nicht erschossen?«

»Ja. Nicht der schlechteste Tod.«

»Was wollen Sie von mir?«

»Ich? Gar nichts. Nicht dass ich Sie unattraktiv fände. Ganz im Gegenteil. Aber die Situation lässt einen Flirt nur schwer zu. Sie wollen was von mir, schon vergessen? Aber damit kann ich Ihnen leider nicht dienen. Ich habe Sie weder niedergeschlagen, noch bin ich der Mörder des jungen Bräutigams. Ich bin nur hier, weil ich geschäftlich in der Gegend zu tun habe und mit Motzki das Manuskript noch mal durchgehen wollte, bevor es in die Druckerei geht.« Er hatte sehr ruhig gesprochen.

Sosehr es Kälble auch ärgerte, dass er auf ihre Finte nicht reingefallen war, so stark spürte sie, wie er gerade dadurch bei ihr gewonnen hatte. Sie tickte billig. Am Wettkampf konnte sie sich aufreiben. Ein Mann, den sie bezwang, war nichts wert, einer, der sie zappeln ließ, begann, sie zu reizen. Sie wusste darum und konnte sich trotzdem nicht gegen ihre Gefühle wehren.

»Wollen Sie einen Kaffee?«, fragte er, steckte das Magazin in die Pistole und schob ihr diese über den Tisch.

»Beantworten Sie mir dann ein paar Fragen?«

»Wenn ich Antworten darauf habe.« Er stand auf und ging in die Küche.

Kälble schob die Waffe in das Holster.

***

Belledin parkte den Audi vor Kiefers Rebhütte und stieg aus. Idyllisch. Wer dachte hier an Mord? Er ging unter einem Rosenbogen hindurch, der bereits den größten Teil seiner grünen Blätter abgeworfen hatte, aber noch immer ein paar rote Blüten trieb. Käme der Frost, wären auch sie dran.

Belledin klopfte an die Tür. »Hallo, Herr Kiefer. Hier ist Belledin.« Den Hauptkommissar ließ er weg. Kiefer wusste, wer er war. Aber er öffnete nicht.

Belledin klopfte abermals. Nichts und niemand rührte sich. Er drückte die Klinke und trat ein.

Es roch nach offenem Feuer. Lange konnte Kiefer also noch nicht fort sein. Warum hatte er seinen Wagen stehen gelassen? Vielleicht machte er nur einen Spaziergang. Ging seine Ländereien ab. Davon hatte er genug angehäuft. Würde ein langer Spaziergang werden.

Belledin trat zum Kamin und erschrak. Auf dem Holzboden hinter einem Sessel lag Motzkis Tochter Bettina in einer Blutlache, die ihren blonden Schopf wie ein dunkler Heiligenkranz umleuchtete. Ihre blauen Augen starrten ihn an. Neben ihr lag ein Schürhaken, dessen Ende blutrot war. Belledin ließ sich auf einem Stuhl nieder. Er zog sein Handy aus der Jacke und wählte Kälbles Nummer. »Hallo, hier Belledin. Die Braut ist jetzt auch tot. Sie liegt erschlagen in Kiefers Rebhütte. – Ja, bring die ganze Armee mit. Und gib eine Fahndung nach Erwin Kiefer aus.« Belledin steckte das Handy zurück und öffnete den obersten Knopf seines Hemdes. Ihm war plötzlich heiß. Auch sein Herz klopfte wilder. Rhythmusstörung, hatte der Arzt gesagt. Psychisch bedingt. Natürlich. Wenn man nicht weiterwusste, war immer alles psychisch bedingt.

Belledin stand auf und ging in die kleine Küche. Er drehte den Wasserhahn auf, beugte sich vor und hielt seinen Mund geöffnet darunter. Er wusch sich das Gesicht und klatschte sich zum Schluss noch ein paar Tropfen ins Genick. Das Herzrasen verschwand. Dafür hörte Belledin Stimmen. Sie kamen von draußen.

Er sah aus dem Fenster und erblickte zwei Männer. Ein kleiner Stutzer in dunkelblauen Nadelstreifen und ein Riese in Gummistiefeln, der eine Schrotflinte bei sich trug. Sie redeten Polnisch miteinander. Belledin tippte auf Leute von Kiefer. Er zückte seine Pistole, entsicherte sie, trat aus der Tür und stellte die beiden. »Kriminalpolizei. Lassen Sie die Waffe fallen und drehen Sie sich um. Mit dem Rücken zu mir.«

Die Polen sahen ihn verdutzt an.

»Wird's bald?«

Sie reagierten nicht. Der Stutzer fragte etwas auf Polnisch.

»Nicht mit mir, Freundchen. Mach hier nicht den Touristen. Ich bin nicht in Stimmung für Späßchen.«

Der Stutzer dachte gar nicht daran, sein Spiel aufzugeben, und mimte weiterhin den Verblüfften. »Nix verstehen.« Das sagte er tatsächlich.

Darauf hatte Belledin nur gewartet. Er explodierte und feuerte eine Kugel in eine alte, großbauchige Weinflasche, die als Zierde unweit der Polen stand.

Der Riese zuckte zusammen, warf die Schrotflinte ins Gras und drehte sich mit dem Rücken zu Belledin. Der Stutzer grinste gequält und tat es seinem Kollegen nach.

Belledin näherte sich den beiden langsam und tastete sie nach weiteren Waffen ab. Bei dem Riesen fand er nur ein Messer, der Stutzer trug einen kleinen Colt bei sich. Er nahm die Waffen an sich und dirigierte die beiden auf die Aussichtsbank, die vor der Rebhütte stand.

»Wo ist Kiefer?«, fragte er.

»Nix verstehen«, sagte der Stutzer wieder.

Belledin überkam die Lust auf einen zweiten Schuss. Aber er fand kein passendes Objekt, in das er die Kugel hätte theatralisch genug versenken können. Der Oberschenkel oder die Schulter des Stutzers kamen ihm in den Sinn. Aber er war hier nicht im Wilden Westen. Manchmal bedauerte er das. Immer diese langen Wege. Wer hatte dafür Zeit? Und Geduld? Nein, Geduld hatte er schon lange keine mehr. Früher hatte er stundenlang Verdächtige verhören können. Er war ein Meister des Weichkochens gewesen. *Good cop* und *bad cop* in einer Person. Und sie hatten alle gesungen. Die härtesten Jungs hatten ihre Bosse verpfiffen, wohl wissend, dass sie damit ihr Todesurteil unterschrieben. Aber Belledins stoischem Psychoterror hatten sie nichts entgegenzusetzen gehabt.

»Wo ist Kiefer?«, fragte Belledin erneut.

Die beiden schauten schweigend über die Reblandschaft und genossen scheinbar die Aussicht.

»In der Hütte liegt eine tote junge Frau. Ich kriege euch beide dran wegen Mordes, das schwöre ich. Sicherlich finden sich eure Fingerabdrücke, und mindestens einer von euch hatte die Mordwaffe einmal in der Hand, wenn er für den Boss das Feuer geschürt hat.«

Der Riese sah irritiert zu seinem kleinen Freund. Der strich sich über den dünnen Schnurrbart, hustete einen Kloß aus dem Hals, spuckte aus und streckte seinen Kopf zu Belledin, als ob er nicht richtig gehört hätte. »Eine tote junge Frau? In der Hütte? Wie kommt die da rein?«

»Das würde ich gern von euch wissen.«

»Als wir weggefahren sind, war hier niemand. Sie muss nach uns gekommen sein.«

»Aber Kiefer war noch da?«

»Nein. Wir haben ihn weggebracht.«

»Zu zweit?«

»Ja. Es gab Arbeit.«

»Was für Arbeit?«

»Arbeit eben. Sachen schleppen.«

»Was für Sachen? Herrgott, muss ich euch alles mit der Pinzette aus der Nase ziehen? Ich will jetzt endlich wissen, was hier los ist!«

Er spürte, dass sein Kopf hochrot angelaufen war. Und die Lust, einfach rumzuballern, egal wohin, machte sich immer stärker im Zucken seines Zeigefingers bemerkbar. Wenn Kälble nicht bald mit der Kavallerie anrückte, konnte er für nichts mehr garantieren. Er hatte Bettina schon als Kind gekannt. Sie war mit Belledins Tochter erst in den Kindergarten, dann zur Schule gegangen. Über Biggis Seite war er sogar mit ihr verwandt. Und diese zwei Schwachmaten wollten mit ihm hier Blinde Kuh spielen. Es knallte. Er hatte abgedrückt. Einfach so.

Der Stutzer schrie und hielt sich den Oberschenkel.

Der Riese starrte Belledin fassungslos an. »Wir wissen wirklich nichts von der toten Frau«, sagte er.

»Bettina Kiefer, geborene Motzki. Die Braut von Kiefers Sohn. Sie liegt in der Hütte in ihrem eigenen Blut. Erschlagen mit einem Schürhaken.«

Der Riese bekreuzigte sich. »Wir haben nichts damit zu tun.«

Der Kleine starrte auf das rote Rinnsal, das ihm aus dem Oberschenkel lief. »Ich verblute! Wenn ich keine Hilfe kriege, verblute ich.« Er sah Belledin panisch an.

»Immer wieder schön zu sehen, wenn die coolen Jungs plötzlich Gefühle zeigen. Wo ist Kiefer?«

»Oben. In den Höhlen.«

»Welche Höhlen?«

»Er meint die unterirdischen Gänge, wo sie früher das Gemüse eingelagert haben.«

»Kenne ich nicht. Weit weg?«

»Mit dem Auto etwa zehn Minuten.«

»Was macht er dort?«

»Er hält eine Messe.«

Belledin fielen die schwarzen Messen ein, die Kiefer laut Motzkis Manuskript feierte. »Etwa mit Bettinas Blut? War sie das Opfer, um Kevin einen Fensterplatz im Himmel zu verschaffen?«

»Ich kenne mich nicht aus. Ich weiß nur, dass sie dort oben beten.« Der Große sah zu seinem jammernden Freund. »Wir dürfen dort nicht rein. Wir gehören nicht dazu.«

Heulende Polizeisirenen kamen näher.

»Bringen Sie mich dorthin«, sagte Belledin.

»Und was ist mit ihm?«

»Um ihn kümmern sich die Kollegen. Wenn er Glück hat, haben sie einen Arzt dabei.«

Der Riese stand auf und begleitete Belledin. Sie stiegen in den Audi und fuhren los. Nach der ersten Kurve kam ihnen die Kolonne der Kollegen entgegen, gefolgt von Kälbles VW-Bus. Belledin grüßte mit Lichthupe, hielt aber nicht. Sein Handy klingelte, und er nahm den Anruf entgegen. »Ich bin auf dem Weg zu Kiefer. Er hält sich irgendwo oben in den Reben in alten Löshöhlen auf. Ich schicke dir die Koordinaten, wenn ich dort bin. – Und der verwundete Gangster geht auf mein Konto. – Notwehr. Er hatte einen Colt auf mich gerichtet.« Er legte auf und sah zu dem Riesen rüber, der stumm nickte.

***

Die Kollegen sperrten den Tatort ab, die Spurensicherer suchten nach Hinweisen, und Kälble sah sich die Leiche an. Bildete sie sich das ein, oder spiegelte Bettina Kiefers Gesichtsausdruck tatsächlich Zufriedenheit wider? Konnte man es so nennen? Eher Entspannung? Glück? Nein. Glück wäre zu viel des Guten. Wer tot war, konnte nicht glücklich sein. Das widersprach sich. Die Begriffe der seelischen Befindlichkeit waren fürs Leben erfunden worden – nicht für den Tod. Im Tod gab es nichts außer den naiven Wünschen, dass es dort auf irgendeine Art weitergehen würde. Dann war sie also im letzten Augenblick ihres Lebens erleichtert gewesen. Tatsächlich? Und wenn ja, warum? Was hatte sie erkannt, das ihr Gesicht wirken ließ, als wäre sie eine Putte, die dem Sünder weismachen wollte, alles würde gut werden? War sie froh gewesen, den Schmerz nicht mehr ertragen zu müssen, den der Mord an ihrem Bräutigam in ihr hinterlassen hatte? Oder hatte sie das güldene Tor zum Paradies gesehen, gar eine Wolke, auf der ihr Geliebter bereits auf sie wartete? Unsinn. Aber solche Projektionsphänomene kamen vor. Kälble hatte in irgendeinem Wissenschaftsmagazin darüber gelesen. Über Nahtoderfahrungen. Da gab es alles. Von den Höllenringen des Dante bis zu harfenspielenden Engeln.

»Ein fast zu schönes Bild, um es zu zerstören«, sagte Dr. Selinger. »A schöne Leich, wie die Wiener sagen.« Er beugte sich über die Tote und bewegte ihren Kopf, um die Wunde näher zu betrachten.

»Lassen Sie das«, sagte Kälble.

Er sah sie verdutzt an.

»Sie haben recht. Es ist eine schöne Leiche. Gehen Sie bitte einen Schritt zurück.«

Selinger gehorchte.

»Ein Bild. Der Täter hat mit ihr ein Bild gemalt. Als hätte

Caravaggio es gezeichnet. Alles wirkt dekoriert. Das war kein Mord im Affekt. Das war geplant.«

»Etwas wenig Licht für Caravaggio, finden Sie nicht?«

»Ihr blondes Haar ist das Licht. Ihr Gesicht. Sie ist die Lichtquelle. Ihr Lächeln.«

»Ich sehe kein Lächeln.«

»Im übertragenen Sinne. Sie ist die Sonne oder, besser gesagt, sie war die Sonne und soll es auch im Tod bleiben.«

»Ist das nun Bildinterpretation oder Psychogramm eines Hannibal Lecter? Vielleicht hat der Täter sich ja sogar die Leber stibitzt und verspeist sie nun? Die Obduktion wird es ans Licht bringen.« Selinger gefiel sich in seiner süffisanten Art.

»Haben Sie Kevin Kiefer schon obduziert?«

»Ja. Alle Organe vorhanden.«

Kälble sah ihn scharf an.

»Nichts Auffälliges. Er war gesund. Im Magen lagen nur die Speisen der Hochzeit. Und er hatte viel Alkohol im Blut. Aber wenn man an seiner eigenen Hochzeit nicht trinken darf, wann dann?«

Kälble hörte nur mit einem Ohr hin. Sie betrachtete noch immer Bettina Kiefer. Warum schien ihr das Bild nur so unwahr? Was stimmte nicht daran? War es der Schürhaken, der so aufgeräumt neben der Leiche lag?

»Kann es sein, dass jemand sie erschlagen hat, bevor sie hierhergebracht wurde?«, fragte sie.

»Und der blutige Schürhaken?«

»Wurde eingetaucht wie ein Pinsel in Farbe.«

»Wer macht so etwas?«

»Ein Künstler, der mit seinem Bild etwas erzählen möchte.«

»Und was?«

Sie zuckte mit den Schultern. »Untersuchen Sie, ob der Haken die Mordwaffe ist.«

Selinger machte sich an die Arbeit.

»Wie geht es dem Verletzten?«, fragte Kälble.

»Die Blutung ist gestillt. War ein sauberer Durchschuss. Beledin hat nichts Halbes gemacht.«

»War Notwehr, sagt er.«

»Der Pole sagt was anderes.«
»So? Was denn?«
»Dass Belledin ihm einfach so in den Schenkel geschossen hat.«
»Glauben Sie das?«
»So wie der gerade drauf ist, glaube ich alles. Er tut zwar so, als würde ihn die Scheidung kaltlassen, aber das ist nur Show. Belledin bewegt sich auf dünnem Eis. Wenn der nicht aufpasst, geht es ihm so wie Wagner. Er bräuchte eine Supervision.«
»Sagen Sie es ihm.«
»Will ich eine Kugel ins Bein?«
Kälble ging nach draußen und hielt nach dem Verwundeten Ausschau.

***

Killian hatte ein paar Fotos geschossen und nahm mit dem Defender eine Abkürzung durch die Reben. Von vorne kam ihm ein anderes Auto entgegen. Er erkannte den verbeulten Polo, fuhr zur Seite, um Motzki vorbeizulassen, und kurbelte das Fenster runter.
Motzki tat es ihm gleich. »Wo warst du?«, fragte er.
»In den Reben. Wohin willst du?«
»In die Reben.«
»Seit wann interessiert dich die Natur? Hast du keine Angst, dass dich einer deiner Verfolger in der Abgeschiedenheit erledigt?«
»Du glaubst mir noch immer nicht, selbst nachdem du das Manuskript gelesen hast?«
»Erstens ist das Manuskript deine persönliche Wahrheit, und zweitens verhältst du dich zu widersprüchlich. Wer Angst hat, von Gangstern erledigt zu werden, fährt nicht allein durch die Pampa.«
»Manchmal macht Zorn mutig.«
»Du bist zornig? Auf wen?«
»Du warst bei Kiefer. Hab ich recht? Wirst du für ihn Fotos knipsen?«
»Und wenn? Was interessiert dich das?«
»Kiefer ist ein Arschloch. Für den arbeitet man nicht. Er ist selbst schuld an dem Tod seines Sohns. Und jetzt muss ich mir

deswegen ein schlechtes Gewissen machen. Er ist mein Erzfeind. Schon immer gewesen. Was habe ich auf Bettina eingeredet, dass sie sich nicht von dem Pomp der Kiefers blenden lassen soll. Aber sie wollte nicht hören. Da ist sie wie Ruth. Immer dorthin, wo es glitzert. Alles andere ist nichts wert.«

»Willst du zu ihm, um ihm das zu sagen?«

»Ja. Hört man das?«

»Das gerade klang wie eine Rede, die du vor mir üben wolltest.«

»Und? Zeigt sie Wirkung?«

»Bei mir nicht. Der Geschmack von Sozialneid ist zu deutlich.«

»Arschloch. Ich hasse euch Gewinner. Eure Arroganz ist unerträglich. Aber der Tag wird kommen, da werdet auch ihr Demut lernen.«

»Jetzt klingst du eher wie Kiefers Frau.«

»Leck mich.« Motzki kurbelte das Fenster hoch und fuhr weiter.

Killian startete den Wagen und legte den Gang ein. Er hätte ihm sagen müssen, dass Bettina verschwunden war. Aber Motzki war übertrieben eklig gewesen. Und Ruth gegenüber ungerecht. War es denn verkehrt, dass man nach Höherem strebte? War alles weltliche Streben verwerflich? Die ganze Welt war eitel. Der barocke Gryphius fiel ihm ein. Über den Gedanken gelangte er zu dem Lyrikabend, der zu Ehren von Kevin Kiefer abgehalten werden sollte. Margarita. Motzkis Verlegerin und Killians geheimer zarter Flirt. Er bekam Lust, sie bereits vor der Lesung im Laden aufzusuchen. Es war kurz vor fünf. Er würde es noch nach Breisach schaffen, ehe die Geschäfte schlossen.

***

»Dort vorne ist es«, sagte der Riese und zeigte mit seiner Pranke in Richtung einer alten Akazie, die ein Brettertor säumte, das in den Rebberg führte. Belledin parkte den Audi, öffnete das Handschuhfach und warf dem Riesen Handschellen in den Schoß. »Eine um die rechte Hand, die andere um den Haltegriff.«

Der Riese sah ihn fragend an.

»Besser als eine Kugel im Bein, oder?«

Der Pole gehorchte und legte sich die Handschellen an.

Belledin stieg aus dem Wagen und ging zu dem Brettertor. Es war so groß, dass ein Traktor hindurchpasste. Im Tor war eine Tür eingebettet. Belledin drückte die Klinke. Die Tür ließ sich öffnen, und er ging hinein. Brennende Fackeln in den Löswänden spendeten geisterhaftes Licht.

Belledin entsicherte seine Waffe und betrat vorsichtig den Gang. Nach etwa zwanzig Metern vernahm er sphärische Musikklänge, dann Gebetsgemurmel. Er drückte sich an die Löswand und schlich weiter. Der Gang mündete in einem Gewölbe, das die Größe einer Waldkappelle besaß. Kerzen und Fackeln erhellten den Raum. Kiefer kniete vor einem Altar, neben dem ein Schaf an einen Pflock gebunden zitterte und zu den Klängen, die aus einer Stereoanlage hallten, verstört blökte. Kiefer stand auf, nahm eine silberne Schale, in der ein Schlachtermesser lag, vom Altar und bettete sie auf ein purpurnes Samtkissen, das neben dem unruhigen Schaf auf einem Schemel drapiert war.

Bisher hatte Belledin die Musik nicht einzuordnen gewusst. Er hatte auf Bach getippt. Oder Brahms. So gut kannte er sich nicht aus. Doch jetzt, da ein Chor das »Credo« schmetterte, erkannte er die Haydn-Messe wieder. Er war lange genug Ministrant gewesen. Die Alt-Solostimme füllte den Raum. Fast zu schön, um den Moment mit einem schnöden »Hände hoch! Polizei!« zu zerstören. Und so wartete Belledin, lauschte der Musik und beobachtete Kiefer bei dessen Ritual.

Der Winzer wusch sich die Hände in einer Keramikschale, die auf dem Altar neben einem großen schweren Buch stand. Kiefer sprenkelte das Wasser von seinen Fingerspitzen in alle Himmelsrichtungen. Als er den Westen besprengt hatte, entdeckte er Belledin. »Was wollen Sie hier? Wie sind Sie hergekommen? Machen Sie, dass Sie verschwinden, solange Sie noch können.« Seine Augen waren weit aufgerissen. So als hätte er sich Drogen eingeworfen.

»Wir werden gemeinsam gehen. Und zwar in Handschellen.«

Der Chor hatte mittlerweile wieder eingesetzt, die Streicher waren dazugekommen.

»Ich gehe nirgendwohin.«

»Sie stehen unter Verdacht, die Braut Ihres Sohnes in Ihrer Rebhütte getötet zu haben.«

Kiefer schwankte und hielt sich am Altar fest. »Bettina ist tot? Das kann nicht sein. Das darf nicht sein.«

»Diese Oper können Sie dem Staatsanwalt vorspielen. Ohne Chor. Kommen Sie jetzt.«

»Aber warum? Wer hat sie getötet?«

»Es reicht. Ich bin heute in Schusslaune.« Belledin feuerte eine Kugel ab und traf die Keramikschale mit Kiefers Weihwasser. Die Scherben klirrten, das Wasser ergoss sich über den marmornen Altar. Haydn blies zum Crescendo. Pause. Stille. Nur das Schaf schrie unbeirrt nach Schutz. Das nächste Stück erklang: »Gloria«. Das kannte Belledin auch.

Kiefer starrte auf die Wassertropfen, die den Marmor hinab auf die Erde glitten und im trockenen Lös verschwanden. Dann drehte er sich zu Belledin. »Ich war mit ihr verabredet.«

»In der Rebhütte.«

»Nein. Hier. Wir wollten gemeinsam die Messe für Kevin halten.«

»Nur Sie und Bettina?« Belledin zeigte auf das Schaf. »Und der Plagegeist?«

»Das Schaf wollten wir opfern. Für Kevin. Unschuld für Unschuld.«

Belledin setzte sich auf eine Holzbank. »Ich glaube an eine andere Version. Bettina ist zu Ihnen in die Rebhütte gekommen und hat Ihnen Vorwürfe gemacht. Sie hat Ihnen vorgehalten, dass Sie Schuld an Kevins Tod tragen. Sie ist hysterisch geworden, hat Ihnen vielleicht sogar gedroht, Ihre schwarze Magie auffliegen zu lassen, und Sie haben sie mit dem Schürhaken erschlagen. Im Affekt. Wegen emotionaler Instabilität. So was kommt vor.«

»Ich habe Zeugen dafür, dass ich Bettina nicht gesehen habe.«

»Ihre beiden Polen?«

»Sie waren die ganze Zeit bei mir. Und Killian.«

»Wer?«

»Killian. Der Fotograf.«

»Was wollte der bei Ihnen?«

»Er hat Bettina gesucht. Hat gesagt, Ruth habe ihn beauftragt, weil sie verschwunden sei. Das überraschte mich nicht. Wenn ich trauern würde, hielte ich es bei Ruth auch keine Sekunde aus. Ich wusste ja, dass ich Bettina hier treffen würde.«

»Und Killian? Wohin ist er nach dem Besuch gegangen?«

»Weiß ich nicht. Interessiert mich auch nicht.« Er nahm das Messer und ging auf das Schaf zu.

»Lassen Sie es leben«, sagte Belledin. »Das Tier kann nichts dafür.«

Kiefer drehte sich zu Belledin. »Vielleicht haben Sie recht. Ein Schaf reicht nicht aus, um zwei unschuldige Seelen im Jenseits zu unterstützen.« Er murmelte ein Mantra, das weder nach Latein noch Griechisch klang, setzte die Klinge an seinen Hals und schlachtete sich mit einem entschlossenen Schnitt selbst. Blut spritzte in hohem Bogen aus der Halsschlagader, Kiefers Mantra gerann zu einem Röcheln, er brach zusammen und schlug auf dem staubigen Boden auf.

Belledin war auf der Bank sitzen geblieben. Er sah auf das blökende Schaf, das den Haydn-Chor störte, und überlegte einen Moment, ob er es erschießen sollte, damit er das »Gloria« in Ruhe zu enden hören konnte. Er entschied sich dagegen und rief Kälble an.

***

»Es war keine Notwehr. Er hatte mir meine Waffe schon abgenommen. Er hat einfach geballert, weil ich nicht gesagt habe, was er hören wollte«, sagte Pisczek.

Kälble ignorierte ihr klingelndes Handy und gab dem Polen seinen Pass zurück.

»Sie können Pavel fragen. Er kann es bezeugen. Wenn der irre Kommissar ihn nicht schon umgelegt hat.«

»Meine Kollegen fahren Sie jetzt ins Krankenhaus und danach zu uns aufs Revier. Wir sind noch nicht fertig. Sie können Ihren Anwalt mitbringen.« Sie drehte sich von Pisczek weg und sah auf das Display. Belledin hatte sich gemeldet.

Sie rief zurück und entfernte sich, um ungestört reden zu können. »Sag mal, spinnst du? Hast du Pisczek tatsächlich grundlos ins Bein geschossen? – Ja, den kleinen Polen meine ich. – Was? – Scheiße! – Ja, ich komme sofort. Schick mir die Koordinaten als SMS. – Die Truppe ist hier noch nicht fertig, aber Selinger und den Leichenwagen kann ich mitbringen.« Sie legte auf und ging in die Rebhütte.

Bettina Kiefers Leiche war inzwischen entfernt worden. Hofer von der Spurensicherung unterhielt sich mit Selinger. Als sie Kälble sahen, schwiegen sie.

»Gibt's etwas, das ich nicht wissen soll?«, fragte Kälble.

»Nein. Wieso?« Hofer log schlecht und sah Selinger an.

»Wir machen uns Sorgen um Belledin«, sagte er. »Um seinen Zustand.«

»Was ist mit seinem Zustand?« Kälble log besser.

»Sie kennen ihn nicht so gut wie wir. Aber er wirkt stark mitgenommen.« Hofer traute sich aus der Deckung.

»So?«

»Die Scheidung und das alles. Midlife-Crisis, Sinnkrise und jetzt das.«

»Was das?« Kälble stellte sich stur dumm.

»Er war schon immer ein Heißblut. Ein badischer Andalusier, sozusagen.« Selinger lächelte selbstgefällig über den Vergleich. »Aber dass er jetzt einfach auf Verdächtige schießt, nur weil sie nicht parieren, ich meine, da verschwimmen schon Grenzen.«

»Nicht auszudenken, wenn er auf Kiefer trifft und der Gaul mit ihm durchgeht.« Hofer legte so viel dunkle Vorahnung in ihren Blick, wie sie konnte.

Kälble erinnerte sie an eine pathetische Theateraufführung der »Ilias«, die sie vor drei Wochen in Stuttgart gesehen hatte. Hofers finstere Miene ähnelte der der Darstellerin der Kassandra, die die Trojaner vergeblich vor dem großen Holzpferd gewarnt hatte. »Kiefer ist tot. Belledin hat mich eben angerufen«, sagte Kälble trocken.

Kassandra fiel die Lade runter. »Belledin, hat er …?«

»Nein. Jedenfalls soviel ich weiß.« Sie drehte sich zu Selinger. »Ich brauche Sie und den Leichenwagen.«

»Und was ist mit uns?«, fragte Hofer.

»Kommen Sie nach, wenn Sie hier fertig sind.«

Sie verließ mit Selinger die Hütte, sah auf ihr Handy, gab die Koordinaten, die Belledin ihr geschickt hatte, in ihre Navi-App ein und wollte in ihren Bus steigen, als ein verbeulter Polo auf sie zufuhr. Sie erkannte Motzki hinter dem Steuer. Auf den hatte sie jetzt gar keine Lust. Sie hasste es, Angehörigen von Opfern die Todesnachricht zu überbringen.

Motzki parkte vor dem Bus und stieg aus. »Was ist hier los? Hat es nun auch Kiefer erwischt?« Er pfiff wichtig durch die Zähne. »Hätte nicht gedacht, dass mein Buch so viel bewirken könnte.«

»Wären Sie stolz darauf, wenn Kiefer tot wäre?«, fragte Kälble, die körperlich spürte, wie sehr Motzki sie abstieß. Nein, es würde ihr nicht schwerfallen, ihm zu sagen, dass es nicht Kiefer, sondern seine Tochter war, die sie im Sarg abtransportierten. Aber damit würde sie noch warten. Erst wollte sie noch etwas aus ihm herauskitzeln.

»Stolz?«, fragte Motzki und schmeckte das Wort ab, wie es Autoren gern tun, um sicher zu sein, dass es den zu beschreibenden Umstand genau trifft. »Nein, stolz würde ich es nicht nennen. Eher erstaunt. Ja, es erstaunt mich, dass meine Enthüllungen bei irgendjemandem solche Handlungen ausgelöst haben.«

»Aber Ihr Manuskript ist doch noch gar nicht veröffentlicht.«

»Sie haben recht. Das Buch kann noch eine ganz andere Art von Welle auslösen. Vielleicht war das nur der Anfang.« Plötzlich sah er sich ängstlich um. »Ich hatte ja eigentlich gedacht, dass Kiefer und Konsorten eher mich umbringen. Stattdessen scheint es jetzt Leute zu geben, die durch mein Buch die wahren Verbrecher erkennen und sie richten.« Ein verhuschtes Kichern drückte sich durch seine Raucherzähne. »Absurde Welt.«

»Wem haben Sie Ihr Manuskript bisher gezeigt?«

»Nur Janik. Janik Bredow. Er ist der Protagonist. Es ist seine Lebensgeschichte. Aber er ist eitel.« Wieder das Kinderkichern. »Ja, sehr eitel. Vor allem seine Eitelkeit hat ihn immer wieder einfahren lassen. Janik hat es einigen seiner Kumpels zu lesen gegeben. Er behauptet, dass er prüfen wollte, ob es etwas taugt. Und als die ersten Jubelstürme seiner Testleser aufbrausten, hat er es gleich noch breiter gestreut.« Motzki zog eine zerknüllte

Zigarettenpackung aus der Jacke und schob sich eine Kippe zwischen die Lippen. »Entschuldigung«, sagte er und hielt Kälble das Päckchen hin.

»Jetzt nicht. Danke.«

Motzki steckte sich die Zigarette an und inhalierte tief. Er blies den Rauch durch die Nase, sah Kälble unsicher an und hob die Brauen. »Und? Wie finden Sie es?«

»Was?

»Das Manuskript. Killian hat es Ihnen doch heute Morgen gegeben.«

»Belledin hat es. Ich hatte noch keine Zeit, es zu lesen. Aber allmählich möchte ich auch gern wissen, was da alles drinsteht, dass Menschen deswegen sterben müssen.«

Motzki nagte nervös an seiner Unterlippe. Plötzlich tat er ihr leid. Sie holte tief Luft und wollte ansetzen, ihm vom Tod seiner Tochter zu berichten, aber Selinger kam ihr dazwischen.

»Wir wären dann so weit«, sagte er. »Hofer braucht noch etwas länger.« Er sah Motzki und wählte seine sonore Stimme. »Mein Beileid.« Er nickte und ging zu seinem Wagen.

Motzki blickte ihm verstört nach. Es ratterte sichtbar in seinem Hirn.

Kälble hielt es nicht länger aus und platzte endlich raus. »Es tut mir leid, Herr Motzki. Wir sind nicht wegen Kiefer hier. Ihre Tochter –«

»Was? Bettina? Sie meinen, Bettina liegt in dem Sarg, der da gerade aus der Hütte getragen wurde? Ich bring ihn um! Ich bring das Schwein um!« Er rannte zum Gebäude.

Kälble rief ihm hinterher. »Bleiben Sie stehen! Kiefer ist nicht hier!«

Motzki hörte nicht, sondern lief weiter.

»Halten Sie ihn fest!«, schrie Kälble. »Er versaut uns noch den Tatort.«

Zwei Beamte stellten sich Motzki in den Weg. Er wehrte sich, so gut er konnte, ergab sich aber rasch, als sie ihm den Arm auf den Rücken drehten und die Nase auf den Boden drückten.

»Sie können ihn wieder loslassen«, sagte Kälble.

Die Beamten gehorchten, und Motzki rappelte sich auf. »Das

war seine Rache«, sagte er. »Weil sein Sohn wegen mir gestorben ist, musste meine Tochter durch ihn sterben.« Er nickte mehrere Male, um sich der Wahrheit dieses Satzes zu versichern. »Und Rache gebiert Rache. Auge um Auge, Zahn um Zahn. Jetzt hole ich mir seinen Skalp.«

»Das ist nicht mehr nötig. Kiefer ist schon tot.«

»Was? Wo? Ich will ihn sehen!« Motzki schien jetzt noch aufgebrachter.

»Dazu sind Sie nicht befugt. Tut mir leid.« Kälble überkam wieder der körperliche Ekel, den Motzki zuvor schon in ihr ausgelöst hatte. Sie drehte sich um, ging zum VW-Bus, stieg ein und fuhr los. Selinger und der Leichenwagen folgten ihr.

SECHS

Belledin hockte noch immer auf der Bank und sah zu, wie sie Kiefer in einen Sarg legten und aus der Höhle trugen. Kälble saß schon eine Weile neben ihm und wartete darauf, dass er etwas sagte. Er holte tief Luft, schwieg aber.

»Soll ich anfangen?«, fragte sie.

Er zuckte mit den Schultern.

»Brauchst du Urlaub?«

Er sah sie an. »Oder einen Psychiater?«, fragte er gereizt.

»Habe ich nicht gesagt.«

»Die Frage klang unterschwellig mit.«

»War aber nicht so gemeint.«

»Ich habe schon ganz andere Fälle überstanden.«

»Da war dein Privatleben aber okay.«

»War es das? Ich weiß nicht. Ich habe halt gelebt, wie man so lebt, wenn man einmal eine Entscheidung getroffen hat. Konvention. Wenn du mit Privatleben meinst, dass ich die Konventionen eingehalten habe, dann gebe ich dir recht.«

»Konventionen setzen Grenzen. Das kann durchaus gesund sein.«

»Gesund? Wer sagt das? Hast du dein Biotop gewechselt? Bist du gesund?«

»Keine Ahnung. Aber ich weiß, wie sich ungesund anfühlt. Deswegen habe ich tatsächlich mein Biotop gewechselt.«

»Und fühlst du dich jetzt gesünder?«

»Das weiß ich nicht. Ich komme gerade erst an. Aber ich mag es. Vielleicht weil ich dich mag.« Sie sahen sich an. Kälble lächelte leicht. »Und deswegen möchte ich dich noch gern lange behalten. Als Kollegen, meine ich.«

»Gut. Aber dann frag mich nicht, ob ich Urlaub brauche. Was soll ich ohne Arbeit machen? Ich habe kein Privatleben mehr.«

»Du kannst dir ein neues aufbauen.«

»Privatleben wird überbewertet. Man ist, was man tut. Das Geschwätz von Work-Life-Balance kannst du dir in die Haare schmieren. So etwas gibt es nicht. Es ist nur eine Erfindung von Klugschwätzern, die ihre Coachings verkaufen wollen. Und jetzt reden wir über Leben und Tod. Einverstanden?«

»Einverstanden.« Sie sah nach vorne zum Altar. »Was ist hier passiert?«

»Kiefer hat eine schwarze Messe gehalten und wollte dafür ein Schaf schlachten.«

Kälble sah sich um. »Wo ist das Schaf jetzt?«

»Ich habe es laufen lassen. Mir ging sein Geblöke auf die Nerven. Kiefer hatte vor, es für Kevins Seele zu opfern. Irgendein Firlefanz, um die Götter oder den Teufel zu bestechen. Ich wollte ihn festnehmen, weil er unter dem Verdacht stand, seine Schwiegertochter getötet zu haben. Aber die Nachricht hat ihn so getroffen, dass er sich selbst die Kehle aufgeschlitzt hat.«

»Und du hättest es nicht verhindern können?«

»Vielleicht. Ich hätte ihn anschießen können. Aber das wäre dann schon der zweite Verletzte an einem Tag gewesen. Dann hätte ich den Ruf eines Amokläufers weggehabt. Das wollte ich nicht.«

»Du hättest den ersten Schuss mit der zweiten Kugel wettmachen können.«

»Klingt wie eine Konzessionsentscheidung beim Fußball. Ich kann der einen Mannschaft doch keinen Elfmeter geben, nur weil ich von der anderen einen Spieler zu voreilig vom Platz gestellt habe.«

»Wäre aber gerecht.«

»Seit wann hat Recht etwas mit Gerechtigkeit zu tun?«

»War es wirklich Notwehr bei Pisczek?«

»Seelische Notwehr.«

Hofer kam mit dem Trupp der Spurensicherung ins Gewölbe. »Wow!«, sagte sie. »Das ist ja mal eine Location. Was die hier wohl alles treiben. Hat auch was Erotisches an sich, finden Sie nicht?«

»Bin schon zweimal gekommen«, sagte Belledin, stand auf und verließ die Höhle.

Hofer blähte die Backen. »So habe ich ihn noch nie erlebt. Geht ihm alles sehr an die Nieren. Dachte, er wäre abgebrühter.«

Selinger kam hinzu. »Die Leiche ist jetzt auch verfrachtet. Ich bringe beide in den Kühlschrank.«

»Kriege ich heute Abend noch was?«, fragte Kälble.

»Der Suizid von Kiefer ist ziemlich eindeutig. Glaube nicht, dass Belledin ihm die Hand geführt hat.«

»Untersuchen Sie trotzdem auf Spuren.«

Hofer und Selinger sahen sich an.

»Nein, ich glaube auch nicht, dass ihm Belledin die Hand geführt hat, aber es ist unser verdammter Job, nichts auszuschließen.« Kälble war lauter geworden als beabsichtigt.

»Schon gut. Wir haben ja auch schon einiges erlebt. Und wie Belledin gerade an mir vorbeigeschlichen ist, wäre es ihm zuzutrauen.«

»Jedem ist alles zuzutrauen. Es kommt nur auf die Umstände an, in die das Leben und falsche Entscheidungen einen drängen können.«

Hofer war zum Altar gegangen und sah sich jetzt das Messbuch an. »›Das Buch der fünf Zacken‹. Und sogar im Original.«

Kälble horchte auf. »Sie kennen es?«

»Ich interessiere mich für Mystik.«

»Hofer legt Ihnen sogar die Karten und liest aus der Hand, wenn Sie wollen«, sagte Selinger und lachte spöttisch. »Aber die richtigen Lottozahlen kann auch sie nicht vorhersehen.« Er ging.

»Was hat es mit dem Buch auf sich?«, fragte Kälble.

»Es soll aus dem Mittelalter stammen. Ein Priester hat es während der Reformation aus dem Vatikan gestohlen und es aus dem Lateinischen in eine kodierte Sprache übersetzt. So etwas wie Klingonisch. Sehr simpel, sagen die einen, die anderen behaupten, die vermeintliche Einfachheit sei nur eine falsche Fährte, damit ausschließlich die Erwählten die wahre Übersetzung verstünden.«

»Und wer sind die Erwählten?«

»Nepomuk Satoris, so hieß der Priester, der das Buch gestohlen hatte, scharte zwölf Jünger um sich, wie Jesus. Das waren seine Erwählten. Jeder dieser Jünger besaß den Auftrag, sobald er es zur Meisterschaft gebracht hatte, sich ebenfalls zwölf Jünger zu suchen, um die Wissenschaft selektiert zu verbreiten.«

»Wissenschaft.«

»Ja. Magie ist eine Wissenschaft. Allmählich stimmen sogar

die Quantenphysiker zu. Das unendliche Vakuum zwischen den Quarks bringt sie zur Annahme, dass es morphogenetische Felder gibt, die auf allen Ebenen zusammenarbeiten. Wie oben, so unten. Das hat schon Hermes Trismegistos gewusst.«

»Aha.« Kälble tat so, als verstünde sie etwas von dem, was aus Hofer heraussprudelte. »Und Kiefer war ein Auserwählter?«

»Jedenfalls einer, der sich dafür hielt.«

»Heißt das, er hatte auch zwölf Jünger?«

»Bestimmt.«

»Könnte es unter ihnen einen Judas geben?«

Hofer sah Kälble verständnislos an.

»Na ja, einen, dem Kiefers Messias-Vorsitz nicht passte. Einen Neider, der für ein paar Silberlinge Kiefer ans Kreuz genagelt hätte. Motzki, zum Beispiel.«

»Kann sein. Aber ich glaube nicht, dass Motzki unter den Erwählten ist. So abgehalftert, wie der aussieht. Zu Erwählten sind seit der Renaissance des Ordens vor allem finanziell gut gestellte Personen oder Leute in hohen Ämtern berufen worden. Die Bruderschaft ist eine Loge, die sich durch die Rituale einschwört und ein Netzwerk der Macht bildet. Motzki hat und ist nichts, was ihn für die schwarzen Mystiker interessant macht. Es sei denn, sein Auftritt ist Camouflage.«

Kälble war ebenfalls an den Altar getreten und betrachtete nun die Abbildungen, die Hofer aufgeschlagen hatte. Mit Tusche gezeichnete Opferbilder. Eingerahmt durch Hexagramme und astrologische Zeichen.

»Verstehen Sie etwas von dieser Sprache?«, fragte Kälble.

Hofer errötete. »Nein, nicht wirklich. Nur ein wenig. Und wie gesagt, es ist nicht sicher, ob die Dechiffrierung des Codes tatsächlich die Wahrheit in sich birgt oder die Essenz nicht doch zwischen den Zeilen liegt.«

Kälble zog sich einen Plastikhandschuh an und blätterte zu den beiden Seiten zurück, die bei ihrem Eintreffen aufgeschlagen gewesen waren. »Können Sie mir die übersetzen?«, fragte sie. »Bis morgen früh?«

Hofer verdrehte die Augen. »Weiß nicht, ob ich das schaffe. Ich muss noch Bettina Kiefer betreuen und die Spuren hier sichern.«

»Besonders wichtig sind für mich die Fingerabdrücke auf diesem Buch.« Kälble klappte es zu und wollte gehen.

»Wenn Sie wollen, kann ich Ihnen jemanden nennen, der diese Sprache perfekt beherrscht und sich auch in der Magie viel besser auskennt als ich.« Hofer hatte zögerlich gesprochen und sichtlich mit sich gerungen. »Ich nehme die Fingerabdrücke noch schnell ab, dann können Sie das Buch gleich mitnehmen.« Sie machte sich an die Arbeit. »Sie dürfen aber keine falschen Rückschlüsse auf mich ziehen, weil ich den Typen kenne. Er wirkt im ersten Moment etwas verrückt. Lebt in seiner Welt, ist aber ein absoluter Experte in seinem Bereich.«

»Name? Ort?«

»Seinen richtigen Namen kenne ich nicht. Er nennt sich Merlin del Cougar und sieht sich als Inkarnation des historischen Magiers der Tafelrunde und eines nordamerikanischen Bergpumas.« Hofer selbst wirkte so, als würde sie ihren Worten nicht glauben. Mit jedem schien es ihr unangenehmer, so viel von sich preiszugeben.

»Und wo finde ich diesen Merlin del Cougar?«

»In Waltershofen.«

Kälble sah Hofer fragend an. So gut kannte sie sich in der Gegend noch nicht aus.

»Gottenheim kennen Sie? Daran kommt man vorbei, wenn man auf den Zubringer in Richtung Freiburg fährt. Hinter Gottenheim biegen Sie vor der Brücke nach rechts ab und kommen dann nach Waltershofen. Es ist nicht groß. Merlin wohnt in einem alten Hof, den er sich zu seiner Trutzburg umgebaut hat. Halten Sie sich sofort nach dem Ortseingang links und fahren Sie dann geradeaus, und Sie steuern direkt darauf zu.« Hofer zog die Klebestreifen mit gesicherten Fingerabdrücken vom Buch und versorgte sie. »Ich habe jetzt nicht jede Seite überprüft, aber die wichtigsten Stellen. Ist das in Ordnung?«

Kälble nickte, Hofer reichte ihr das Buch, und sie verließ die Höhle.

***

Belledin hatte nicht gewusst, wohin mit sich. Der erste Impuls war gewesen, Biggi anzurufen. Sich bei ihr auszuheulen. Sobald der Gedanke sich in seinem Hirn breitgemacht hatte, schrie er laut auf und begann, hysterisch zu lachen. Niemals würde er sich bei Biggi ausheulen. So weit käme es noch. Ein Mann konnte so etwas aushalten. Psychiater? Kälble hatte ihm indirekt zu einem geraten. Aber was wusste eine Schwäbin schon vom badischen Urgestein seiner Generation? Mittlerweile legten sich auch die hiesigen jüngeren Männer zum Ausheulen auf die Couch. Die gingen aber auch zur Geburtshilfevorbereitung und übten Presswehatmen, als ob sie es wären, die das Kind gebären sollten. Belledin wäre so etwas nie in den Sinn gekommen. Er war für den schnellen Samen zuständig gewesen, damit hatte sich für ihn Biggis Schwangerschaft erledigt. Und Biggi hatte Annette wie ein Urweib ausgetragen. Ihre Brüste waren noch größer geworden. Sie hätte das halbe Dorf stillen können. Auch eine Hausgeburt wäre für ihn nicht in Frage gekommen. Mittlerweile fühlten sich die jungen Leute ja schon als Rabeneltern, wenn sie kurz vor knapp zur Entbindung in die Klinik fuhren. Biggi hätte Annette zur Not auch hinter einem Holunderbusch zur Welt gebracht. Biggi. Immer wieder Biggi. Scheiß-Unterbewusstsein.

Als zweiter Gedanke war ihm Killian in den Sinn gekommen. Der hatte bestimmt schon ganz andere Traumen mit sich selbst ausgemacht. Vielleicht konnte er ihm einen Tipp geben, wie er mit seiner Gemütslage umgehen sollte. Gleichzeitig wäre das vielleicht die Gelegenheit, ihn auszufragen und zu erfahren, ob er doch mehr wusste, als er vorgab. Aber an der Kreuzung zwischen Breisach und Ihringen setzte Belledin den Blinker dann doch links. Gewohnheit? Wollte er nach Merdingen fahren? Nach Hause? Verdammt, er hatte kein Zuhause mehr.

Also kehrte er bei Wagner ein, starrte auf das leere Weinglas in seiner Hand und wartete darauf, dass sein ehemaliger Kollege mit einer vollen Flasche zurückkehrte.

»Wir bleiben beim Grauburgunder«, sagte Wagner und schenkte ein. Er schmeckte vor, nickte und goss voll. »Verrückte Sachen, die du mir da erzählst«, sagte er. »Du hast ihm einfach so ins Bein geschossen?« Er kicherte. »Wenn das einer von der

›Badischen‹ mitkriegt, dann ist dir die Dirty-Harry-Schlagzeile sicher.«

Belledin brummte und trank. »Hast du schon mal was von dieser Schwarzmagier-Loge gehört?«, fragte er.

»Nein. Aber ich gehe auch nicht in die Kirche.«

»Das hat nichts mit der Kirche zu tun.«

»So? Der ganze Affentanz mit dem Leib Christi? Weihrauch und Myrrhe? Osterlamm? Das kommt doch alles daher.«

»Aber die einen beten zu Gott, die anderen zum Teufel.«

»Wo ist da der Unterschied? Sind Gott und Teufel nicht die zwei Seiten derselben Medaille?«

»Kann sein. Ich habe keine Ahnung. Dafür habe ich innerhalb von zwei Tagen drei Leichen und einen angeschossenen Polen. Und weiß nicht, wo ich ansetzen soll. Ich hatte auf Kiefer gewettet und lag damit völlig daneben. Jetzt kann ich wieder von vorne anfangen.«

»Nicht ganz. Du weißt schon mal, dass es Kiefer nicht war. Hätte aber gut gepasst. Kiefer will Motzki töten lassen und engagiert einen Killer. Motzki rutscht auf dem Klo in der eigenen Pisse aus, und die Kugel verirrt sich in Kiefers Sohn Kevin. Welch Tragödie. Der Wille des Herrn? Des Satans? Kiefer will die Seele seines Sohnes retten, indem er mit seiner Schwiegertochter eine schwarze Messe hält. Er erfährt von dir, dass sie erschlagen in seiner Rebhütte liegt, und bringt sich daraufhin selbst um. Der Fall könnte damit erledigt sein.«

»Könnte. Aber ich habe keinerlei Beweise.«

»Na und? Verkauf es doch einfach so, und es ist Ruhe im Karton.«

»Mir fehlt der Mann, den Kiefer angeheuert haben soll. Keine Spur von dem Clown.«

»Ein Profi aus der Unterwelt. Gib die Fahndung ans BKA ab.«

Belledin trank das Glas aus. »Das kann ich nicht.«

»Ehrenkodex?« Wagners Stimme überschlug sich. »Scheiß drauf.«

Belledin stand auf. »Danke fürs Zuhören, aber ich muss jetzt los.«

Wagner sah auf seine Armbanduhr. »Oh, ich werde mich auch

fertig machen. Ein wenig rausputzen und so.« Er zwinkerte Belledin zu.

»Hast du etwa ein Rendezvous?«

»Nicht wirklich. Sie ist ein Traum, sieht aber durch mich hindurch. Doch das ist mir egal. Es reicht mir, wenn ich in ihrer Nähe sein und sie anschauen darf.«

Belledin hob fragend eine Braue.

»Das ist wie früher mit dem Bravo-Poster. Man hängt sich den weiblichen Star hin und träumt verwegene Geschichten mit ihm, aber man wichst nicht auf ihn. Das würde die Gefühle unrein machen.«

»Und ich dachte schon, ich hätte einen an der Klatsche.«

»Komm doch einfach mit.«

»Wohin?«

»Zur Lesung.«

»Lesung? Erstens gehe ich nie zu Lesungen, zweitens habe ich noch ein ungelöstes Problem, und drittens gehe ich nie zu Lesungen.«

»Und viertens machst du heute eine Ausnahme.«

»So? Das wüsste ich aber.«

»Die Lesung ist in Breisach. Und rate mal, was gelesen wird.«

»Musil. ›Mann ohne Eigenschaften‹. Dabei schlafe ich garantiert schon nach dem zweiten Satz ein.«

»Im Ernst. Es wird dich interessieren.«

»Doch nicht etwa ein Krimi? So ein schlecht recherchiertes Ammenmärchen, in dem die pensionierte Lehrerin den Tod ihrer Lieblingskatze aufklären will und dann einem Drogenring auf die Schliche kommt?« Er lachte laut. »Vergiss es. Mit Lesungen jagst du mich vom Hof.« Er erhob sich und setzte seinen Hut auf.

»Lyrik«, sagte Wagner.

»Gedichte? Du spinnst ja völlig.«

»Ich gehe ja nicht deshalb hin, sondern wegen ihr. Aber dich könnte die Poesie vielleicht interessieren.«

»Sehe ich schon so elend aus, dass ich Halt in Gedichten suche?«

»Kevin Kiefer hat sie geschrieben. Es ist eine spontane Lesung. Margarita hat sie organisiert, um dem Toten auf eine andere als die konventionelle Art zu gedenken.«

»Kevin schrieb Gedichte?«

»Ja. Und Margarita hat sie verlegt. Sie verlegt auch Motzkis Buch, soviel ich weiß.«

»Margarita? Wer ist das? Noch nie gehört.«

»Margarita Kleindienst. Sie ist erst seit einem Jahr in Breisach. Sie hat dort einen Buchladen und einen Kunst-und-Kultur-Kreis gegründet. Ich bin Mitglied.«

»Du? Kunst und Kultur? Wie das?«

»Ich wollte ihr meine Weine für ihre Veranstaltungen anbieten, da hat sie mir eine Mitgliedschaft in ihrem Verein aufgeschwatzt.« Er zuckte mit den Schultern. »Was ist nun? Begleitest du mich? Mit deinem Ausweis kommst du vermutlich sogar umsonst rein.«

***

Killian hatte auf halber Strecke zu Margarita gekniffen. Zwar hätte er sie gern vor der Lesung noch gesehen, aber es war ihm zu blöd, unter irgendeinem Vorwand wie ein notgeiler Köter in ihrer Buchhandlung aufzutauchen. Er warf seine Jacke auf den runden Kirschbaumtisch und zog sich aus. Die Klamotten verteilte er auf den vier Stühlen, die um den Tisch herum standen. Auf dem Weg ins Bad klingelte sein Handy. Er kramte es aus der Jacke und sah auf das Display. Motzki. Nein, auf den hatte er jetzt keine Lust. Er hatte überhaupt keine Lust mehr auf diese Kiste. Was gingen ihn die anderen an? Sollte sich Bettina doch verstecken, wo sie wollte. Sollte sie in Südamerika abtauchen und dort ein neues Leben beginnen und Ruth endlich ihren Traum leben, Motzki seinen Bestseller in die Regale stellen und Kiefer dem Teufel begegnen. Ihn ging das alles nichts an. Er hatte seine eigenen Probleme. Er brauchte niemanden, der ihn davon ablenkte.

Er wollte Swintha sehen. Mit ihr im Quartier Latin im Café sitzen und über Literatur oder die bildenden Künste reden und sie davon überzeugen, dass sie nicht ihm nacheifern, sondern sich ein anderes Leben entwerfen sollte. Das, was sie jetzt anstrebte, war zu Beginn noch Abenteuer, würde aber nach und nach auch sie verzehren. Niemand war gefeit davor. Noch nicht einmal Moshe.

Killian würde nach Paris fahren. Gleich morgen. Die Lesung

würde er sich noch antun. Aber warum? Was sollte er auf einer Trauerfeier für Kevin Kiefer? Er hatte ihn nicht gekannt. Er hatte einfach nur Hochzeitsfotos geschossen. Um der alten Freundschaft willen. Ein großes Wort. Freundschaft. Waren er und Motzki denn jemals Freunde gewesen? Oder nur Kumpels, die einfach miteinander hatten klarkommen müssen, weil das Leben sie zur selben Zeit auf dieselbe Schule geworfen hatte?

Er stieg unter die Dusche und genoss den warmen Strahl auf seiner Haut. Er wusste, warum er zu der Lesung ging. Margarita. Er hatte Lust auf sie.

***

Kälble bog in Gottenheim vor der Brücke rechts ab, wie Hofer es ihr erklärt hatte, und fuhr in Richtung Waltershofen. Eine enge, kurvenreiche Straße. Rechts erhob sich steil der Rebberg. Alles wirkte feucht und düster. Es hatte etwas vom Eingang in ein Gnomen-und-Elfen-Reich.

»Mittelerde«, sagte sie und lachte leise. Sie sah schnell zum »Buch der fünf Zacken« auf dem Beifahrersitz hinüber. Unvorstellbar, dass es Leute gab, die sich ernsthaft mit schwarzer Magie auseinandersetzten. Sie selbst liebte »Herr der Ringe« und hatte sogar »Harry Potter« gern geschaut, glaubte aber weder ernsthaft an Gandalf noch an Lord Voldemort. Sie verstand sich als ein Kind der Aufklärung. Die Eltern hatten ihr Vernunft eingeimpft. Für Flucht in Religionen oder Schamanismus hatte sie nur Spott übrig. Unerträglich wurde es, wenn die Jünger allen Aberglaubens auch noch den Drang in sich verspürten, andere mit ihrer Wahrheit zu missionieren. Daraus entstand nur Mord und Totschlag. Nichts weiter. Blind rannten sie in ihr Verderben, hoffend, dass ihr Leben auf der anderen Seite des Flusses erblühen würde, anstatt es im Hier und Jetzt zu regeln.

Es dämmerte, als sie Waltershofen erreichte. Nebelschwaden schlichen von den Wiesen auf den Asphalt. Kälble bog links ab. Am Ende der Straße lag der alte Hof, von dem Hofer erzählt hatte. Statt elektrischen Lichts flackerten zwei Fackeln am Toreingang. Ein alter Vierkant? Sie blickte auf eine hohe Mauer, auf die nachträglich Zinnen geschichtet worden waren. An den Ecken stießen zwei kleine Türme nach oben. Fehlten nur der Burggraben und die Zugbrücke.

Sie parkte den Bus, nahm das Buch vom Sitz, stieg aus und klopfte an das große Holztor. Ihr Gesuch hatte Hundegebell zur Folge. Es kam näher und wurde lauter. Kampflustiges Knurren. Kälble hatte keine Angst vor Hunden, aber diese klangen, als hätten sie tagelang nichts mehr gegessen. Sie tastete nach ihrer Waffe.

Ein Holzfenster, das ins Tor eingelassen war, öffnete sich. Zwei dunkle Augen, umrahmt von silbergrauem Haar, starrten sie an. »Ja?«, fragte eine kratzige Stimme.

»Ich suche Merlin del Cougar.«

»Wer sind Sie? Was wollen Sie von ihm?«

Sie hielt das Buch in die Höhe, sodass der Mann es sehen konnte.

Die Äuglein sprangen wild im Kreis, die Zunge leckte unruhig über den zottigen Bart. Er überspielte die innere Unruhe mit einem kühlen »Und?«.

»Es ist das ›Buch der fünf Zacken‹.«

»Soso.«

»Im Original.«

»Aha.«

»Ich dachte, vielleicht kann mir Merlin del Cougar einige Stellen übersetzen.«

»Warum sollte er das tun?«

»Weil die Polizei ihn darum bittet.« Sie zog ihren Dienstausweis hervor und hielt ihn ihm vor die Nase.

»Der Meister ist leider nicht da.«

»Und wer sind Sie?«

»Gernot. Der Wächter.«

»Vielleicht können Sie mir helfen?«

»Glaube nicht. Ich bin nur Knecht.«

»Wann kommt Ihr Meister zurück?«

»Das weiß man nie.«

»Wo ist er denn?«

»Im Wald.«

»Jetzt? Aber es ist dunkel.«

»Gerade deswegen. Nur im Dunkeln findet man das Licht.«

»Er sucht nach Licht?«

»Das war eine Metapher. Heute ist Allerheiligen. Pilze, die an Allerheiligen gesammelt werden, haben besondere Kräfte. Der Meister braucht sie für ein Gebräu.«

»Kann ich auf ihn warten, bis er wiederkommt?«

»Nicht im Haus. Ich darf niemanden reinlassen, den ich nicht kenne.«

Hinter Kälble schellte eine Fahrradklingel. Sie drehte sich um und sah ein flackerndes Licht, das sich näherte.

»Entschuldige bitte, Merlin, aber es ging nicht früher«, sagte die Frau auf dem Fahrrad, stieg ab und schob die letzten Meter. An der Lenkstange hingen zwei große Einkaufstüten. Als sie auf Kälbles Höhe stand, lächelte sie freundlich und streckte ihre Hand aus. »Hallo. Ich bin Sabine. Seine Schwester. Sind Sie zum ersten Mal hier? Ich habe Sie noch nie gesehen.«

»Kälble. Mordkommission Freiburg. Und ja, ich bin zum ersten Mal hier.«

»Mordkommission? Merlin, du wirst doch keine Dummheiten gemacht haben?«

Kälble sah zu dem Kerl, der sich als Knecht Gernot ausgegeben hatte. »Bestimmt nicht, oder?«

Merlin del Cougar knurrte wie seine Hunde, schloss das Holzfenster und öffnete das Tor. Sabine schob das Fahrrad hinein, Kälble folgte ihr, und del Cougar sperrte das Tor hinter ihnen zu.

Die Hunde sprangen an Sabine hoch. Sie lachte, knuffte die Tiere, legte dann aber einen strengen Ton an den Tag. »Gut jetzt. Platz. Gleich gibt es zu fressen.« Die Tiere gehorchten aufs Wort.

Auch im Hof ersetzten Fackeln das elektrische Licht. Puppen aus Stroh, geschnitzte Skulpturen und düstere Holzmasken zierten ihn.

»Bist du fertig geworden?«, fragte Sabine und verschwand mit den Einkaufstüten im Haus.

»Nicht ganz!«, rief er ihr hinterher. »Ich habe auf dich gewartet. Ohne Salpeter geht es nicht.«

»Salpeter?«, fragte Kälble. »Stellen Sie Schwarzpulver her?«

Er sah sie scharf an und schüttelte unwillig den Kopf. »Schwarzpulver. So ein Blödsinn. Sie haben doch keine Ahnung.«

Kälble streckte ihm das Buch hin. »Deswegen bin ich ja bei Ihnen. Ist Merlin del Cougar jetzt vom Pilzesammeln zurück?« Sie lächelte frech.

Er knurrte wieder. Die Hunde taten es ihm nach. »Kommen Sie.« Er ging ins Haus, während die Hunde sitzen blieben.

Kälble schlich an ihnen vorbei und betete, dass sie nicht nach ihrer Wade schnappten.

Drinnen gab es elektrisches Licht. Aber nur indirektes. Die Lichtquellen waren verborgen, strahlten gegen die Wände oder auf den Boden und kreierten so eine eigenartige Atmosphäre. Kälble konnte sich nicht entscheiden, ob sie sie unheimlich oder gemütlich finden sollte. So wie die ganze Situation für sie schwer einzuschätzen war. Glaubte sie wirklich, von diesem selbst ernannten Merlin del Cougar mehr über das Buch und somit über den Mord an Kevin Kiefer erfahren zu können? Vermutlich lieferte die Analyse der Fingerabdrücke, die sich auf den Buchseiten befanden, mehr Informationen als die Übersetzung der zwei Seiten, die Kiefer senior für seine schwarze Messe aufgeschlagen gehabt hatte. Aber Kälble wollte keine Chance auslassen. Vielleicht stand etwas drin, das auf Täter und Motiv hinwies.

Merlin del Cougar führte sie in eine Stube, die an alte Wohnküchen erinnerte. Seine Schwester stand mit zwei gefüllten Hundenäpfen am Küchentisch und kratzte den letzten Rest Futter aus einer Dose.

»Hast du etwas Steinmehl drübergestreut?«, fragte Merlin del Cougar.

»Gleich.«

»Letztes Mal hast du es vergessen. Drei Tage hatten sie Alpträume.«

»Kommt nicht wieder vor. Versprochen.« Sie verschwand mit den Näpfen aus der Küche.

»Rechts hinter der Tür steht der Sack!«, rief er ihr nach und setzte sich an den Tisch. »Geben Sie her.«

Kälble reichte ihm das Buch. Er legte es auf den Tisch, fuhr mit den Fingern über den Einband, nahm eine Brille aus der

Brusttasche seiner schwarzen Weste, hauchte gegen die Gläser und putzte sie mit dem Hemdzipfel. Bevor er die erste Seite des Buches aufschlug, setzte er sich die Brille auf die Nase. Mit dem Zeigefinger seiner Linken glitt er über das Papier. »An der Qualität spürt man, ob es sich um ein Original handelt«, sagte er und schloss die Augen.

»Das ist für mich nicht so wichtig. Ich will nur wissen, was auf den beiden Seiten steht, zwischen denen das Lesezeichen klemmt«, sagte Kälble, um nicht zu viel Zeit zu verlieren.

Er öffnete die Augen. »Höre ich da Eile in Ihren Worten? Mit Eile kommen Sie bei mir nicht weit. Sie haben meinen Abend gestört. Ich hatte noch einiges geplant. Das kann ich jetzt vergessen. Wegen Ihnen. Also zollen Sie mir wenigstens etwas Respekt, indem Sie mich nicht hetzen. Wie kann die Übersetzung einer Fälschung Ihnen helfen?«

»Indem sie mich auf die Spur eines Mörders führt.«

»Verstehe. Ihnen geht es nicht um die Erkenntnis, die in diesem Buch steckt.«

»Stimmt, sondern um Hinweise und Fakten. Fassbares. Mit dem Unfassbaren komme ich vor Gericht nicht weit.«

»Vor welchem Gericht?« Er sah sie schelmisch an. »Der oberste Richter handelt mit den unfassbaren Seelen.«

Kälble hatte keine Lust auf solche Diskussionen. Sie führten zu nichts und kosteten Zeit. »Sie haben vermutlich recht«, sagte sie, um den Schlagabtausch abzukürzen.

»Natürlich habe ich das. Schauen Sie sich dieses Buch an. Was macht es zum Buch? Nicht die Form, nicht das Papier, nicht die Tinte, sondern die Worte sind es, die ein Buch zu einem Buch machen.«

»Wieso ist es dann für Sie so wichtig, ob es sich um ein Original handelt? Eine gute Kopie tut es doch auch, wenn die Worte dieselben sind.«

»Wenn die Worte dieselben sind. Richtig.« Er tippte mit dem Finger auf das Buch. »Und wir haben Glück. Das ist ein Original.«

»Aus dem Mittelalter?«

»Nein. Ende 19. Jahrhundert. Romantik.«

»Ich dachte, das Buch stammt aus dem Mittelalter?«

»Ursprünglich, ja. Aber das ist längst zu Humus verfallen. Abschriften davon gibt es jedoch immer wieder. Bei ihrer Anfertigung kam es natürlich immer mal wieder vor, dass der ein oder andere Schreiber etwas ausgelassen oder hinzugefügt hat.«

»Also gibt es das Original gar nicht mehr.«

»Nein. Aber das ist für uns nicht so wichtig. Es gibt dieses Original. Und darauf stützt sich unsere Arbeit.«

»Was meinen Sie mit ›unsere‹? Gehören Sie etwa zu den zwölf Erwählten?«

Er kicherte. »Was denken Sie denn? Glauben Sie etwa, die anderen könnten die Schrift übersetzen? Die kennen sich vielleicht mit Weinen oder Bilanzen aus, aber nicht mit den Sentenzen der alten Weisen.«

»Wer gehört noch zu den Erwählten?«

»Das darf ich nicht sagen. So steht es in unserem Kodex. Das werden Sie wohl akzeptieren.«

»Einer davon ist tot.«

»Kiefer.«

»Woher wissen Sie das?«

»Lebend hätte er Ihnen das Buch nicht gegeben.«

»Er hat sich umgebracht.«

»Auch ein Weg. Aber ein Umweg. Der Freitod zieht lange Schlaufen im Jenseits nach sich.«

»Nachdem er Bettina Kiefer getötet hat.« Kälble hoffte, Merlin del Cougar aus der Reserve zu locken.

»Bettina ist auch tot? Oh, das tut mir leid.« Die Nachricht schien ihn zu berühren. Er atmete tief ein. »Wie ist es passiert?«

»Kiefer hat sie in seiner Rebhütte mit einem Schürhaken erschlagen.«

»Das kann ich nicht glauben. Er hat sie geliebt wie seine eigene Tochter.«

»Vielleicht ist sie Kiefer auf die Schliche gekommen und wollte ihn zur Rede stellen?«

»Auf die Schliche?«

»Die schwarzen Messen. Sie hat die schwarzen Messen dafür verantwortlich gemacht, dass Kevin sterben musste.«

»Unsinn.«

»Finden Sie? Warum?«

»Weil Bettina auch dazugehört – dazugehörte.«

»Wozu? War sie auch eine der Erwählten?«

Merlin del Cougar schlug die Augen nieder. »Sie war ein einzigartiges Medium. Wenn sie sich bei Messen zur Verfügung stellte, dann waberte im Raum Äther aus unendlicher Zeit. Sogar Hildegard von Bingen hat sie uns erscheinen lassen. Der Trick mit dem Steinmehl ist übrigens die Frucht einer dieser denkwürdigen Sitzungen. Ich hoffe, Sabine hat es diesmal wirklich nicht vergessen. Ich leide unerträglich, wenn die Hunde mit ihren Dämonen kämpfen müssen. Deswegen ist mir das Steinmehl so wichtig.«

Kälble wusste nicht, wie sie reagieren sollte. Der Kerl hatte satt einen an der Waffel, aber dass Bettina Kiefer zu den Erwählten des Zirkels gehört hatte, stieß ein neues Tor in der Motivsuche auf. Hatte es Rivalitäten innerhalb dieses verrückten Kreises gegeben? War doch Kevin mit der Kugel gemeint gewesen und nicht Motzki? »Sie kennen das Buch also?«

»Natürlich. Ich habe es sogar besorgt. War nicht einfach.«

»Und warum haben Sie vorhin so getan, als würden Sie es erst überprüfen müssen?«

»Alte Gewohnheit. Das Geläufige immer wieder zu überprüfen ist oberste Maxime der Wissenschaft. Auch wenn der Apfel schon Millionen Male vom Baum auf die Erde gefallen ist – einmal könnte er doch gen Himmel fliegen oder einfach mitten im Flug verharren. Und dann? Was machen wir dann mit unserem guten alten Newton? Nein, nein. Alles ist zu überprüfen. Immer wieder aufs Neue. Routine und Arroganz sind die größten Feinde des wahren Wissens.«

»Ich würde gern von Ihnen hören, wo Sie heute am späten Nachmittag waren.«

»Hier und dort.«

»Geht es konkreter?«

»Ich war mit meinem Körper draußen im Hof und habe Holz gehackt. Mit Geist und Seele war ich auf den Schlachtfeldern Verduns und habe dort einem Vorfahren das Leben gerettet.«

»Ich kann es bezeugen«, sagte seine Schwester, die zur Stube hereinkam.

»Wie? Du warst auch in Verdun? Ich habe dich gar nicht gesehen.«

»Nein, ich war nicht da. Habe den Zug verpasst.« Sie drehte sich zu Kälble. »Er hat den Nachmittag über hier Holz gehackt.«

»Waren Sie die ganze Zeit dabei?«

»Zwei Stunden. Ich kümmere mich einmal die Woche um den Haushalt. Mache das Nötigste. Wäsche, Einkäufe und putze.«

»Wo haben Sie heute eingekauft? Es ist doch Feiertag.«

»Die Besorgungen habe ich gestern schon gemacht. Aber ich wollte gestern nicht vorbeikommen, weil er seine eigene Vorstellung von Halloween hat. Nicht wahr, Merlin?«

»Und warum haben Sie die Einkäufe nicht schon heute Nachmittag vorbeigebracht? Als er Holz hackte?«

»Weil er in Verdun war. Und wenn ich die Sachen vorbeibringe, ohne dass er es mitkriegt, denkt er, irgendwelche Geister würden mit ihm Schabernack treiben.«

»Halloween!«, schrie Merlin del Cougar plötzlich zornig. »So ein Unfug! Kommerzielle Verdummung. Die Nacht auf Allerheiligen muss man den toten Seelen widmen. Nie ist das Fenster weiter geöffnet, um großen alten Seelen zu begegnen. Und diese Schwachköpfe setzen sich Horrormasken aus Gummi auf den hohlen Schädel und betteln um Konfekt. Vollidioten.«

»Haben Sie gestern eine Messe gehalten? Vielleicht oben in den Reben?«

»Darf ich nicht sagen.«

»Wäre aber wichtig für meine Ermittlungen.«

»Bettina war nicht dabei. Sie hat geheiratet. Und Kiefer als Vater des Bräutigams auch nicht.«

»Wer dann?«

»Alle anderen.« Er druckste herum. Grummelte in seinen grauen Bart.

»Was ist los? Worüber ärgerst du dich?«, fragte seine Schwester besorgt.

Er rollte mit den Augen, griff plötzlich nach einem Wurzelstock, der am Ofen lehnte, und schlug damit heftig auf den Küchentisch.

Sabine eilte zu ihm, nahm ihn sanft bei den Schultern und

redete auf ihn ein. »Ruhig, ganz ruhig. Du weißt, du sollst dich nicht aufregen.«

Er atmete tief aus. »Schon besser. Jetzt geht es wieder. Es musste nur raus.«

»Was musste raus?«, fragte Kälble. »Worüber ärgern Sie sich?«

Er funkelte sie mit seinen dunklen Augen an, als wäre sie der Leibhaftige. »Zehn«, sagte er. »Es braucht mindestens zehn Erwählte, um in so einer Nacht das Tor zur großen Seelenwelt zu öffnen. Da Bettina und Kiefer fehlten, waren alle anderen verpflichtet zu kommen. Aber sie kam nicht. Sie tauchte einfach nicht auf.«

»Wer?«

»Die teuflische Hexe. Sie hatte Besseres vor.«

»Hat die Hexe auch einen Namen?«

»Viele. Sie tauscht ihre Namen über die Jahrtausende wie andere täglich ihre Gewänder.«

»Und unter welchem lebt sie im Hier und Jetzt?«

»Was?« Er sah sie irritiert an.

»Wie heißt die Frau?«

Merlin del Cougar blickte fragend zu seiner Schwester.

Sie nickte.

»Margarita. Wie in Bulgakows Roman. Ich hoffe, Sie kennen ihn? Bulgakow war übrigens auch ein Erwählter. Aber das weiß hier niemand. Nur die Sowjets wussten es, deswegen sind sie auch so mit ihm umgesprungen. Sie haben ihn zensiert, weil sie fürchteten, er würde mit seinen Worten und vor allem mit dem, was zwischen den Zeilen steht, den Sozialismus verhexen.«

»Hat diese Margarita auch einen Nachnamen?«

»Kleindienst.« Er lachte laut. »Was für ein bescheuerter Nachname für jemanden, der sich der Magie verschrieben hat. Ich würde ihn ablegen. Der falsche Name kann Energien blockieren. Aber sie braucht ihren reichen Mann. Eine strategische Entscheidung. Ist auch wieder zu verstehen. Eine clevere Hexe.«

»Wo wohnt sie?«

»Breisach. Sie hat eine Buchhandlung und verlegt hin und wieder auch selbst Bücher. Heute findet übrigens eine Gedenklesung zu Ehren des verstorbenen Kevin statt. Mit seinen Gedichten. Er konnte schreiben wie Baudelaire.«

»War Kevin Kiefer einer der Erwählten?«

»Nein. Er war nicht mehr dabei. Wollte nicht mehr. Schon seit einem Jahr. Er ist durch Bettina ersetzt worden.«

»Warum wollte er den Zirkel verlassen?«

Merlin del Cougar zuckte mit den Schultern.

»Gehen Sie nicht zu dieser Lesung?«

»Nein. Die Hexe hat mich gestern hängen lassen. Heute revanchiere ich mich. Außerdem war ich vorhin schon in Verdun und bin nicht mehr der Jüngste.«

Kälble sah seine Schwester an, die verlegen lächelte. »Ist es denn üblich, die Namen der Zirkelmitglieder Fremden gegenüber zu nennen? Ich meine, sollten die nicht geheim sein?«

»Ich habe Ihnen nur den falschen Namen einer lebenden Person genannt. Ihren Hexennamen werde ich Ihnen nicht verraten. Und über die anderen werden Sie von mir gar nichts erfahren. Aber diese Person ist mir schon lange ein Dorn im Auge. Und mit Ihrer Nennung habe ich sie gleichzeitig auch aus dem Kreis verbannt.«

»Steht das in Ihrer Macht?«

»Kiefer ist tot.« Er tippte auf das Buch. »Ich habe ihm die Schrift beigebracht. Die anderen könnten genauso gut ein Telefonbuch aufschlagen. Sie verstehen nichts von dem, was da drinsteht.«

»Bis auf Margarita Kleindienst.« Kälble zog das Buch zu sich. »Habe ich recht? Sie könnte Ihnen den Posten streitig machen, deswegen haben Sie sie geoutet.«

Merlin del Cougar grummelte und gab undeutliche Flüche von sich.

»Aber Sie haben sich selbst auch zum Orden bekannt. Warum? Sind Sie damit nicht auch verbannt?«

Er lachte verächtlich. »Ich habe längst einen Zauber gesprochen und einen Ring um mich gezogen, der mich schützt. Selbst wenn die ganze Welt wüsste, mit welchen Kräften ich im Bunde bin, könnte mir niemand etwas anhaben.«

»Und Margarita Kleindienst besitzt diese Kräfte nicht?« Kälble glaubte kein Wort von dem Unsinn, den dieser Merlin del Cougar da faselte, stieg aber darauf ein, um ihm mehr Informationen über die Buchhändlerin und Verlegerin zu entlocken.

»Sie ist ein Nichts. Ein Staubkorn in der Wüste der Dummheit.« Er rollte mit den Augen, malmte mit dem Kiefer und schwang die knöchrige Faust zum Himmel auf.

Gleich blitzt es, dachte Kälble, aber das tat es nicht.

Stattdessen schnappte Merlin del Cougar plötzlich nach Luft, fasste sich an den Brustkorb und sah seine Schwester flehend an.

Sie wusste sofort, was zu tun war, eilte an den holzwurmigen Küchenschrank, öffnete eine Schublade und holte ein Spray hervor, das sie ihrem Bruder in die Hand drückte.

Er presste es sich sofort gegen den Mund und inhalierte kräftig.

»Asthma?«, fragte Kälble.

Sabine nickte. »Wenn er sich zu sehr aufregt, bekommt er sofort einen Anfall.«

»Was ist mit dieser Margarita Kleindienst?«

»Erst waren sie die dicksten Freunde. Sie versteht es, einen Menschen im Nu zu umgarnen. Nach zehn Minuten denken Sie, Sie würden sie schon seit Kindheit kennen. Ich weiß nicht, wie sie das macht. Manchmal glaube ich tatsächlich, sie kann hexen.«

Merlin del Cougar hatte sich beruhigt und setzte sich auf die Ofenbank. Kälble hatte keine Ahnung, ob er dem Gespräch beiwohnte oder in der Welt seiner Psalmen versunken war. Er sah auf seine Pantoffeln und murmelte leise vor sich hin.

»Sie hatte meinem Bruder versprochen, seine Ansichten über die schwarze Magie samt einiger Rituale, die ihm von Etzel selbst eingeflüstert wurden, als Buch herauszubringen. Deswegen schleuste er sie in den Zirkel ein. Erst waren alle dagegen. Vor allem Kiefer. Er wollte keine Frauen dabeihaben. Aber Margarita schaffte es sehr schnell, auch ihn zu überzeugen. Fragen Sie mich nicht, wie.«

»Aber Bettina war doch auch eine Frau.«

»Die kam später dazu. Erst sollte sie nur als Medium dienen.«

»Hat Kevin sie mitgebracht?«

»Nein. Kevin hat den Zirkel zu der Zeit schon gehasst. Er hatte die Schnauze voll von Religion und Esoterik und suchte sich selbst in der Poesie. Bettina ist über Margarita dazugestoßen. Sie sah in ihr den besonderen Äther. Und anscheinend hatte sie recht damit. Auch Merlin berauschte sich an ihr.«

»Und wie hat Kevin darauf reagiert?«

»Er wusste von nichts.«

»Und Sie? Wieso kennen Sie so viele Details?«

Sie sah zu Merlin del Cougar. »Er ist mein Bruder. Jemand muss auf ihn achten.«

»Glauben Sie all den Zirkus?«

»Merlin ist es wichtig. Es ist seine Welt. Ich hole ihn also dort ab. Was habe ich davon, wenn ich sie negiere? Existiert sie dann für ihn weniger?«

»Was machen Sie beruflich?«

»Ich bin Sekretärin eines Chefarztes, der auch glaubt, ein Magier zu sein. Nur trägt er einen weißen Kittel.« Sie drehte sich zu ihrem Bruder. »Geht es dir besser, mein Lieber?«

Er lächelte. »Volle Kraft voraus. Es ist alles geordnet. Die neue Zeit kann beginnen.«

»Jetzt wird er gleich todmüde werden und einschlafen. Manchmal ist es ein anstrengender und steiniger Weg, auf dem er zwischen den Welten wandert. Zwischendurch braucht er immer wieder Phasen der Ruhe.«

Kälble verstand den Rauswurf. Sie erhob sich, nickte Merlin del Cougar zu, der sie nicht wahrnahm, und verließ Stube und Haus. Draußen lagen die Hunde friedlich nebeneinander und störten sich kein bisschen daran, dass Kälble an ihnen vorbeiging. Ein seltsamer Friede herrschte in dem Hof. Fing sie jetzt auch schon an, Übersinnliches zu spüren? Sie war froh, als sie in ihrem VW-Bus saß und »Honey Bee« von Stevie Ray Vaughan hörte.

SIEBEN

Killian stand vor dem Ankleidespiegel und wunderte sich über sich selbst. Er hatte tatsächlich einen Anzug angezogen. Maßgeschneidert. Er hatte ihn in Jerusalem anfertigen lassen. Moshe hatte ihn dazu überredet. Bislang war er nur auf Empfängen zum Einsatz gekommen, bei denen er heimlich für Moshe fotografieren musste. Der Anzug gab ihm eine andere Art von Sicherheit. Er schlüpfte nicht in ein Kleidungsstück, er schlüpfte in eine Rolle. So als hielte der Anzug schlechte Strahlen ab oder verlieh Killian neue Kräfte. Eine Verkleidung, durch die er stärker wurde. Jedenfalls auf bestimmtem Parkett. Und diese Gedenklesung für Kevin Kiefer erschien ihm als ein Anlass, bei dem er diese Stärkung gut gebrauchen konnte. Er wusste, dass er vieles in seinem Leben beiseitegeschoben hatte. Die wilden Träume und dunklen Stimmungen kamen nicht von ungefähr. Irgendwann würde er Bärbels Rat befolgen und sich in Therapie begeben. Aber nicht jetzt. Bei dem Gedanken lachte er laut auf. Nicht jetzt. Das sagte er immer. Jetzt war aber auch wirklich keine Zeit. Gleich begann die Lesung. Er warf sich einen leichten Wollmantel über und wollte die Wohnung verlassen, da schloss jemand die Tür auf.

»Warum gehst du nicht ans Telefon?« Motzki stand aufgelöst vor ihm und starrte ihn an.

»Hast du angerufen? Vermutlich habe ich es leise gestellt.«

»Bettina ist tot.«

»Was?« Killian war froh, dass er den Anzug anhatte. Ein Teil der schrecklichen Nachricht schien tatsächlich an ihm abzuprallen.

»Erschlagen. Von Kiefer.«

»Woher weißt du das?«

»Kiefer ist auch tot. Er hat sich umgebracht.« Motzki stolperte an den runden Kirschbaumtisch und ließ sich auf einen der Stühle nieder. »Alles meine Schuld«, sagte er und suchte mit den Fingern Halt in seinem zerzausten Haar. »Ich hätte dieses verdammte Buch niemals schreiben dürfen. Niemals. Was habe ich bloß angerichtet!« Sein Kopf sank auf die Tischplatte, seine Fäuste trommelten auf das Holz.

Vielleicht hätte Killian jetzt auf Motzki zugehen und ihn trösten müssen, aber es gelang ihm nicht. Vielmehr ärgerte ihn Motzkis Selbstmitleid. »Weiß es Ruth schon?«, fragte er.

»Von mir nicht. Aber vielleicht hat Belledin oder diese schwäbische Kommissarin sie informiert.« Er hob den Kopf so langsam wie ein angeschossener Hase. »Ich will auch sterben. Gib mir was, damit ich sterben kann.«

Killian ertrug das Lamento nicht. Motzki dachte nur an sich. Kein einziger Gedanke an die Mutter der Toten. Kein Gedanke an die Tote selbst. »Im Kühlschrank steht Wodka«, sagte er und verließ die Wohnung.

***

Belledin parkte den Wagen auf dem Marktplatz. Wagner hatte sich in Schale geworfen. Er drehte sich den Rückspiegel so, dass er sich sehen konnte, während er seine rote Krawatte zurechtzupfte.

»Warum Rot? War das eine politische Entscheidung? Du siehst aus, als würdest du gleich eine Rede für die Sozis schwingen.«

»Rot ist die Liebe, Belledin. Schon mal gehört? Lange her, was?«

»Verdamp lang her, verdamp lang«, sang Belledin und imitierte den rheinländischen Dialekt, so gut er konnte. Er erntete einen kleinen Lacher von Wagner und richtete den Rückspiegel wieder so aus, dass er etwas mit ihm anfangen konnte. »Du hast dich also wirklich in diese Buchhändlerin vergafft?«, fragte Belledin.

»Sagen wir mal so: Ich schwärme heimlich.«

»Würdest du für sie auch das Saufen lassen?«

»Bist du verrückt?«

»Dann bin ich beruhigt.« Sie stiegen aus und liefen zu Fuß am Café Ihringer vorbei in Richtung Gymnasium.

Sie waren nicht die Einzigen, die die gepflasterte Straße aufwärtsgingen. Eine Gruppe festlich angezogener Endzwanziger lief ihnen voran, weiter oben kamen vom Gymnasium her weitere

Leute hinzu, und ein Mann in hellgrauem Anzug überholte Belledin und Wagner schnellen Schrittes.

»Killian!«, rief Belledin.

Killian blieb stehen und drehte sich um.

»Gehst du auch zur Lesung?«, fragte Belledin.

»Ja. Ich bin eingeladen.«

Belledin kniff die Augen zusammen. »Weißt du, dass Bettina und Kiefer tot sind?«

»Ja. Motzki hat es mir gerade gesagt.«

»Aha. Und Ruth? Weiß es Ruth auch?«

»Keine Ahnung.«

Belledin blähte die Backen. »Sie wird bestimmt auch auftauchen. Und wenn Motzki die Sache bereits herumposaunt, weiß sie es vielleicht auch schon. Wenn nicht, sage ich es ihr.« Die letzten Worte hatte er nur halbherzig gesprochen. Er hoffte, Killian würde erwidern, dass er die Aufgabe übernehmen würde. Aber Killian schwieg. Das wurmte Belledin. »Weißt du mehr als ich?«, fragte er gereizt.

»Glaube nicht. Aber dazu müsste ich wissen, was du weißt. Wir können ja einen Abgleich unserer Informationen machen. Wer fängt an?«

»Du glaubst doch nicht etwa, dass ich meinen Ermittlungsstand mit dir teile.« Er sah zu Wagner, der bestätigend den Kopf schüttelte.

»Na dann«, sagte Killian, drehte sich um und ging zügig den Anstieg nach oben.

»Arrogantes Arschloch«, sagte Belledin halblaut und erhielt von Wagner ein zustimmendes Nicken. Gemeinsam liefen sie langsam weiter und schwiegen. Plötzlich blieb Belledin stehen, weil er Biggi mit dem Apotheker in einer Gruppe vor dem Eingangstor zum Grundstück der Buchhandlung entdeckt hatte.

»Da musst du durch«, sagte Wagner.

»Muss ich das? Warum? Nur weil ich Polizist bin? Warum bin ich eigentlich Polizist? Ich will keiner mehr sein.« Er drehte sich um und wollte gehen.

Wagner hielt ihn am Arm fest. »Wenn du jetzt Schwäche zeigst, hast du verloren. Dann kannst du wirklich deinen Dienst quittieren.«

»Gut. Das werde ich.«

»Und dann? Du kannst doch nichts anderes.«

Belledin stierte Wagner an. »Kann ich vielleicht Polizist? Im Moment nicht. Ich habe drei Leichen und keine große Spur. Ich gehe zum Lyrikabend mit Gedichten eines Toten, weil ich hoffe, dass sich der Mörder vielleicht wie in einem Agatha-Christie-Krimi auch dort zeigen wird oder der Clown mitten in der Veranstaltung auftreten, sich die Maske vom Gesicht reißen und rufen wird: ›Seht her, ich war's.‹« Er atmete schwer durch. »Aber nichts davon wird passieren. Stattdessen nervt mich der schnöselige Killian, und ich muss mir Biggi mit ihrem Apotheker reinziehen. Und morgen werden fette Überschriften in der ›Badischen‹ stehen, die mich unter Druck setzen. Will ich das alles noch? Wofür?«

»Gesetz und Ordnung. Dafür sind wir angetreten. Oder?«

»Und wohin hat es uns gebracht? Schau dich an, Wagner. Du bist kein Winzer, du bist ein Säufer und hast keine Familie. Und mir droht das gleiche Los.«

»Es sei denn, du löst den Fall«, sagte Wagner trocken. »Dann schwimmst du wieder oben und bist der Dirty Harry vom Kaiserstuhl, den alle so lieben.« Er gab Belledin einen Schubser.

Sie gingen weiter und passierten die Gruppe, in der der Apotheker das Wort führte und Biggi dümmlich über dessen Sprüche lachte, ohne groß wahrgenommen zu werden.

»Siehst du, das war doch ganz einfach«, sagte Wagner.

Belledin brummte und schlurfte mit Wagner durch das Tor über den Kiesweg, der zum Haus führte. »Ziemlich feudal für eine Buchhandlung.«

»Mal was anderes. Wenn man drin ist, glaubt man, man ist bei ihr zu Hause. Man fühlt sich als Gast, nicht als Kunde.«

»Wohnt sie auch da drin?«

»Direkt darüber. Sehr geschmackvoll eingerichtet.«

»Was verstehst du davon?«

Wagner ignorierte die Spitze und zupfte Belledin am Ärmel.

»Dort vorne, die in dem schwarzen engen Kleid, das ist sie. Margarita. Ist sie nicht hinreißend?« Sie traten ein.

Die Verlegerin unterhielt sich mit zwei Frauen mittleren Alters, lächelte und wandte sich dann einem Mann zu, den sie per Handschlag begrüßte und zu einem wandhohen Bücherregal entführte, um ihn dort vor dem Buchstaben M abzustellen. Sie flatterte weiter, vertröstete eine ältere Dame und sprach mit einem der vier Musiker, die ihre Streichinstrumente auf einem kleinen Podest abgelegt hatten.

»Hier ist was los, was?«, sagte Wagner. »Hat fast schon Großstadtflair.«

»Warst du schon mal in einer Großstadt?«, fragte Belledin.

»Jedenfalls stelle ich es mir so in der Großstadt vor. Entschuldige mich. Dort vorne sehe ich einen potenziellen Kunden.« Wagner entfernte sich und begrüßte einen kahlköpfigen Dicken, der an einer E-Zigarette nuckelte.

Belledin wusste nicht richtig, wohin mit sich. Von hinten hörte er Biggis Lachen. Er drehte sich nicht danach um, sah lieber zu, dass er zu ihr Distanz hielt. Er nahm sich ein Glas Sekt vom Tablett, mit dem eine Kellnerin durchs Publikum marschierte, und drückte sich in eine Ecke, von der aus er das Geschehen gut überblicken konnte. Die Gastgeberin war verschwunden, und auch Killian konnte er nirgends entdecken. Das musste nichts heißen.

***

»Hätte nicht gedacht, dass du kommst«, sagte Margarita und küsste Killian zart auf den Mund.

Er genoss den Kuss und drückte seine Hand gegen ihr Kreuzbein. Er genoss ihre vorsichtige Zunge und ihre neckischen Zähne und vergaß, dass im Nebenraum an die hundert Leute auf sie warteten. So war er immer gewesen. Wenn er den Atem einer Frau spürte, konnte er alles um sich herum vergessen. Er hätte jetzt auch im Verkaufsraum mit Margarita knutschen können, es wäre ihm egal gewesen.

Aber Margarita war anders. Sie presste sanft ihre Hand auf seine Brust und ging auf Abstand. »Es geht gleich los«, sagte sie, griff ihm zwischen die Beine, lachte und verließ das Zimmer.

Killian sah ihr nach, schluckte und versuchte, seine Hitze zu drosseln, indem er sich zwei Eiswürfel aus einem Sektkübel nahm und ins Genick drückte.

Aus einer Nebentür trat ein Mann ein, den Killian auf Mitte fünfzig schätzte. Er trug einen edlen dunkelgrauen Anzug, die dazu passende Krawatte und hatte sein Haar glatt nach hinten gekämmt.

»Sie sind Killian, richtig?«, fragte er, ging lächelnd auf ihn zu und streckte ihm die Hand zum Gruß entgegen.

Killian schlug ein. »Ja. Und Sie?«

»Christian Kleindienst. Margaritas Mann und Mäzen.« Er lachte gönnerhaft. »Irgendjemand muss das alles ja finanzieren. Aber sie ist jeden Cent wert. Finden Sie nicht?«

Killian wusste nicht, was er darauf antworten sollte.

»Sagen Sie Ja, denn es stimmt.« Er lachte erneut. »Als ich sie kennenlernte, war ich wie vom Blitz getroffen. Sie hätte sagen können: Spring aus dem Fenster. Ich hätte es getan.«

»Und jetzt?«

»Was meinen Sie?«

»Würden Sie immer noch aus dem Fenster springen?«

Er überlegte ernsthaft und nickte langsam. »Ja. Ich glaube, das würde ich tun. Obwohl ich mittlerweile weiß, wie sie wirklich tickt. Verrückt, oder?«

»Wie tickt sie denn wirklich?«

»Das müssen Sie selbst rausfinden. Diese Odyssee nehme ich keinem ab. Kommen Sie, es geht gleich los.« Kleindienst ging voran, und Killian folgte ihm in den Hauptsaal.

Margarita stand bei den Musikern auf dem Podest, erntete für deren Ansage einen warmen Applaus und überließ ihnen das Feld.

»Ist das Mozart?«, fragte Kleindienst nach den ersten Takten.

»Haydn«, sagte Killian. »›Die Schöpfung‹. ›Mit Staunen sieht das Wunderwerk‹. Eigentlich Chor mit Sopran.«

Kleindienst sah Killian süffisant an. »Ich verstehe, dass Margarita einen Narren an Ihnen gefressen hat. Ein Abenteurer mit Kultur.«

***

Kälble stellte den VW-Bus vor dem Gymnasium ab und ging die letzten Meter zügig zu Fuß. Sie hoffte, noch ohne großes Aufsehen zur Veranstaltung stoßen zu können. Am Brunnen vor der Schule sah sie einen Mann, dem sie erst am frühen Nachmittag begegnet war. Er stand mit dem Rücken zu ihr, betrachtete die Front des Gebäudes und murmelte etwas.

»Hallo, Herr Bredow«, sagte Kälble und vergaß ihre Eile. Der Held des ominösen Manuskripts, das die Tragödie ins Rollen gebracht haben sollte, schien ihr wichtiger.

Er drehte sich um und erkannte sie. »Waren wir nicht schon beim Du?«, fragte er.

»Nicht dass ich wüsste.«

»Sagen Sie trotzdem Janik zu mir. Bredow erinnert mich zu sehr an den Knast. Die Wärter brüllen einen immer nur mit dem Nachnamen an.«

»Warum ändern Sie Ihren Namen nicht?«

»Ich laufe nicht gern davon. Der Name gehört zu mir und zu meinen Taten. Ich stehe dafür und habe gebüßt.«

»Auch bereut?«

Er lachte. »Nein. *Je ne regrette rien.* Zigarette? Oder wollen Sie auch zum Kunstgenuss?«

»Eigentlich schon. Und was machen Sie hier? Ziehen Sie sich gleich eine Clownmaske über den Kopf und erschießen den Nächsten aus dem Kreis der Erwählten?«

»Was reden Sie für Zeug? Ich verstehe kein Wort.«

»Wo waren Sie gestern Nachmittag?«

»Sie glauben wirklich, ich hätte auf Motzki geschossen? Und ihn dann noch verfehlt? Wenn schon, dann hätte ich ihn auch getroffen. Aber warum hätte ich das tun sollen?«

»Motzki war nicht Ihr Ziel. Sie wollten Kevin Kiefer töten.«

»Motiv?«

»Rache am alten Kiefer. Er hat Sie damals, als Sie zum ersten Mal ins Gefängnis gingen, schwer belastet.«

Janik sah sie verwundert an.

»Da staunen Sie, was? Das steht vermutlich nicht in Motzkis Biografie, aber dafür in unseren Akten.«

»Und? Kiefer ist tot, und ich habe ihn nicht umgebracht.«

»Woher wissen Sie das?«

»Motzki hat mich angerufen. Er hat mir auch von Bettinas Tod erzählt.«

»Lässt Sie das kalt?«

»Nein. Aber ich habe gelernt, meine Gefühle zu beherrschen. Eine überlebenswichtige Lektion im Knast. Keine Schwäche zeigen. Das müssten Sie doch kennen. Als Polizistin unter Machos.«

»Warum sind Sie hier?«

»Nostalgie. Ich habe gerade meine Biografie schreiben lassen und bin nach fast dreißig Jahren wieder an dem Ort, an dem die Weichen für mein Leben gestellt wurden.« Er zeigte auf das Schulgebäude. »Hier hat alles begonnen. Vielleicht hätte ich auch ein guter Polizist werden können und Belledin ein schlechter Gangster. Aber es ist anders gekommen.« Er trat einen Schritt an Kälble heran. »Ich habe Kevin Kiefer nicht erschossen. Aber ich habe leider auch kein Alibi. Ich war in den Rheinauen spazieren. Allein.«

»Sie scheinen gern allein zu sein.«

»Ich habe insgesamt drei Jahre in Isolationshaft verbracht. Steht das nicht in meinen Akten? Da gewöhnt man sich an die Einsamkeit. Man gewöhnt sich an sehr vieles. Auf das meiste davon könnte man verzichten, aber es ist nicht so einfach, die Gewohnheiten wieder abzulegen.«

»Ich bleibe an Ihnen dran.«

»Klar. Meine Fingerabdrücke haben Sie ja schon.« Er grinste. »Kommen Sie, ich begleite Sie noch ein Stück.« Er ging vor, und Kälble hielt mit ihm Schritt.

»Was wissen Sie über die Erwählten?«, fragte sie.

»Nicht viel. Nur das, was ich Motzki erzählt habe.«

»Und was war das? Ich habe das Manuskript nicht gelesen.«

»Sie verlassen sich lieber auf die Akten, was? Schlau. Aber auch diese Quelle ist nicht fehlerfrei.«

»Also? Was wissen Sie darüber?«

»Die Erwählten betreiben schwarze Magie, reden mit Toten und wollen darüber ihre Macht und ihren Einfluss stärken. Kinderkram. Nichts Bewegendes.«

»Trotzdem haben Sie es in Ihrem Buch erwähnt.«

»Die Leute mögen so etwas. Außerdem wollte ich Kiefer wegen damals noch eins auswischen. Sie haben es ja gelesen. Er hat mich schwer belastet, obwohl er auch in der Autoschieberei mit drin hing.«

»Wie das?«

»Steht das nicht in den Akten?«

»Nein.«

»Da können Sie mal sehen, was Ihre Quelle wert ist. Und jetzt wünsche ich Ihnen viel Vergnügen.« Er bog nach rechts in einen kleinen Weg ein, der zwischen Reben und dem Gymnasium ins Dunkel führte.

Kälble sah ihm nach und ging dann durch das Tor auf das hell beleuchtete Haus zu.

***

Die Musiker hatten ihre Darbietung beendet. Margarita stand auf dem Podest und schob das Mikrofon auf die für sie richtige Höhe. »Guten Abend, meine verehrten Gäste. Ich freue mich sehr, dass Sie gekommen sind, um Kevin Kiefer zu gedenken. Nicht nur als Mensch war er außergewöhnlich, auch als Poet hat er uns etwas hinterlassen, an das wir uns gern erinnern.« Sie hielt ein kleines Buch in die Höhe. »›Hängende Köpfe‹, so heißt sein Gedichtband in Anspielung auf Baudelaires ›Die Blumen des Bösen‹. Die ›Hängenden Köpfe‹ der Blüten stehen metaphorisch für das seelische Austrocknen der Menschen und spannen gekonnt den lyrischen Bogen zwischen Sehnsucht und Erfüllung. Heute Abend werden wir einige Gedichte von Kevin in der Überzeugung lesen, dass er, wo immer er jetzt auch sein mag, sie hören wird.« Sie machte eine bewusste Pause und wischte sich, ergriffen von den eigenen Worten, eine unsichtbare Träne aus dem Auge. »Zuvor aber etwas von Sebastian Bach.« Sie nickte den Musikern zu, die wieder zu spielen begannen.

Wagner stieß Belledin an. »Ist sie nicht großartig?«

Belledin brummte. Das Schmierentheater, das diese Frau dort vorne abzog, beeindruckte ihn nicht. Er sah ins Publikum und entdeckte einige bekannte Gesichter. Neben Biggi und dem

Apotheker hatten Geschäftsleute und Provinzpolitiker, aber auch junge Leute zurückhaltend der Gastgeberin für ihre treffenden Worte applaudiert. Belledin erblickte Ruth. Sie stand direkt neben Eva und unterhielt sich mit ihr. Ihrem Verhalten nach hatte sie noch keine Ahnung, dass Bettina tot war. Motzki hatte es ihr nicht gesagt. Warum? Selbst Killian wusste bereits Bescheid. Vermutlich hatte Motzki nicht den Mut gehabt. Wo war er überhaupt? Jetzt stieß Killian zu den beiden Frauen. Er würde es Ruth sagen. Schonungslos. Da kannte der Hund nichts. Belledin beobachtete, wie Killian mit Ruth einige Worte wechselte und dann mit ihr in einen Nebenraum verschwand. Er wusste nicht, ob er erleichtert darüber sein sollte, dass Killian ihm das Überbringen der Hiobsbotschaft abnahm. Gern hätte er Ruths Reaktion darauf gesehen. Nicht weil er ein Voyeur war, aber sie verriet oft mehr als tagelange Verhöre.

»Entschuldige«, sagte Belledin zu Wagner. »Ich muss dich jetzt allein lassen.« Er drückte sich durch die Menge, strebte auf den Nebenraum zu, in den Killian mit Ruth verschwunden war, kam aber nicht weit.

Eva stellte sich ihm in den Weg und hob ihr Sektglas. »Schön, dich hier zu sehen. Kultur steht dir.« Sie lachte. »Aber bestimmt bist du dienstlich hier, habe ich recht?« Sie neigte sich zu ihm vor. »Ich bin auch nicht wegen Kevins Gedichten hier. Ich habe gehofft, Janik würde auftauchen.«

»Alte Sehnsucht?«

»Kennst du so etwas nicht? Das Gefühl, etwas nicht zu Ende gelebt zu haben. Die unausgelebte Phantasie bläst die Sehnsucht auf, malt sich in bunten Farben das Was-wäre-wenn aus und lässt einem keine Ruhe. Wird die Phantasie in Realität überführt, ist sie zu neunzig Prozent grauer Durchschnitt. Aber die Hoffnung auf die restlichen zehn Prozent Farbenpracht treibt einen, die verrücktesten Dinge zu tun.« Eva schien schon einige Sektgläser getrunken zu haben. Sie zwinkerte ihm zu. »Gibt es zwischen uns auch eine unausgelebte Phantasie?« Sie kicherte und nahm einen Schluck.

»Mindestens eine«, sagte Belledin und entdeckte Kälble am Eingang. Seine unausgelebte Phantasie. In schwarzer Lederjacke,

Jeans und Cowboystiefeln, das blonde Haar zum strengen Zopf gebunden. Sie winkte ihm zu. »Entschuldige bitte. Meine Kollegin will mich sprechen.«

Eva drehte den Kopf, sodass sie Kälble sehen konnte, und pfiff leise durch die Zähne. »Verstehe.« Sie kicherte, gab Belledin einen Kuss auf die Wange und nahm sich ein gefülltes Sektglas vom Tablett eines vorbeigehenden Kellners.

Belledin drängte sich zum Eingang. »Was machst du denn hier?«

»Ermitteln«, sagte Kälble. »Und du?«

»Kann nicht schaden, zu zweit hier zu sein. Ist eine Menge los. Killian ist mit Ruth im Nebenzimmer verschwunden. Ich wollte gerade zu ihnen.«

»Weiß sie, dass ihre Tochter tot ist?«

»Ich schätze, dass Killian es ihr gerade steckt.«

»Woher hat er es?«

»Motzki.«

»Wo ist er?«

»Nicht hier.«

»Seltsam.«

»Warum? Seine Tochter wurde ermordet. Soll er sich mit Small Talk quälen?«

»Die Gastgeberin ist seine Verlegerin. Sie wird den Abend bestimmt auch nutzen, um für Motzkis Buch Reklame zu machen.«

»Wäre das nicht etwas abgeschmackt?«

»Wenn das stimmt, was mir ein verrückter Magier erzählt hat, hat Margarita Kleindienst es faustdick hinter den Ohren. Dann traue ich ihr alles zu.«

»Verrückter Magier?«

»Wird mal Zeit, dass wir uns gegenseitig auf den neusten Stand bringen.«

»Aber nicht jetzt. Hier passiert zu viel. Jede Kleinigkeit kann wichtig sein. Ich gehe jetzt rüber zu Ruth und Killian, und du behältst den Saal im Auge.«

»Aye, aye, Käpt'n.«

Belledin drängte sich am Rand des Raumes entlang zur Tür, die in den Nebenraum führte.

Ruth hielt Killian fest umklammert und schluchzte. Ihr Körper bebte. Tränen und Rotz befleckten seinen schicken Anzug. Er strich ihr sanft über das Haupt, wissend, dass kein Wort der Welt jetzt Linderung verschaffte. Ob Schweigen half? Nein. Nichts half. Zuerst hatte auch er gedacht, Rohinas Tod durch Schweigen erträglicher machen zu können. Doch irgendwann hatte etwas in ihm reden wollen. Die geschwiegenen Tonnen an Schmerz abwerfen. Vielleicht war es doch besser, sofort zu plappern. Irgendetwas. Hauptsache, es nahm den Schmerz von der Seele. Ruth begann zu reden, aber Killian konnte sie nicht verstehen, weil sie in seinen Anzug murmelte. Als er spürte, dass jemand in den Raum gekommen war, drehte er sich langsam um.

»Du hast es ihr gesagt?«, fragte Belledin.

Killian nickte. Er zog es noch immer vor zu schweigen.

Ruth drückte sich von ihm ab und sah Belledin aus verheulten Augen an. »Ah, der Meisterkommissar. Warum hast du mich nicht sofort angerufen? Macht man das eigentlich nicht so?« Ihre brüchige Stimme war mit Galle durchdrungen.

Belledin sollte ihren unfassbaren Zorn abkriegen, ihn spüren. Er nahm ihn stoisch entgegen.

»Oder hast du zu viel mit dir selbst zu tun, dass dir die beiden jungen toten Menschen am Arsch vorbeigehen?« Sie löste sich von Killian und ging auf Belledin zu. »Ich hasse Polizisten, die auch Menschen sind«, sagte sie kalt. »Ich möchte, dass ihr funktioniert. Dafür werdet ihr bezahlt. Ich muss auch funktionieren. Für Menschsein ist keine Zeit. Funktion, Belledin, Funktion. Ich erwarte von dir, dass du funktionierst und mir das Schwein ans Messer lieferst, das meine Tochter ermordet hat.« Sie verließ zügig den Raum.

Belledin und Killian sahen sich an. Killian zog seine Nummer durch. Er hatte Belledin nichts zu sagen. Auch er wollte gehen, doch Belledin versperrte ihm den Weg.

»Warum hast du es ihr gesagt?«

»Weil ich sie nicht anlügen wollte. Sie hatte mich gebeten, Bettina zu suchen, weil sie plötzlich verschwunden war. Sie machte sich Sorgen, und das nicht zu Unrecht. Als sie mich hier gesehen hat, hat sie mich gefragt, ob ich etwas herausgefunden habe. Hätte ich da sagen sollen, ich habe zwar eine Spur, weiß aber noch nichts Genaues?«

»Lügen fällt dir doch sonst auch nicht schwer.« Belledin sah ihn finster an.

»Was meinst du damit?«

»Was weißt du noch? Hat dir Motzki vielleicht noch etwas gesteckt, was für mich von Interesse sein könnte?«

»Nein. Aber ich höre Motzki auch nicht wirklich zu. Er nervt. Und ich gäbe verdammt viel, wenn ich den Freundschaftsdienst, auf dieser Bluthochzeit Fotos zu schießen, nicht angenommen hätte. Ich bin es müde, Leichen um mich herum zu scharen.«

»Wem sagt du das?« Belledin brummte versöhnlich. »Hast du einen Zigarillo für mich?«, fragte er.

Killian zog sein silbernes Etui aus dem Jackett und öffnete es. Belledin nahm sich eine Badisch Brasil und steckte sie sich zwischen die Lippen. Killian tat es ihm gleich und zündete die Zigarillos an. Schweigend pafften sie einige Züge.

»Weißt du noch, wann wir die Letzte miteinander geraucht haben?«, fragte Belledin.

»Todtnauberg.«

»Auf Heideggers Bank. Damals dachte ich, es wäre vorbei, du würdest mich umlegen.«

»War auch knapp.«

»Und diesmal?«

»Sehe ich keinen Grund zur Sorge.«

»Es ist also keine größere Sache?«

»Nein. Diesmal war ich wirklich einfach nur zur falschen Zeit am falschen Ort.«

»Bist du das nicht immer?« Belledin grinste.

»Kann gut sein. Aber ich versuche, das Beste daraus zu machen. Und du? Bist du denn am richtigen Ort? Ist das dein Leben?«

»Hast doch Ruth gehört: Polizisten haben zu funktionieren und Fälle zu lösen. Privatkram stört da nur.«

Lautes Geschrei aus dem Hauptsaal unterbrach ihre Unterhaltung. Belledin warf seinen Zigarillo in einen Sektkübel und eilte durch die Tür. Killian folgte ihm gemächlich.

»Es passiert keinem was. Ich will nur die Hexe!« Astrid Kiefer stand mit einem Jagdgewehr im Saal. Die Gäste waren zurückgewichen. Einige hatten sich hinter Säulen verschanzt, andere suchten Schutz hinter Sesseln und Stehtischen. Margarita glich einer zur Salzsäule erstarrten Eurydike. In der rechten Hand den Gedichtband Kevin Kiefers haltend, hatte sie die linke abwehrend in Richtung Astrid Kiefer gewandt.

»Sie ist schuld an allem. Mit ihr kam der Teufel.« Astrid Kiefer triefte Geifer aus dem Mund. Sie zitterte am ganzen Körper, als stünde sie tatsächlich dem Leibhaftigen gegenüber.

»Frau Kiefer«, sagte Belledin, »machen Sie jetzt keine Dummheiten.« Weiter kam er nicht.

Astrid Kiefer drehte sich zu ihm um und schoss ein Loch in die Decke.

Die Menge kreischte. Menschen warfen sich zu Boden.

»Das nächste Mal treffe ich, Belledin. Also störe mich nicht noch einmal.«

»Das macht doch keinen Sinn. Kevin wird so auch nicht wieder lebendig.«

»Es geht mir nicht darum, ihn lebendig zu machen, sondern seine Seele und die meines verhexten Mannes aus der Hölle zu befreien.«

Belledin sah, wie sich Kälble leise von hinten an Astrid Kiefer heranschlich. Noch wenige Meter, dann könnte sie sie überwältigen. Belledin musste Kevins Mutter solange weiter in das Gespräch verwickeln. »Und du glaubst, wenn du sie erschießt, ist die Sache erledigt?« Er duzte sie, um durch die vertrauliche Ansprache vielleicht zu ihr durchzudringen.

»Ich habe keine Ahnung, ob die Sache dann erledigt ist. Aber einen Versuch ist es wert. Und wenn ich meine beiden Liebsten nicht retten kann, so schütze ich damit doch andere davor, dieser Hexe auf den Leim zu gehen.«

Nur noch zwei Meter, dann konnte sich Kälble mit einem Satz auf Astrid Kiefer stürzen, die sich von Belledin abwenden wollte.

»Du sollst nicht töten, Astrid. Dadurch kommst du ebenfalls in die Hölle.« Es war ein schwacher Versuch, aber Astrid Kiefer blieb ihm zugewandt.

Kälble rückte näher. Gleich würde sie zum Sprung ansetzen. Ein Glas schepperte. Jemand hatte seinen Sekt fallen gelassen. Wagner.

Astrid Kiefer drehte sich nach dem Krach um, entdeckte Kälble, legte das Gewehr an und drückte ab. Im selben Augenblick flog ein Körper durch die Luft und riss Kiefer während des krachenden Schusses zu Boden. Es war Killian, der auf ihr zu sitzen kam und ihr die Hände auf den Rücken bog. Astrid Kiefer schrie vor Zorn, drehte ihren Kopf zu Killian und versuchte, ihn anzuspucken.

»Ah, der Teufel persönlich!«, keifte sie und begann, Psalmen aufzusagen, die sie vor dem Bösen schützen sollten.

Kälble hatte sich aufgerappelt und legte Kiefer Handschellen an. Auch Killian war aufgestanden und ging zu Margarita hinüber. Sie war noch immer so starr, als wartete sie auf den erlösenden Kuss, der sie aus ihrem hundertjährigen Schlaf erwecken sollte. Killian hätte sie zu gern geküsst, aber ihr Mann war schneller bei ihr und legte ihr jetzt, da die Gefahr vorüber war, schützend den Arm um die Schultern, um sie aus dem Raum zu führen.

»Und? Stolz, wieder einmal den Actionheld gespielt zu haben?«, fragte Belledin.

»Gern geschehen«, sagte Killian und verließ den Saal und das Gebäude. Der Abend war für ihn gelaufen. Er hatte auf eine heimliche Liebelei mit Margarita gehofft, aber Astrid Kiefer hatte ihm einen Strich durch die Rechnung gemacht. Als er den Kiesweg zum Grundstückstor entlanglief, wurde Astrid Kiefer von Kälble schon in einen Streifenwagen verfrachtet, der bald darauf wegfuhr.

Kurz darauf kam Kälble Killian entgegen. »Danke. Das war knapp«, sagte sie.

»Sie waren sehr mutig. Fast möchte ich sagen, leichtsinnig.«

»Ich hatte ja einen Schutzengel.«

»Frau Kiefer wird das anders sehen.«

»Auch Luzifer war mal ein Engel.« Sie zwinkerte.

»Konnten Sie mit meinen Fotos etwas anfangen?«

»Ich bin mir noch nicht sicher. Aber auf einem der Bilder sieht es so aus, als hätten Kiefer und Ruth Motzki mehr miteinander zu schaffen gehabt. Als wären sie nicht nur Elternteile des Hochzeitspaares gewesen.«

»Was meinen Sie genau? Glauben Sie, sie hatten ein Verhältnis?«

»Ist nur so ein Gefühl. Es wirkt, als hätten Sie die beiden in einer intimen Szene fotografiert. Nicht auf einer Hochzeit, sondern in ihrem Schlafzimmer. Verstehen Sie, was ich meine?«

»Ja. Ich verstehe.«

»Und was sagen Sie dazu? Ist Ihnen diese seltsame Stimmung nicht aufgefallen?«

»Manchmal habe ich keine Zeit für Reflexionen. Dann fotografiert es von ganz allein. Ich folge der Intuition und spüre etwas, das mich interessiert. Ein Geheimnis, eine Spannung, eine Tragödie. Und dieses Etwas setze ich in einen Rahmen. Erst beim anschließenden Sortieren entdecke ich die Dinge. So wie Sie. Ich müsste das Foto sehen. Haben Sie den Chip dabei?«

»Er ist auf dem Revier. Sie können gleich mitkommen, ich muss sowieso dorthin, Frau Kiefer verhören.«

»Heute nicht mehr. Aber morgen. Gute Nacht.« Killian verschwand im Dunkel zwischen Reben und Gymnasium.

Genauso einsam und genauso geheimnisvoll wie zuvor Janik Bredow. Kälble sah ihm nach, wartete, bis er um die Ecke gebogen war, und folgte ihm.

ACHT

Margarita kauerte blass in einem Sessel, in beiden Händen ein Glas Wasser. »Sie wollte mich tatsächlich erschießen«, sagte sie. »Und dabei habe ich es doch nur gut gemeint. Warum?« Sie sah Belledin an, als wüsste er die Antwort.

»Das hätte ich gern von Ihnen beantwortet«, sagte er.

»Was soll das?« Kleindienst stellte sich zwischen Belledin und Margarita. »Meine Frau ist die Betroffene, und Sie stellen ihr Fragen, als hätte sie hier herumgeballert. Fragen Sie besser die verrückte Kiefer.«

»Nur mit der Ruhe. Das werde ich auch tun. Aber erst nachdem ich mit Ihrer Frau gesprochen habe.«

»Du sagst nichts ohne deinen Anwalt.« Er legte ihr die Hand auf die Schulter.

Sie befreite sich davon, indem sie sie elegant abschüttelte. »Ich brauche keinen Anwalt. Ich habe nichts getan.«

»Das sehe ich auch so.« Es war Wagner, der sich einmischte.

Belledin sah ihn scharf an.

Wagner lächelte verlegen und wohl auch schuldbewusst, weil er das Glas hatte fallen lassen. »Ich gehe dann mal.« Er verschwand.

»Warum hat Sie Frau Kiefer als Hexe beschimpft?«

»Ich glaube, sie beschimpft jede zweite Frau, die nicht wie eine Nonne lebt, als Hexe und unterstellt jedem Mann, der irgendeiner Sinnlichkeit erliegt, dass der Teufel in ihn gefahren wäre.«

»Sie haben also wirklich keine Ahnung, warum sie hier mit einem Gewehr aufgetaucht ist und Sie erschießen wollte? Wie standen Sie zu Herrn Kiefer?«

»Stand? Wir haben ein gutes Verhältnis. Er unterstützt großzügig den Kulturverein.«

»Pflegten Sie nur ein kulturelles Verhältnis, oder war da mehr? Ist er vielleicht irgendeiner Sinnlichkeit erlegen, wie Sie es gerade ausgedrückt haben?«

»Ich bitte Sie!«, fuhr Kleindienst dazwischen.

»Warum reden Sie in der Vergangenheit. Was ist mit ihm?«

Margarita sah Belledin mit einem vorahnungsschwangeren Blick an.

»Kiefer ist tot. Er hat sich vor meinen Augen umgebracht, als ich ihn verdächtigte, seine Schwiegertochter erschlagen zu haben. Er hielt gerade eine schwarze Messe.«

»Was? Kiefer tot? Bettina erschlagen?« Sie verdrehte die Augen und fiel in Ohnmacht.

Riechsalz, dachte Belledin, obwohl er gar nicht wusste, was das war. Er kannte diesen Ausruf nur aus alten, melodramatischen Filmen. Die Art, wie Margarita in ihren Sessel sank, ähnelte ihrer Qualität.

»Liebling.« Kleindienst tätschelte ihr die Wangen. »Alles gut. Ich hole dir ein Aspirin. Ich bin gleich wieder zurück.« Er sah Belledin böse an. »Schauen Sie, was Sie angerichtet haben, Sie Trampel.« Er eilte davon.

»Pappnase«, murmelte Belledin in seinen Schnäuzer.

»Er hat recht. Du bist ein Trampel.« Es war Ruth. Ihre Augen rot verheult. »Aber keine Sorge. Sie hält das locker aus.«

»Kennst du sie?«

»Klar. Sie hat Bettina zu diesem blöden Zirkel gebracht, weil sie ein Medium in ihr sah.«

»Medium?«

»Ich habe nichts davon gehalten. Aber Bettina mochte den Mummenschanz. Sie fühlte sich wichtig. Und sie wollte Kiefer gefallen. Er lehnte sie anfangs ab. Aber als besonderes Medium begann er sie bald mehr zu lieben als Kevin.«

»War Kevin auch in diesem magischen Kreis?«

»Nein. Er ist ausgestiegen. Im Grunde hat Bettina ihn ausgelöst. Kiefer hätte ihn nicht gehen lassen, hätte Bettina ihn nicht ersetzt.«

»Bettina hat es für Kevin getan?«

»Zu Beginn, ja. Aber dann gefiel es ihr. Sie steigerte sich richtig hinein und glaubte tatsächlich, zu den Geistern alter Seelen Kontakt aufnehmen zu können.«

»Und wie hat Kevin darauf reagiert?«

»Was hätte er tun sollen? Er war ihr etwas schuldig. Aber gut ging es ihm damit nicht. Das kannst du in seinen Gedichten nachlesen. Starke Polemik gegen alles Religiöse. Kevin war ein romantischer Nihilist. Das Leben fand für ihn im Jetzt statt.«

»Und dich hat es nicht gestört, dass Bettina solchen Unfug gemacht hat?«

Ruth zuckte mit den Schultern. »Am Anfang konnte ich es kaum ertragen. Aber als ich merkte, dass es Bettina dadurch besser ging, dass ihr Selbstvertrauen wuchs und sie sich immer mehr emanzipierte, fand ich es gut. Ich hatte ja keine Ahnung, wohin es führen sollte.« Sie versuchte, sich die aufsteigenden Tränen zu verkneifen, schaffte es nicht und begann zu schluchzen.

Belledin wollte sie in den Arm nehmen. Sie entwand sich ihm und verließ den Saal. Belledin verspürte den Impuls, ihr nachzugehen, aber Kleindienst kam herein, ein Glas Wasser, in dem eine Tablette sprudelte, in der einen Hand, ein kleines nasses Handtuch in der anderen. Er tätschelte damit Gesicht und Hals seiner Frau.

Sie regte sich, schlug die Augen auf, sah sich wie nach Orientierung suchend um und richtete sich in dem Sessel auf. »Entschuldigen Sie, das war keine Absicht. Es passiert mir hin und wieder«, sagte sie, als hätte sie vergessen, warum sie in Ohnmacht gefallen war.

»Was hat es mit diesem magischen Zirkel auf sich?«

Sie sah zu ihrem Mann.

»Nichts ohne Anwalt. Ich bitte dich«, sagte er und reichte ihr das Glas.

»Ich habe nichts zu verbergen, mein Schatz«, sagte sie, nahm einen Schluck und lächelte ihn zuckersüß an.

Belledin glaubte sich in einer Schmonzette und knurrte so laut, dass Margarita ihn verstört ansah. »Ich warte auf Antwort.«

»Wir sind harmlos«, sagte sie.

»So harmlos, dass binnen achtundvierzig Stunden drei Menschen zu Tode gekommen sind, die mit diesem Zirkel etwas zu tun hatten.«

»Kevin hatte nichts mehr damit zu tun.«

»Und was ist mit Motzki?«

»Motzki? Der war noch nie dabei. Warum?«

»Weil er behauptet, die Kugel, die Kevin traf, habe ihm gegolten. Und wenn man so nach Erfolg und Bestätigung giert wie er, kann ich mir vorstellen, dass man auch mit bösen Geistern verhandelt, um nur ein Mal einen Bestseller zu schreiben. Wäre nicht der erste Faust, der seinen Pakt mit dem falschen Engel unterzeichnet hat. Und plötzlich ist Zahltag, und Mephisto will seine versprochene Seele eintreiben.«

Margarita schüttelte den Kopf. »Sie haben völlig falsche Vorstellungen. Es geht bei unseren Sitzungen nicht um Macht, sondern um Erkenntnis. Wir beschwören alte Geister, damit sie uns Weisheit, Wahrheit und Ewigkeit offenbaren.«

»Ewigkeit? Was soll das sein?«

»Vielleicht habe ich mich falsch ausgedrückt. Dann eben die Erkenntnis und die Bestätigung, dass es keine Vergänglichkeit, sondern nur eine Ewigkeit gibt.«

»Und warum ist Ihnen daran gelegen? Fühlen Sie sich so wichtig, dass Sie ewig existieren wollen?«

»Es geht um Sinnfindung, nicht um Eitelkeit. Alles Weltliche ist eitel. Eitel im Sinne von vergänglich.«

»Wieso haben Sie eigentlich Kevin Kiefers Gedichte verlegt, wenn Sie in seinem Nihilismus keinen Sinn sehen?«

»Sie haben seine Gedichte gelesen?«

Er zog eine verlegene Grimasse. »Ich habe davon gehört.«

Margarita lachte laut. »So wie alle vom Koran gehört haben und jetzt glauben, jeder Muslim sei ein böser Mensch. Sie müssen die Originale und in der Lyrik zwischen den Zeilen lesen. Die Poesie behauptet manchmal mit den Worten das eine, verlangt aber durch das Unausgesprochene das andere. Kevin war mehr Metaphysiker, als es ihm selbst bewusst war.«

»Und Sie? Behaupten auch Sie mit den Worten das eine und meinen das andere?« Belledin ging Margaritas Wortdrechselei auf den Geist. »Wo waren Sie gestern Nachmittag?«

»Jetzt reicht es.« Kleindienst schob sich zwischen Margarita und Belledin. »Ab jetzt nur noch mit Anwalt.« Er hatte seinen Bauch eingezogen und den Brustkorb rausgestreckt.

Belledin hätte ihm gern in den Bauch geboxt, damit der Kasper Luft abließ. Oder noch einen Beinschuss verpasst? Er lachte bei dem Gedanken.

»Was gibt es da zu lachen?«, fragte Kleindienst gereizt.

»Alles. Das ganze Leben ist zum Lachen.« Er setzte seinen Stetson auf und ging zur Tür. »Alles ist eitel?«, fragte er noch in Richtung Margarita. »Vielleicht sollte ich doch mehr Lyrik lesen.« Er nahm sich ein Exemplar von Kevin Kiefers Gedichtband, steckte es ein und ging.

***

Killian war von der kleinen Straße links bergauf in die Reben abgebogen. Kälble folgte ihm leise. Sie achtete bei jedem Schritt darauf, auf nichts zu treten, das sie verraten konnte. Killian stieg die Stufen so rasch empor, dass Kälble Mühe hatte, lautlos mitzuhalten. Ihr eigener Atem kam ihr wie der Dampf einer Lokomotive vor.

Killian blieb stehen und drehte sich um. Kälble drückte sich gegen die Mauer des Treppengangs und fand Schutz hinter einem mächtigen Efeu. Schweiß tropfte ihr von der Stirn. Warum tat sie das überhaupt? Intuition? Oder weil sie Killian wegen seiner Kontakte zum Mossad geheimnisvoll fand? Warum war er zur Lesung gekommen und hatte sich dafür so in Schale geworfen? Irgendjemandem hatte er gefallen wollen. Wem? Vielleicht würde er gleich die Frau treffen? Vielleicht war das ja eine Spur? Und wenn es doch nur ein einfaches Rendezvous war? Kälble fand ihre Aktion mit einem Mal unsinnig. Sie gestand sich ein, dass sie Killian nur hinterherschlich, weil sie sich selbst gern heimlich mit ihm treffen würde – wie in einem Agentenroman. Projektion. Alles Projektion. Sie schlug sich ins Gesicht. Das hatte sie lange nicht mehr getan. Und hatte es auch nie wieder tun wollen. Sie schlug ein zweites Mal.

Killian ging weiter, hatte sie nicht gehört. Kälble drückte sich von der Mauer ab und schlich ihm nach. Am Ende der Treppe drehte er sich nach links und stieg zur Ruine des Eckartsbergs hoch. Kälble gewährte ihm jetzt mehr Vorsprung, da sie auf dem Hügel ungeschützter war. Sollte sie umkehren? Mit Astrid Kiefer wartete eine Verdächtige auf dem Revier, die gerade mit einem Jagdgewehr eine Gesellschaft gesprengt hatte. Sie würde nicht weglaufen. Kälble wollte wissen, mit wem sich Killian verabredet hatte, und pirschte sich an.

Killian stand in der Ruine und schaute auf Breisach hinab. Er war allein. Hatte sie ihn versetzt? Oder sich verspätet? Wartete er vielleicht auf die charmante Margarita Kleindienst? Das würde Sinn machen. Hatte Merlin del Cougar nicht gesagt, sie würde jeden einlullen? Und untermauerte der Auftritt von Astrid Kiefer nicht, dass dem so war? Hatte Margarita Kleindienst Killian auch eingelullt und für ihre Zwecke benutzt? Aber welche Zwecke? War Killian vielleicht gar nicht allein auf der Hochzeit gewesen? Hatte er einen Mossad-Agenten im Schlepptau, der sich dann als Clown verkleidet unter die Gäste schmuggelte, um Motzki umzulegen, weil der in seinem Manuskript etwas geschrieben hatte, was vielleicht auch Killian gefährlich werden konnte? Kälbles Herz schlug schneller. Ja. So könnte es gewesen sein. Sie musste endlich dieses verdammte Manuskript lesen.

»Tagsüber sieht man von hier bei gutem Wetter die Vogesen«, sagte Killian.

Mit wem sprach er? Es war niemand da. Außer ihr.

»Waren Sie schon einmal in den Vogesen?«, fragte er, ohne sich umzudrehen.

Ja. Er meinte sie. Seine Worte waren an sie gerichtet. Sie entsicherte ihre Waffe und trat hinter dem Gemäuer hervor.

»Wenn ich Sie hätte töten wollen, hätte ich es längst getan«, sagte Killian. »Stecken Sie Ihre Waffe wieder ein.«

Kälble kam sich blöd vor, gehorchte und trat neben ihn.

»Schauen Sie.« Er zeigte mit dem Arm Richtung Frankreich. »Dort drüben ist der Grand Ballon. Das war damals mein erstes Abenteuer. Ich war vierzehn und wollte unbedingt durch die Wälder schleichen. Drei Tage, ohne etwas zu essen mitzunehmen. Wir waren zu zweit.«

»Und warum die Vogesen? Warum nicht der Schwarzwald?«

»Der Schwarzwald war uns zu deutsch.« Er lachte. »Deutsch mochten wir nicht. Das war spießig und aufgeräumt. Der Schwarzwald-Verein putzte alles heraus, der deutsche Wanderer sollte sich so wohl und sicher fühlen wie in seinem Vorgarten. Aber den Franzosen waren solche Sachen egal. Die Vogesen waren wild, die Hütten sporadisch eingerichtet, um vor Unwettern zu schützen, die Wege nicht besonders gut ausgewiesen. Wir gingen querfeldein, grob die Richtung ahnend, und ließen uns von Kreuzottern und Wildschweinen überraschen.«

»Und? War es das erwartete Abenteuer?«

»Ja. Ich wäre beinahe draufgegangen. Wir liefen durch ein Wäldchen. Unter uns lag ein kleiner Bergsee. Ich wollte so rasch wie möglich zum Ufer hinunter, um mich hineinzuwerfen. Dabei übersah ich, dass das Wäldchen abrupt vor einer zwanzig Meter tiefen Schlucht endete. Ich rutschte aus und glitt auf den Abgrund zu. Panisch griff ich nach einer kleinen Birke, bekam sie zu fassen, glaubte mich gerettet, doch die Birke wurzelte auf Fels und hatte selbst kaum Halt. Ich riss sie aus und rutschte weiter. Das war's, dachte ich und war bereit zu sterben. Aber mein Freund war mir hinterhergerannt und packte mich beim Kragen. Es hätte nicht viel gefehlt, und er wäre mit mir in den Tod gestürzt.«

»Seitdem sind Sie ihm etwas schuldig?«

»Seitdem entgehe ich immer wieder knapp dem Tod.«

»Lebt der Freund noch?«

»Es ist Janik Bredow. Der Protagonist von Motzkis Buch.«

»Wollten Sie sich mit ihm hier oben treffen?«

»Nein. Ich wollte nur allein sein. Warum fragen Sie?«

»Weil er vor der Veranstaltung auch in die Reben gegangen ist.«

»Dann war er bestimmt auch hier oben. An diesem Ort begann unser gemeinsames Fernweh. Der Blick über die Grenze weckt Sehnsüchte.«

»Grenzen zu überschreiten?«

»Kennen Sie das nicht?«

»Ich bin an keiner Grenze aufgewachsen.«

»Bedeutet nicht, dass Sie keine Sehnsüchte haben, Grenzen zu überschreiten.« Er sah sie schelmisch an.

»Flirten Sie mit mir?«, fragte Kälble hart.

»Bestimmt. Liegt in meiner Natur.«

»Sind Sie deswegen so rausgeputzt zu dieser Veranstaltung heute Abend erschienen? Weil Sie einen Flirt suchten?«

»Sie sind eine gute Polizistin.«

»Bestimmte Person?«

»Glauben Sie mir, wenn ich Ihnen sage, dass ich wegen Ihnen gekommen bin?«

»Nein.«

»Schade.«

Kälble fand ihn nicht uncharmant. Trotzdem war jetzt nicht die Zeit dafür. Nicht mit diesem Kerl. Er fintierte und taktierte so gelassen und geübt, dass sie ihn nicht zu fassen bekam. Ein Spieler, der sicher in ein tiefes Loch stürzte, wenn man sein Spiel beendete.

»Wen hätte Bredow hier oben treffen können?«

»Jeden und keinen. Vielleicht wollte er auch nur allein sein, oder er hat wie ich gehofft, dass Sie ihm folgen würden.«

»Fangen Sie schon wieder an?«

Er lachte. »Entschuldigung. Manchmal kann ich nicht aufhören. Da bin ich wie ein kleines Kind.«

»Wollte er sich mit Motzki treffen?«

»Kann gut sein.«

»Wo ist der überhaupt? Warum ist er nicht zur Lesung gekommen? Immerhin ist die Veranstalterin die Herausgeberin seines Buches.«

»Er fühlt sich schuldig am Tod von Kevin und seiner Tochter. Würden Sie zu einer Lesung gehen, wo Sie dem Vater Ihres gemeinsamen toten Kindes begegnen könnten?«

»Glauben Sie, er tut sich etwas an?«

»Nein. Noch nicht. Erst wenn sein Buch erschienen ist und sich als der Bestseller entpuppt, den er sich erhofft hat.«

»Sie sind makaber.«

»Das Leben ist makaber. Motzki braucht den Misserfolg. Das ist seine Nahrung. Die Niederlage. Das schlechte Karma. Er muss jammern können. Er ernährt sich von Selbstmitleid, und im Moment kann er sich daran satt fressen. Aber was glauben Sie, was geschieht, wenn er plötzlich den Erfolg hat, der ihm ein Leben lang verwehrt wurde? Verlierer wollen verlieren, sie können mit Siegen nichts anfangen.«

»Glauben Sie wirklich, was Sie da sagen?«

Er grinste. »Nein. Aber es klingt in sich schlüssig.«

»Sie spielen wohl mit allem.«

»Alles ist ein Spiel. Oder wie gehen Sie mit der Tatsache um, dass das Leben irgendwann vorbei ist? Glauben Sie an ein Leben danach? An Seelenwanderung? Das Paradies? Die Hölle?«

Kälble schwieg. Es ging ihn nichts an, woran sie glaubte.

»Haben Sie Motzkis Manuskript gelesen?«, fragte sie stattdessen.

»Ja. Wenn ich ehrlich bin, ist es eine literarische Qual. Er hat nicht viel dazugelernt seit der Schülerzeitung. Barock und schwerfällig. Umständlich. Er kommt nie auf geradem Weg zum Punkt. Und seine Metaphern sind abgegriffen wie die Brüste einer alten Hure.«

»Finden Sie Ihre Metapher besser?«

»Jedenfalls fällt sie Ihnen auf.« Er grinste wieder.

»Ich sehe schon, Sie werden Ihren Spiel-Modus heute beibehalten.«

»Ich wünschte, es wäre so. Aber kaum sind Sie weg, hört das Spiel auf, und ich werde daran verzweifeln, mir ein neues auszudenken.«

»Viel Spaß dabei.« Kälble hatte keine Lust mehr. Er hatte sie auflaufen lassen, sie hatte sogar kurz Spaß dabei gehabt, sich auf das Spiel einzulassen, der ihr aber nun vergangen war. Sie drehte sich auf dem Absatz um und ging.

»Warten Sie! Sie können mich hier doch nicht allein zurücklassen. Das Spiel ist noch nicht aus.«

Kälble ging schneller, fing an zu laufen und schnaubte sich die Wut über sich selbst aus den Lungen.

Janik kam hinter der Ruine hervor. »Immer wieder eine Freude, deinem Geschwätz zu lauschen. Du hast nichts verlernt«, sagte er. »Wie du beschrieben hast, wie ich dir das Leben gerettet habe, hat mir übrigens am besten gefallen.«

»Ich hätte es mehr ausschmücken können.«

»Bist doch nicht Motzki.«

»Womit wir beim Thema wären. Was ist mit ihm?«

»Ich habe keine Ahnung. Ich weiß nur, dass was nicht mit ihm stimmt. Er verhält sich merkwürdig. Warum zieht er zu dir, wenn ich bei ihm wohne? Ich kann doch mindestens so gut wie du auf ihn aufpassen.«

»Stimmt. Vor allem, weil ich gar kein Interesse habe, auf ihn aufzupassen. Außerdem nehme ich ihm seine Angst nicht ab. Würde er sich tatsächlich vor etwas fürchten, würde er nicht ständig verschwinden.«

»Die Polizistin, die gerade hier war, habe ich heute Mittag in Motzkis Wohnung gefunden. Jemand hat ihr eins über den Deetz gezogen und sie dort liegen lassen.«

»Motzki?«

»Kann gut sein.«

»Aber warum?«

»Vielleicht dachte er, sie sei jemand, der ihm an den Kragen will.«

»Dann wäre die Angst also doch nicht gespielt.«

»Er könnte auch etwas zu verbergen haben.«

»Was meinst du damit?«

»Ich habe in der Küche Blutspritzer gesehen, als ich etwas in den Müll werfen wollte. Und die Kacheln vor der Spüle rochen frisch nach Sagrotan. So als hätte jemand rasch etwas sauber machen müssen.«

»Das solltest du Belledin melden.«

Janik lachte laut. »Und dann? Stell dir vor, man findet eine weitere Leiche, zu der die Blutspritzer passen, und ich war am Tatort, ein Ex-Knacki! Mein Alibi für den ersten Mord ist schon dünn, und Belledin wartet nur darauf, dass ihm jemand einen Mörder schenkt. Sag du ihm doch Bescheid.«

»Ich?«

»Ja. Du warst in Motzkis Wohnung, weil er dich gebeten hatte, etwas für ihn zu holen, und dabei sind dir die Blutspritzer aufgefallen.«

»Ich habe keine Lust. Auf diese Sache, meine ich. Jeder will mich in diese Geschichte hineinziehen.«

»Keiner will dich reinziehen, Killian. Du bist schon mittendrin. Seit unserer Blutsbrüderschaft in den Vogesen ist es auch deine Geschichte. Du bist mir noch einen Gefallen schuldig. Ich will wissen, was Motzki spielt.« Er ging.

Killian blieb allein zurück, steckte sich einen Zigarillo an und sah zu den Lichtern auf der anderen Seite des Rheins.

***

Belledin hatte Astrid Kiefer eine Weile im Verhörraum schmoren lassen und sie durch das Spiegelfenster beobachtet. Sie schien die Ruhe selbst zu sein und machte den Eindruck, als könnte sie auch eine noch längere Wartezeit nicht verunsichern.

Schließlich trat er ein, zwei Pappbecher mit Kaffee in der Hand. Er stellte einen auf den Tisch, aus dem anderen trank er.

Astrid Kiefer rührte den Becher nicht an.

Belledin kramte Dosenmilch, Zuckerpäckchen und einen Plastiklöffel aus der Jackentasche und legte alles neben ihren Becher. »Mit Milchschaum kann ich leider nicht dienen«, sagte er.

Astrid Kiefer nahm das Zuckerpäckchen und riss es auf. Sie hielt inne und starrte auf die Werbung auf der Verpackung. »Sehr subtil«, sagte sie, schüttete die Hälfte des Zuckers in den Kaffee und warf das Tütchen in Richtung Belledin.

Er fing es auf und erkannte, dass es ein Zuckerpäckchen aus der »Krone« war. Er musste es dort gestern unbewusst eingesteckt haben. Eine Marotte. Er nahm überall Zuckerpäckchen mit. Dass er jetzt ausgerechnet eins mit dem Logo des Tatortes, an dem Astrid Kiefers Sohn getötet worden war, hervorgezogen hatte, war reiner Zufall. Seine Finger glitten in die Jackentasche und nahmen drei weitere Päckchen heraus. »War keine Absicht. Hier. Die sind von anderen Gaststätten.« Er warf sie auf den Tisch.

»Was soll ich damit? Sammeln Sie die und haben die doppelt? Wollen wir welche tauschen? Tut mir leid, aber ich habe kein Album.« Sie riss eines der Päckchen auf, schüttete auch dessen Inhalt in den Kaffee, rührte mit dem Plastiklöffel um und trank einen Schluck.

»Sie haben das Recht auf einen Anwalt«, sagte Belledin.

»Mein Herr ist mein Richter. Ich brauche keinen Anwalt. Jedenfalls nicht vor Ihnen.«

»Warum wollten Sie Margarita Kleindienst erschießen?«

»Wollte ich das?«

»Oder waren Sie auf Entenjagd und hatten sich nur zufällig in den Buchladen verirrt?«

»Jetzt, wo Sie es sagen, fällt es mir wieder ein. Richtig, ich war auf Entenjagd. Besser gesagt, auf Schnepfenjagd.« Sie verzog ihre dünnen Lippen zu einem bösen Lächeln.

»Sie haben Frau Kleindienst eine Hexe genannt. Wie haben Sie das gemeint?«

»So, wie ich es gesagt habe. Sie hat meine Männer verhext. Bevor sie auftauchte, waren wir eine funktionierende Familie. Ich sage nicht glücklich. Glückliche Familien gibt es nur in der Werbung oder in Kitschromanen. Wir waren nicht immer derselben Meinung und haben auch gestritten, aber mit Respekt vor dem anderen und mit Demut vor Gott. Und dann war da auf einmal diese Schlange. Sie legte jedem meiner Männer den passenden Apfel ins Maul, und es war nur eine Frage der Zeit, bis sie sich daran verschlucken und ersticken würden. Ich habe sie von Anfang an gewarnt, aber sie wollten nicht hören. Sie hatten Predigten satt, ich kam nicht mehr an sie heran. Die Bibelstunde und Gott waren ihnen plötzlich egal. Kevin begann, seine dunklen Gedichte zu schreiben, und mein Mann hielt schwarze Messen, weil er sich dadurch jenseitige Freunde erhoffte, die er im Diesseits nicht hatte.«

»Wann fing das an?«

»Vor etwa zwei Jahren. Ich betete jeden Tag, dass Gott mir einen Engel schicken würde, der meine Männer aus den Fittichen dieser Hexe befreit.« Sie trank einen Schluck Kaffee, sah Belledin an und lächelte unverhofft. Ihr Gesicht hellte sich auf, als wäre ihr eine Madonna erschienen. »Und er schickte mir einen Engel. Bettina. Sie war so rein und ohne Dunkel. Sie brachte Licht in Kevins Herz. Er hörte sogar auf zu schreiben, weil es keinen Schmerz mehr gab, den er auszudrücken hatte. Er lachte wieder, sah mich an und fragte mich, wie es mir ginge. Ich existierte wieder. Auch mein Mann redete wieder mit mir und versprach, sogar in die Bibelstunde zu kommen.« Sie lachte giftig, sich selbst spottend. »Ich Närrin. Alles nur Schein. Der Schlange war der Engel ein Dorn im Auge, und sie entwarf rasch einen Plan, um sich die Reinheit des Engels zunutze zu machen. Sie lullte Bettina ein, indem sie sie zu einem besonderen Medium ernannte, mit dessen Hilfe man Kontakt zu berühmten Seelen der Vergangenheit aufnehmen könnte. Bettina fühlte sich geschmeichelt, und auch mein Mann biss sofort an. So war mein Engel mit einem Schlag zum Werkzeug der Schlange geworden.«

»Haben Sie sich nicht dagegen gewehrt? Oder Bettina darauf aufmerksam gemacht, dass sie nur benutzt wird?«

»Mehr als ein Mal. Ich habe es mit Vernunft versucht, sie angeschrien und sogar angefleht. Sie war plötzlich taub gegen mich.«

»Und Kevin? Wusste er davon, dass sie diese Messen abhielt?«

»Ja. Es ging ihm nicht gut damit. Aber die Hexe sagte ihm, dass es auch seiner Lyrik dienen und er über Bettina neue Eingebungen erhalten würde.«

»Das hat er geglaubt?«

»Ich glaube ja auch, dass es einen Gott gibt, obwohl alles dagegen spricht. Aber Hiob musste auch viel erdulden, ehe Gott sich ihm gnädig erwies. Wir Menschen glauben alles, solange die richtige Mischung zwischen Elend und Hoffnung besteht.« Sie leerte den Kaffeebecher und warf den Plastiklöffel hinein. »Meine Hoffnung war die Hochzeit. Ich hoffte darauf, dass das eheliche Band zwischen Kevin und Bettina ihre Beziehung so stärken würde, dass die Schlange den Einfluss verliert.«

»Sie war nicht auf der Hochzeit, oder? Jedenfalls erinnere ich mich nicht, sie unter den Gästen gesehen zu haben.«

»Nein. Darauf hatte ich bestanden. Ich drohte, mich vor allen zu erschießen, sollte sie auftauchen. Und ich meinte es ernst.«

»So ernst wie heute Abend, als Sie mit dem Jagdgewehr erschienen?«

»Richtig.«

»Das war versuchter Mord. Das bringt Sie hinter Gitter.«

Astrid Kiefer sah Belledin an und lachte ungläubig. »Aber das macht mir doch nichts.«

»Und was ist mit dem Weingut? Mit dem ganzen Besitz, den Ihr Mann aufgebaut hat?«

»Ist mir egal. Wäre ich katholisch, ich würde ins Kloster gehen.

Eine Zelle ist wie die andere. Es kommt nur darauf an, ob man mit sich selbst ins Reine kommt.«

»Viel Glück damit.« Belledin nahm die leeren Pappbecher und verließ den Verhörraum.

***

Killian rauchte seinen Zigarillo zu Ende und ging die Stufen der Treppe des Eckartsbergs in Richtung Margaritas Buchladen. Janik hatte wissen wollen, was Motzki spielte. Aber wenn er es Janik nicht sagte, warum sollte er ihm, Killian, gestehen, was ihm durch sein Hirn spukte?

Es brannte noch Licht in der Buchhandlung. Killian ging durch das Tor über den Kiesweg zum Eingang. Die Tür flog auf, und Kleindienst kam ihm aufgebracht entgegen.

»Ah, der Abenteurer. Viel Vergnügen mit dem Luder.« Er blieb vor Killian stehen. »Aber glauben Sie ja nicht, dass sie es mit Ihnen ernst meint. Sie spielt nur so lange mit Ihnen, wie sie Sie braucht. Sie verschlingt Menschen schneller als Bücher. Sobald eine Geschichte ausgelesen ist, landet sie im Altpapier.« Er ließ Killian stehen, stapfte durch den Kies zu seinem BMW, stieg ein und fuhr mit quietschenden Reifen davon.

Killian ging ins Haus. Aus den Lautsprecherboxen tönten Opernklänge. Er lauschte und beobachtete Margarita, die allein aufräumte. »Verdi?«, fragte er schließlich.

Sie drehte sich zu ihm um und lächelte gequält. »Ja. Macbeth.«

»Zufällig gewählt?«

»Der Zufall ist etwas für Dilettanten.«

»Darf ich helfen?« Er sammelte leere Sektgläser ein und stellte sie auf ein Tablett.

»Wobei? Mir die Krone zu sichern? Das Orakel hat längst gegen mich gesprochen. Mir erscheinen die Toten, die ich auf dem Gewissen habe.«

»Hast du sie wirklich getötet?«

»Indirekt. Du hast ja gehört, was Astrid Kiefer gesagt hat.«

»Es gibt immer zwei Meinungen.«

»Diesmal wohl nicht. Die Leute, die ihren Auftritt mitbekommen haben, werden ihr glauben. Ich kann meinen Laden dichtmachen. Mein kleines Königreich ist bankrott.«

»Und was ist mit deinem Mann? Ich dachte, er finanziert das Ganze?«

»Wenn der Königin das Gottesgnadentum abhandenkommt, verliert sie auch ihre Vasallen. Selbst die, denen sie bis zuletzt vertraute, wenden sich von ihr ab. Das ist das Gesetz der Macht.«

»Geht es dir darum, um Macht?«

»Ja. Im Gegensatz zu Ohnmacht, in die ich so gern falle, wenn mir alles zu viel wird. Ich möchte nicht mehr ohnmächtig sein, sondern frei und unabhängig. Das ist gleichbedeutend mit Macht. Macht über das eigene Leben. Kennst du das nicht?«

»Ich habe persönliche Freiheit noch nie mit Macht in Verbindung gebracht.«

»Das eine bedingt das andere.« Sie hob einen Karton mit Kevin Kiefers Büchern an und trug sie zu zwei anderen. »Die kann ich jetzt zum Altpapier geben«, sagte sie und setzte sich auf eine Kiste.

Killian ging zu ihr und nahm auf einer anderen Platz. »Hast du auch leichtere Musik?«, fragte er.

»Was willst du hören? Etwas Romantisches? Damit kann ich heute nicht dienen.«

»Etwas Cooles. Bebop. Wie wäre es mit Gene Ammons?«

»Kenne ich nicht.«

Er stand auf, ging an den Laptop, der für die Opernmusik verantwortlich war, und suchte auf YouTube nach Gene Ammons. Er klickte eine Playlist an, und »Ammon Joy« erklang.

Margarita stieg sofort auf das Spiel ein, schnippte mit den Fingern, stand auf und schwang lässig Knie und Hüfte. Sie drehte sich vor Killian und lockte ihn mit dem Zeigefinger zu sich. Er spielte mit und näherte sich ihr minimalistisch tanzend. Sie schlang ihre nackten Arme um ihn und drückte ihre Stirn gegen seine.

»New York während der Prohibition«, sagte sie. »Ein Bandenkrieg hat uns gerade vier unserer besten Leute gekostet. Aber auch unsere Gegner bluten. Ihre Verluste sind größer, und sie sind untereinander zerstritten, weil sie ihren Boss verloren haben. Wir trauern um unsere Freunde, aber wir wissen, dass wir uns beide haben und uns keiner etwas anhaben kann.« Sie biss in Killians Hals und öffnete ihm das Hemd.

Gene Ammons setzte zum Saxophonsolo an.

***

Kälble hatte sich entschieden, nicht direkt aufs Revier zu fahren. Ein Blick auf die Uhr verriet ihr, dass es kurz vor Mitternacht war. Belledin hatte Astrid Kiefer bestimmt schon allein verhört und würde ihr morgen mitteilen, was dabei herausgekommen war. Dann würden sie sich endlich gegenseitig auf den neusten Stand ihrer Ermittlungen bringen und das Puzzle zu einem Bild zusammenfügen. Killian spielte mit Sicherheit eine Rolle in dem Ganzen. Aber nicht, wie sie erst angenommen hatte. Nein, die Morde hatten nichts mit dem Mossad zu tun. Eine alte Geschichte war der Grund. Eine Geschichte unter Freunden. Wieso hätte er ihr sonst von dem Abenteuer in den Vogesen erzählt? Da schuldete jemand einem anderen noch etwas. Sie ärgerte sich, dass sie noch immer nicht Motzkis Manuskript gelesen hatte. Deswegen und weil sie keine Zeit gehabt hatte zu klären, wer sie in dessen Wohnung niedergeschlagen hatte, fuhr sie am Kaiserstuhl entlang in Richtung Riegel. Sie wollte noch einmal zu ihm. Vielleicht traf sie ihn dort ja an? Oder Janik Bredow?

Ihr Handy klingelte. Eine unbekannte Nummer. Sie nahm den Anruf entgegen. »Ja? – Das trifft sich gut. Ich bin auf dem Weg zu Ihnen. – Ach, Sie sind in Breisach? – Ich bin gerade kurz vor Wasenweiler. – Ja, ich kann umkehren. – Dann im Bahnhof. – Okay. Ich klingel bei Engler. Ist in Ordnung. – Ich bin gleich da.« Kälble wendete den VW-Bus und fuhr zurück. Motzki wollte sie dringend sprechen. Er hatte sehr ängstlich geklungen. Sie wählte Belledins Nummer. Die Mailbox sprang an. »Hallo, ich bin's. Ich bin auf dem Weg zum Breisacher Bahnhof und treffe dort Motzki. Wollte nur, dass du Bescheid weißt.« Sie legte das Handy auf den Beifahrersitz und fuhr in Richtung Ihringen.

***

Belledin stellte den letzten Karton ab und wischte sich den Schweiß von der Stirn. Hauptsache, die Kisten waren aus dem Auto. Fehlte noch, dass ihm seine letzten Sachen geraubt wurden. Auspacken würde er morgen. Oder übermorgen. Oder am Wochenende. Eigentlich war es ihm egal. Was brauchte er schon? Er ging in die Küche und öffnete den Kühlschrank. Ein Bergkäse gammelte vor sich hin. Zwei Tannenzäpfle und eine halbe Gurke. Er entschied sich für den Bergkäse, schnitt den gammligen Teil ab und schob ihn sich stückchenweise in den Mund. Die Gurke ließ er unbeachtet, dafür nahm er sich eine Flasche Bier, öffnete sie und trank einen Schluck. Nein, er lebte nicht gesund. Aber er hatte auch Gründe dafür. Der Beruf. Seine private Situation. Das alles ließ keinen gesunden Lebenswandel zu. Starb er eben ein paar Jahre früher. Wen kratzte es? Für ihn würde kein Weib mit einem Jagdgewehr Sühne fordern. Noch nicht einmal an Allerheiligen würde jemand an sein Grab pilgern. Er würgte den Käse hinunter und spülte mit Bier nach. Er würde noch die zweite Flasche brauchen, wollte er gut schlafen. Vielleicht verzichtete er aber darauf und sah sich einen Film an? Dabei würde er garantiert einnicken. Am besten einen, den er bereits auswendig kannte. Er kramte in einem der Kartons und zog Peckinpahs »The Wild Bunch« heraus. Oder doch »Stagecoach«? Zu Deutsch: »Ringo«. Mit John Wayne. Nein. Peckinpah passte besser. Ein Haufen verwegener Burschen, die auf ihre alten Tage noch eine letzte Bank überfallen wollen, um sich dann zur Ruhe zu setzen.

Belledin schob die DVD in den Rekorder und schaltete den Fernseher an. Schon der Ton, der aus den Lautsprechern drang, genügte ihm, um sich nicht mehr so allein zu fühlen.

Er ging ins Bad, putzte sich die Zähne, wusch sich Hände und Gesicht und tauschte die Tageskleidung gegen einen seidenen Pyjama, den ihm Biggi vor drei Jahren zu Weihnachten geschenkt hatte. Er trank das Bier aus, stellte die leere Flasche in die Küche und kroch ins Bett.

Die Kopfgeldjäger lauerten bereits auf den Dächern gegenüber der Bank, die die Jungs räumten. Belledin schloss die Augen und hörte die Flinten krachen. Er dachte an den Schuss aus Astrid Kiefers Jagdgewehr, der auch ihn hätte treffen können. Wäre

Killian nicht gewesen, hätte es womöglich eine vierte Leiche gegeben. Killian. Und zu wem gehörte er, Belledin? Zu den Bankräubern oder zu den Kopfgeldjägern? Wer war gut? Wer war schlecht? Alles Halunken. Auch Belledin. Er hatte heute einem Mann ins Bein geschossen. Einfach so. Als wäre er im Wilden Westen. Das würde noch Folgen haben. Es stand Aussage gegen Aussage. Belledin würde bei seiner Wahrheit bleiben. Und je mehr er darüber nachdachte, umso überzeugter war er, dass sein Schuss tatsächlich aus Notwehr gefallen war. Aus emotionaler Notwehr. Doch das brauchte außer ihm niemand zu wissen. Aber wem war man schon Rechenschaft schuldig? Nur sich selbst.

Er öffnete die Augen, und sein Blick fiel auf den Lyrikband von Kevin Kiefer. Er nahm das Büchlein vom Stuhl und betrachtete den Einband. »Hängende Köpfe«, las er. Er schlug es auf und wählte ein Gedicht in der Mitte: *Promenaden. Familienväter prahlen mit den Brüsten ihrer Töchter. Die Mutter zieht das Mieder enger. Blicke treffen sich, doch wird gelächelt. Bötchenfahrer, Hundehalter, Fersengeld der Wandersleute. Wer ist schneller im Café? Morgen wird man sich's erzählen*. Belledin horchte den Worten nach. Er verstand nichts von Lyrik, aber sie gefielen ihm. Er legte das Buch zur Seite, schloss die Augen, und Bilder zu Kevin Kiefers Worten stiegen vor ihm auf.

Der Ton aus dem Fernseher wurde leiser. Belledins Schnarchen übertönte ihn.

***

Kälble stand vor dem Wohnungseingang nahe dem Breisacher Bahnhof und drückte auf die Klingel. Ein Summen erklang, und sie öffnete die Tür. Sie ging ins Treppenhaus und nahm die Holzstiegen nach oben. Am oberen Treppenabsatz stand Motzki und sah auf sie hinab.

»Danke, dass Sie gekommen sind«, sagte er und wischte sich mit der Hand durchs zerzauste silbergraue Haar. Er verschwand in der Wohnung, und Kälble folgte ihm.

»Herrschaftlich«, sagte sie, die alten Möbel im großzügigen Flur betrachtend.

»Ist nicht meine Wohnung.«

»Ich weiß. Ich war heute bei Ihnen.«

»Wann? Warum?«

»Ich hatte ein paar Fragen an Sie. Aber dann wurde ich von hinten niedergeschlagen, war bewusstlos, und als ich wieder zu mir kam, saß Janik Bredow vor mir.«

»Janik hat Sie niedergeschlagen?«

»Er sagte, er wäre es nicht gewesen. Er hätte mich nur bewusstlos gefunden.«

Motzki lachte zynisch. »Natürlich. Und Maria war eine Jungfrau. Das kann sie Josef erzählen, aber nicht mir.« Er sah sie ernst an und atmete tief durch. »Damit sind wir auch schon beim Thema.«

»Bei der Jungfrau Maria?«

»Bei Janik. Ich habe einen großen Fehler begangen.« Er schüttelte dramatisch seinen Kopf und stützte sich auf dem Tisch aus Kirschbaumholz ab, der den Flur zierte. »Wie konnte ich nur so naiv sein. Es ist alles meine Schuld.« Tränen schossen ihm in die Augen. Mit großer Mimik kämpfte er gegen sie an. »Wieso habe ich geglaubt, dieser Mensch hätte sich geändert?«

»Sprechen Sie Klartext, Mann.« Kälble hatte keine Lust auf Motzkis schmierige Oper. Der Kerl war ihr zutiefst unsympathisch. Sie war fest davon überzeugt, dass er alles und jeden für eine gute Story verkaufen würde. Auch seine Tochter, um die er vorgab zu trauern. Kälble glaubte ihm nichts davon.

Motzki nickte, spielte vor, um Fassung zu ringen, verschwand in einem Nebenzimmer und kehrte mit einem Karton zurück. Er stellte ihn auf den Tisch und forderte Kälble mit der Hand auf, ihn zu öffnen.

Sie tat ihm den Gefallen und staunte. Eine Clownmaske grinste sie an. »Woher haben Sie die?«, fragte sie.

»Ich habe sie zu Hause in Janiks Koffer gefunden. Er wohnt die paar Tage, die er in der Gegend geschäftlich zu tun hat, bei mir.« Er druckste herum. »Ich weiß, so etwas tut man nicht. Ich meine, in den Sachen anderer Leute rumschnüffeln. Vor allem nicht, wenn es Freunde sind.«

Kälble ging die larmoyante Leier mächtig auf den Geist, aber sie zwang sich zur Ruhe.

»Irgendwie hatte ich plötzlich das Gefühl, dass er mir an den Kragen wollte. Und alle anderen wegen mir unschuldig sterben mussten. Kevin und sogar meine eigene Tochter.« Er wandte sich ab und schluchzte, fing sich wieder und atmete erneut melodramatisch aus.

»Und woher kam das Gefühl?«

»Ich habe seine Biografie geschrieben. Haben Sie das Manuskript denn nicht gelesen?«

»Nein. Ich kam noch nicht dazu. Belledin hat es.«

»Es ist etwas Besonderes. Sprachlich sehr gelungen. Ein gewagter Pfad zwischen Kommerz und Kunst.« Seine Augen funkelten. Jetzt schien er zu glauben, was er sagte. »Aber das ist sekundär.« Und heuchelte schon wieder. Der arme Wicht lebte nur für seine Schriftstellerei. »Jedenfalls fiel mir Folgendes auf: Janik hat einiges auf dem Kerbholz. Er hat vielen Leuten körperliche Gewalt angetan, aber nie wegen Mordes gesessen. Ich habe aber herausgefunden, dass er sehr wohl gemordet hat.«

»Wie das?«

»Zum einen hat er einen Mord in Auftrag gegeben, als er in der JVA Tegel einsaß. Unter den Jungs gilt so etwas nicht als Mord. Janik hat einen Verräter hinrichten lassen, also nur den Kodex befolgt. Nach dem Gesetz ist das aber trotzdem Mord.«

»Sehe ich auch so. Beweise?«

»Die Art, wie er mir davon erzählt hat. Er lächelte, sagte nur: ›Ich kann es ja nicht gewesen sein. Ich saß im Knast.‹ Diese Genugtuung in seinen Worten, da war mir alles klar.«

»Und Sie haben das in Ihrem Buch auch so niedergeschrieben?«

»Ja. Den Dialog.« Er raufte sich wieder das Haar. »Ich Idiot. Warum nur habe ich das getan? Warum habe ich mich hinreißen lassen? Ich hätte die Passage einfach aussparen können, und das Buch wäre immer noch gut gewesen.« Er sah Kälble greinend an.

»Sie glauben also, Janik Bredow wollte Sie auf der Hochzeit umbringen und hat aus Versehen Kevin Kiefer getroffen?«

»Ich glaube es nicht, ich bin überzeugt davon. Ich weiß, wie er tickt. Und diese Maske ist wohl Beweis genug.«

»Und Ihre Tochter? Kann er auch sie ermordet haben?«

Motzki fuhr zusammen, als würde ihn mit der Erwähnung des Namens Thors Blitz treffen. »Bettina? Ich dachte, das war Kiefer?«

»Kiefer hat kurz vor seinem Selbstmord behauptet, er wäre es nicht gewesen. Der Tod Ihrer Tochter war vielmehr Anlass dafür, dass er sich das Leben nahm.«

»Ach, so ist das.« Motzki murmelte etwas und sah auf die Clownmaske.

»Ich kann Sie nicht verstehen. Reden Sie deutlicher.« Kälble war genervt von dem selbstmitleidigen Motzki. Er machte sie aggressiv.

Er sah sie erschrocken an. »Stellvertretend. Sie musste stellvertretend sterben, weil er mich nicht zu fassen bekam. So tickt die Mafia. Sie nehmen dir alles, was dir lieb ist, um dir zu zeigen, dass du einen Fehler gemacht hast.«

»Und warum hat er Ihre Tochter dann nicht einfach erschossen?«

»Was fragen Sie mich? War ich dabei? Fassen Sie ihn und fragen Sie ihn.« Er zeigte auf die Maske. »Und untersuchen Sie die auf Fingerabdrücke und andere Spuren. Sie werden sehen, dass sein Schweiß in ihr klebt. Und Blut an seinen Händen.« Er lauschte den letzten Worten nach. Sie schienen ihm zu gefallen. Er nickte.

Kälble nahm den Karton mit der Maske und drehte sich zum Gehen um.

»Etwas mehr Mitgefühl und ein Dankeschön hätte ich mir schon erhofft«, stach ihr Motzki in den Rücken.

Sie wandte sich zu ihm. »Hatten Ihre Ex-Frau und Kiefer ein Verhältnis?«, fragte sie. Das Foto war ihr wieder in den Sinn gekommen.

Motzki sah sie verstört an. »Was weiß ich? Nein, ich glaube nicht.« Er lächelte hilflos, fand Halt an einem Stuhl und versuchte, witzig zu sein. »Warum nicht? Ein Weinfürst hätte ihr gut zu Gesicht gestanden. Sie wollte schon immer hoch hinaus. Aber was tut das zur Sache?«

»Vermutlich nichts. Hat mich nur interessiert.« Kälble verließ die Wohnung.

NEUN

Killian hatte nicht über Nacht bleiben wollen, aber nicht den Zeitpunkt gefunden, sich aus Margaritas Armen zu winden und aufzustehen. Noch immer lag er dicht an sie gedrückt und genoss ihre Wärme. Astrid Kiefer hatte sie eine Hexe genannt, Killian wollte in ihr nur den unschuldigen Engel sehen, der in seinen Träumen gefangen neben ihm schlummerte und ruhig atmete. Endlich löste er sich vorsichtig aus ihrer Umarmung und stand auf. Gemeinsames Frühstück? Nein. Das wäre zu viel des Guten. Er zog sich an, schlich aus dem Zimmer und verließ das Haus.

Gegenüber auf dem Schulhof tummelten sich bereits die Schüler. Es war große Pause. Killian betrachtete das Gewimmel und dachte an die Zeit zurück, als er, Janik, Motzki und Belledin mit einer Dose, einer Milchtüte oder einem Tennisball als Fußball die Pause überbrückt hatten. Je zwei Schulranzen hatten die Tore gebildet. Verlor Janik, artete das Kicken meist in eine Rauferei aus. Dann monierte er ein Foul, das nicht gegeben worden war, und revanchierte sich dafür umgehend mit einem Rempler. Und schon wurde aus dem Spiel ein Ringkampf. Verlor Janik auch diesen, setzte er die Fäuste ein, bis er oder der andere eine blutige Nase hatte. Er duldete keine Niederlage. Kämpfte bis zur letzten Sekunde oder änderte das Spiel. Tickte er noch immer so? Warum sollte er für ihn herausfinden, was Motzki im Schilde führte? Wovor fürchtete sich Janik? Was hatten Motzki und er für einen Deal? Janik hatte nichts Konkretes gesagt. Nur dass er Motzki auf die Finger schauen sollte. Der hatte früher beim Kicken immer schlechte Karten gehabt. Das Einzige, was er gut konnte, war, das Spiel zu kommentieren. Er gab den Reporter, während er orientierungslos über das Feld lief, und erntete dafür Lacher. Er war für die Unterhaltung zuständig gewesen und hatte sich stets nach dem Wind gerichtet. Welcher Wind wehte ihm jetzt gerade um die Ohren, der Janik beunruhigte?

Killian ging in Gedanken über die Pflastersteine in Richtung Marktplatz.

***

Belledin schreckte hoch, als er hörte, wie sich im Schloss der Wohnungstür der Schlüssel drehte. Kam Janik wieder zu Besuch? Er sprang aus dem Bett und stolperte in den Flur.

»Guten Morgen«, sagte Kälble und warf ihm eine Tüte mit frischen Brötchen zu. »Wie wäre es mit Frühstück?«

»Wo kommst du jetzt her? Hast du hier geschlafen? Ich habe dich nicht gehört, als du gekommen bist.«

»Ich war vorher noch nicht hier. Ich habe oben auf dem Vogelsang übernachtet. Traumhaft, der Ausblick.«

»Wie spät ist es?«

»Fast Mittag.«

»Was? Habe ich so lange geschlafen? Mein Gott, was ist bloß mit mir los?«

»Du bist noch im Urlaub.«

»Scheint so.«

»Machst du Kaffee? Ich kenne mich bei dir noch nicht aus.«

»Heißt das, du nimmst das Zimmer?«

»Klar. Ich dachte, das hätten wird schon geklärt. Und wenn du mir auf die Nerven gehst, ziehe ich in den Bus zurück.«

»Und wenn du mir auf die Nerven gehst?«

»Pech gehabt.«

Er schlurfte in die Küche, legte die Brötchentüte auf den Tisch und setzte Kaffee auf. Kälble warf die »Badische« daneben. »Großer Artikel«, sagte sie. »›Gangster-Biografie fordert drei Tote‹.« Sie schlug die entsprechende Seite auf und zeigte Belledin den Artikel. »Fass mal zusammen. Ich habe keine Lust, es zu lesen. Kommt mein Name drin vor?«

»Nicht direkt. ›Polizei tappt im Dunkeln. Wie viele Tote werden Bernd Motzkis Enthüllungen noch fordern, ehe die Polizei den Tätern auf die Schliche kommt? Ein Wettrennen gegen die Zeit.‹ Bla, bla.« Er überflog den Text bis zum Ende und warf die Zeitung dann in den Papierkorb.

»He. Ich wollte schauen, ob es ein cooles Konzert in der Nähe gibt.«

»Hast du nicht gehört, was ich vorgelesen habe? Wir haben keine Zeit für Konzerte.«

»Und wenn wir den Fall heute lösen?«

»Witzig. Nur im Fernsehen lösen sie in drei Tagen einen Fall. Die letzte Soko, die wir hatten, hat drei Monate gebraucht, nur um ein anständiges Phantombild des Täters anfertigen zu lassen.«

»Ich erinnere mich. Der Triebmord in Endingen. Die Joggerin. Stand auch überregional in den Zeitungen.«

»Das hier wird bald international in den Zeitungen stehen.«

Kälbles Telefon läutete. Sie nahm den Anruf entgegen. »Ja – Gut. Danke, dass es so schnell ging.« Sie legte auf und wählte eine andere Nummer. »Hier Kälble. Geben Sie sofort eine Fahndung nach Janik Bredow raus. Verdacht auf zweifachen Mord. Warnung: Der Mann ist gefährlich.« Sie steckte das Handy ein und sah Belledin an. »Vielleicht lösen wir den Fall doch noch heute?«

»Darf ich auch mal erfahren, was hier vorgeht? Fahndung nach Janik? Warum?«

»Motzki hat mich gestern Nacht angerufen und mir die Clownmaske gegeben, die Kevins Mörder trug.«

»Motzki?«

»Ja. Bredow wohnt bei ihm. Er hat mich vermutlich auch niedergeschlagen, als ich bei Motzki war.«

»Niedergeschlagen? Bei Motzki? Langsam und der Reihe nach. Ich komme nicht mit. Warum höre ich das erst jetzt?«

»Ging alles so schnell. Und jeder hat irgendwie auf seine Art ermittelt. Ich wollte, dass wir uns gestern Abend bei der Lesung gegenseitig auf den neuesten Stand bringen, aber dann kam der Auftritt von Astrid Kiefer dazwischen.«

Belledin nahm den Kaffee vom Herd und schenkte sich und Kälble schwarz ein. »Ich erinnere mich nicht mehr, wie du ihn trinkst.« Er stellte Zucker und Milch auf den Tisch und setzte sich. »Und jetzt von vorne.«

Kälble häufte Zucker in den Kaffee, rührte um und trank einen Schluck. »Gestern Mittag war ich bei Motzki. Ich wollte ihm ein paar Fragen stellen wegen der Fotos, die ich gesichtet hatte. Auf einem davon sieht es so aus, als würde Ruth Motzki und den alten Kiefer mehr verbinden.«

»Glaubst du, sie hatten etwas miteinander?«

»Es ist nur so ein Gefühl. Ich bin mit solchen Blicken aufgewachsen. Blicke, die hinter dem Rücken der anderen getauscht werden. Kennst du das nicht?«

Belledin brummte und goss sich einen kleinen Spritzer Milch in den Kaffee.

»Motzki hat nicht aufgemacht. Aber ich wollte nicht unverrichteter Dinge wieder gehen, also bin ich durch den Keller in seine Wohnung.«

»Ohne Durchsuchungsbescheid? Spinnst du?«

»Ich dachte, ich finde irgendetwas. Notizen über das Manuskript. Fotos. Was weiß ich.«

»Deine Methoden gefallen mir überhaupt nicht.« Er sah sie streng an.

»Und da wurde ich niedergeschlagen.«

»Von Janik?«

»Ich glaube es. Er hat es zwar abgestritten, aber er war da, als ich aufwachte.«

Wieder ein Brummen.

»Und gestern Abend rief mich eben Motzki an und sagte, er habe etwas für mich.«

»Dann bist du noch nach Riegel gefahren?«

»Nein. Motzki war in Breisach. In der Bahnhofswohnung.«

»Bei Killian. War der auch da?«

»Nein. Motzki war allein.«

»Und er hat dir die Clownmaske gegeben. Woher hatte er die?«

»In Bredows Sachen gefunden. Ich habe die Maske abgeglichen mit denen auf den Hochzeitsfotos. Sie ist eine davon. Und Hofer hat mir gerade bestätigt, dass Bredows Fingerabdrücke und Haare dran sind.« Sie trank einen größeren Schluck und nahm die Zeitung aus dem Papierkorb.

»Was ist mit Bettina?«, fragte Belledin.

»Könnte Bredow auf die Schliche gekommen sein. Vielleicht wurde sie von ihm überrascht, als sie die Maske fand. So wie ich, als ich in Motzkis Wohnung schnüffelte.«

Belledin nahm ihr die Zeitung aus der Hand und knallte sie auf den Küchentisch.

Kälble erschrak.

»Du hättest die Fahndung mit mir absprechen müssen«, sagte er.

»Hättest du sie etwa nicht rausgegeben? Um der alten Freundschaft willen?« Sie schob kämpferisch ihr Kinn nach vorne.

»Ich hätte ein Treffen mit Janik arrangieren können, und wir hätten ihn ganz leicht geschnappt. Jetzt ist er gewarnt und gefährlich. Aber vielleicht erreiche ich ihn noch, bevor er von der Fahndung Wind bekommt.« Er ging ins Schlafzimmer, nahm sein Handy und wählte die Nummer, die auf der Visitenkarte stand, die Janik ihm bei seinem nächtlichen Besuch auf den Stuhl neben seinem Bett gelegt hatte. Nur Mailbox. »Janik, hier ist Belledin. Ich muss dich dringend sprechen. Ruf mich an.« Er sah Kälble grimmig an, die ihm gefolgt war.

»Tut mir leid. Ich dachte, es wäre besser, keine Zeit zu vergeuden.«

»Schon gut. Du hast richtig gehandelt. Konntest ja nicht wissen, dass Janik und ich eine besondere Verbindung haben.« Er setzte sich aufs Bett und klopfte sich mit der Visitenkarte nervös auf den Schenkel. »Ich will es einfach nicht glauben.«

»Du kennst doch Motzkis Manuskript. Steht da nicht schon drin, dass Bredow zu Mord fähig ist?«

»Ich habe dir den Artikel in der ›Badischen‹ vorgelesen. Was steht da nicht alles drin? Wahrheit ist dehnbar.«

»Motzki sagt, Bredow habe vom Gefängnis aus einen Mordauftrag erteilt, der dann auch ausgeführt wurde. Steht das im Manuskript?«

»Doch. Aber von dem, was Motzki schreibt, glaube ich nicht einmal ein Viertel. Wenn ich nur an die Verfolgungsjagd denke, die er erfunden hat, als ich Janik geschnappt habe. Die Szene scheppert wie in einem Actionfilm aus Hollywood. Dabei ist Janik mir in Wirklichkeit direkt in die Arme gelaufen. Ich musste nur die Handschellen zuschnappen lassen. Es war gerade so, als wollte er, dass ich ihn festnehme.«

»Warum?«

»Weiß nicht. Vielleicht eine Art Absolution?«

»Du denkst sehr katholisch.«

»Gegen seine Prägung kann man nichts tun.«

»Und Ehebruch?«

»Wird gebeichtet.«

»Wann?«

»Beim Jüngsten Gericht.«

Sie lachten.

»Du hast es ihr nie gesagt? Nicht einmal aus Rache, nachdem sie dich für den Apotheker sitzen gelassen hat?«

»Nein.«

»Warum?«

»War mir zu heilig.«

Kälble lachte. »Du bist echt ein Katholik.«

»Eher ein Romantiker, der das Geheimnis liebt.«

»Schöne Umschreibung für einen Feigling.«

Er verzog das Gesicht, dass sich sein Schnäuzer wie eine Raupe über der Lippe kräuselte.

»Oder wolltest du ihr einfach keine Chance geben, ihr schlechtes Gewissen zu entlasten?«

»Nein. Sie kann sich fühlen, wie sie will. Sie ist mir egal. Unser Geheimnis war mir einfach zu wertvoll, um es am Pokertisch einzusetzen.«

Sie trat einen Schritt an ihn heran, legte ihre Hände auf seine Schultern und schubste ihn nach hinten. Er fiel aufs Bett. Kälble legte sich auf ihn und küsste ihn.

Er ließ es geschehen, atmete ihren Geruch und berührte sie erst vorsichtig, dann immer mutiger, bis sie aufschrie, weil er zu fest zupackte. »Entschuldige. Manchmal unterschätze ich meine Kräfte.«

Sie lachte und biss ihm in den Hals.

Belledins Handy läutete. Kälble störte es nicht, sie wollte weitermachen. Doch Belledin warf sie ab wie eine Affenmama ihr Baby. Kälble landete weich und griff ihn von hinten an, während er den Anruf entgegennahm.

»Janik? Hallo.«

Kälble zog sich zurück und lauschte gespannt.

»Ich muss dich treffen. Kannst du auf dem Revier vorbeikommen? – Verstehe. – Nein, es ist nur wegen Motzki. Mir erscheinen da einige Dinge widersprüchlich, die er in deiner Biografie schreibt. Vor allem Kiefer betreffend. – Ihr sollt Geschäfte gemacht haben. Vor Tegel. Ihr kanntet euch also. – Dann schreibt er wieder, dass er euch einander vorgestellt hat, allerdings nach Tegel. Es gibt noch ein paar andere Stellen, die ich jetzt nicht im Kopf habe, die aber für meine Ermittlungen wichtig sind. – Dschungelbrücke? Wie du magst. Ja, ich kann hinkommen. – Dann um zwei. Danke. Bis gleich.« Er legte auf und atmete tief durch.

»Dschungelbrücke? Wo ist die denn?«

»In Breisach. Zwischen Gymnasium und Schwimmbad. Sie führt über die Möhlin und war beim Sportunterricht Teil der großen Runde, die wir laufen mussten.«

»Warum trefft ihr euch dort? Gibt es dort gute Fluchtmöglichkeiten?«

»Wenn wir beide Seiten der Brücke dichtmachen, kann er nur ins Wasser springen. Aber es ist schwer, dabei ungesehen zu bleiben. Je nachdem, von welcher Seite er kommt.«

»Also Zivilpolizei. Jogger, Hundehalter, Ruderer, Angler. Das ganze Programm.«

»Ja, das ganze Programm. Scheiße. Das ist das zweite Mal, dass ich ihn verhafte. Es fühlt sich nicht gut an.«

»Und wie fühlt sich das zweite Mal mit mir an?« Sie küsste ihn.

Er erwiderte ihren Kuss, brach ihn aber ab, als sie begann, seinen Pyjama aufzuknöpfen. »Gut. Wie beim ersten Mal. Aber wir müssen es leider verschieben.«

Sie gab ihm einen Kuss und salutierte. *»Oui, oui, mon général!«*

»Organisierst du die Zivilkollegen? Ich fahre vor. Möchte mir das Gelände genauer anschauen. Ist schon eine Weile her, dass ich dort war.«

Kälble stand auf, ordnete ihre Haare und ging in die Küche. Belledin verschwand im Bad und duschte kalt, um einen klaren Kopf zu bekommen.

***

»Nur, wenn es dich nicht stört. Ich weiß, dass man manchmal lieber niemanden von außen dabeihat, wenn man gerade an einem Projekt arbeitet. – Gut, dann komme ich. – *À dimanche. – Je t'embrasse, ma chère.*« Killian legte auf und war erleichtert. Swintha wollte ihn auch sehen. Am Sonntag würde er mit dem Zug nach Paris fahren. Abstand gewinnen. Zu Motzki, Janik, Belledin, Ruth und vor allem Margarita. Er hatte jetzt schon zweimal mit ihr geschlafen und konnte sich auch ein drittes Mal gut vorstellen. Dann vielleicht sogar mit Frühstück. Das machte ihm Angst. Er war sich klar darüber, dass er keine Beziehung wollte. Würde er hierbleiben, wäre es möglich, dass er aus Bequemlichkeit und durch den Magnetismus des weiblichen Eros in eine Sache hineinschlitterte, aus der er nur mit Schmerzen wieder rauskäme. Das wollte er vermeiden. Für beide Seiten.

Es klingelte an der Haustür. Vermutlich hatte Motzki den Schlüssel vergessen. Killian drückte den Summer und wartete, bis er sah, wer zu ihm wollte.

Janik eilte die Treppe empor. »Wo ist Motzki?«, fragte er schroff, ging an Killian vorbei in die Wohnung und klapperte alle Zimmer ab.

»Nicht hier.«

Janik ging wie ein Raubtier auf und ab, jederzeit zum Sprung bereit. Ob Angriff oder Flucht, war noch nicht entschieden. »Hast du ihn gestern Abend noch gesprochen?«

»Nein. Ich war nicht hier.«

»Die Buchhändlerin?«

»Ja.«

»Nimm dich in Acht vor ihr. Sie hat es faustdick hinter den Ohren.«

»Das höre ich jetzt schon zum wiederholten Male. Mir tut sie ganz gut.«

»Mach, was du willst. Bist groß genug.« Janik zwang sich auf einen Stuhl, schloss die Augen und atmete langsam aus. Das wiederholte er dreimal, öffnete die Augen wieder und sah Killian lächelnd an. »Habe ich im Knast gelernt. Immer bis vier zählen. Beim Ausatmen, beim Luftanhalten, beim Einatmen. Wenn du in Isolationshaft kurz vor dem Durchdrehen bist, wirkt das Wunder.«

»Bist du kurz vor dem Durchdrehen?«

»Sagen wir, ich bin beunruhigt. Und meine Stimmung könnte rasch umschlagen. Die Jahre hinter Gittern haben leider Spuren hinterlassen. Meine Nerven sind nicht mehr so dick wie früher. Wie sieht es bei dir aus? Haben dich deine Abenteuer nicht verändert? Was machst du, wenn du kurz vor dem Durchdrehen bist? Schräge Frauen vögeln?« Janik lachte. »Schon gut. Deine Sache.«

»Was macht dich so nervös?«, fragte Killian und setzte sich auf einen Stuhl neben ihn.

»Das Gefühl, dass Motzki mich abservieren und den Gewinn des Buches allein einstreichen will.«

»Gewinn? Weißt du überhaupt, wie viele Bücher ihr verkaufen müsst, um daran etwas zu verdienen?«

»Hast du noch keine Zeitungen gelesen? Nicht nur die ›Badische‹, ›Der Spiegel‹, ›Die Zeit‹ und ›Bild‹, alle berichten davon. Ich war heute Morgen schon bei deiner Freundin. Sie sagte mir, dass sogar das Fernsehen interessiert ist. Lanz, Maischberger und andere.«

»Woran?«

»An meiner Story.«

»Verstehe ich nicht.«

Janik sah ihn fragend an.

»Nichts für ungut, aber sie ist eine von vielen Gangster-Storys. Und nicht einmal besonders gut geschrieben.«

»Findest du? Ich finde sie stark. Aber ich lese auch nicht so viel.«

»Außerdem reicht es für dich, wenn dein Name drin vorkommt.«

Janik lachte. »Damit hast du vielleicht recht. Jedenfalls geht die Rechnung auf. Wegen meiner Story sind immerhin schon drei Menschen gestorben.«

»Makabre Werbung.«

»Die Bibel hat auch mit Gekreuzigten geworben. Und steht immer noch ungeschlagen auf Platz eins der Bestsellerliste. Also komm mir nicht mit Moral.«

Killian sah Janik von der Seite an. »Folgt jetzt ein Geständnis?«

»Quatsch. Ich muss nichts gestehen. Das werde ich Belledin

auch sagen. Weil es wahr ist. Mist, ich habe ihn wieder an den Hacken.«

»Warum?«

»Ich glaube, dass Motzki ihn auf mich gehetzt hat.«

»Ich verstehe nur Bahnhof.«

»Deshalb wohnst du auch hier.« Janik lachte laut über den Kalauer.

»Deinen Humor hast du jedenfalls noch. Also kann es um dich nicht so schlimm bestellt sein.«

»Je schlimmer es ist, desto wichtiger der Humor.«

»Erzähl endlich, was Sache ist, oder geh. Ich habe keine Lust auf halbe Geschichten.«

»Ich treffe Belledin um zwei an der Dschungelbrücke.«

»Romantisch.«

»Er will mir ein paar Fragen stellen.«

»Warum nicht auf dem Revier?«

»Weil ich nicht blöd bin. Ein Kumpel von mir überwacht den Polizeifunk und steckt mir sofort, falls was los ist. Es läuft eine Fahndung nach mir.«

»Und trotzdem willst du ihn treffen?«

»Ich muss in Erfahrung bringen, was er weiß. Dann weiß ich auch, was Motzki spielt. Und wenn er tatsächlich versucht, mich abzuservieren, ist er dran.«

»Was hat Motzki gegen dich in der Hand?«

»Er kann mir den Mord an Kevin Kiefer unterjubeln.«

»Warst du es?«

»Nein. Habe ich doch schon gesagt.«

»Wieso soll er ihn dir dann unterjubeln können?«

»Weil ich mit einer Clownmaske auf der Hochzeit war.«

»Und warum?«

»Ich sollte Motzki vor deinen Augen erschrecken. Er wollte dann einen Herzinfarkt vortäuschen.«

»Du solltest mit der Kanone das Klo stürmen?«

»Nein. Ohne Kanone. Einfach so, damit alle sehen, wie sehr er sich fürchtet. Motzki meinte, das wäre gut und würde das Interesse an dem Buch fördern.«

»Ist das auf seinem Mist gewachsen?«

»Nicht ganz. Unsere Verlegerin steckt auch mit drin. Sie sagte, ohne Werbung würde man nichts verkaufen, und je kleiner ein Verlag sei, umso mehr müsse man auf die Kacke hauen.«

»Und weil das Erschrecken noch nicht reichte, bist du dann mit der Kanone aufs Klo, hast auf Motzki geschossen und dabei Kevin Kiefer getroffen?«

»Nein. Das war ich nicht. Das war ein anderer Clown.«

»Ein anderer Clown?«

»Ja, es waren noch mehr mit Masken da. Wegen Halloween.«

»War der andere Clown auch von Motzki angeheuert?«

»Er sagt, nein. Aber die Werbung ist ihm natürlich recht.«

»Dir nicht?«

»Nicht wenn ich dafür wieder in den Bau muss. Ich bin bald fünfzig. Wenn sie mich wegen Mordes einbuchten, komme ich nicht mehr raus.«

Ihr Schweigen dauerte bestimmt zwei Minuten. Killian brach es. »Willst du wirklich Belledin an der Dschungelbrücke treffen?«

»Hast du eine bessere Idee?«

»Vielleicht. Erinnerst du dich noch ans Nachsitzen beim alten Jördis?«

»Dem du die Brille geklaut hattest?« Janik lachte.

»Er hat damals nicht gemerkt, dass du an meiner Stelle zum Nachsitzen kamst.«

»Vielleicht hat er auch nur so getan, und es war ihm egal. Hauptsache, einer saß nach.«

»Kann sein. Einen Versuch wäre es wert. Es würde dir ein wenig Zeit verschaffen.«

»Kann aber viel Ärger für dich bedeuten.«

»Warum? Ich darf doch spazieren gehen, wo ich will.« Sie grinsten sich an.

***

Belledin sah auf seine Armbanduhr. Fünf vor zwei. Kälble hatte alles organisiert. Für einen Novembertag war ihm fast etwas zu viel Betrieb. Die Jogger würde Janik ihm abkaufen, genauso wie die Frau mit dem Hund. Nur den Mann im Boot, der unter der

Brücke eine Ruderpartie unternahm, empfand Belledin zu dick aufgetragen. Aber Kälble hatte darauf bestanden. Völlig unpassend in dieser Jahreszeit.

Er ging zur Mitte der Brücke, um Janik dorthin zu locken. War er erst einmal auf der Brücke, saß er in der Falle. Es sei denn, er sprang in die Möhlin. Aber dort wartete der Paddler auf ihn.

Belledin hätte Janik von der Eckartsbergseite kommend erwartet, aber er betrat die Brücke von der Schwimmbadseite aus. Riesige Sonnenbrille, schwarzer Mantel mit nach oben geklapptem Kragen, eine Schiebermütze tief ins Gesicht gezogen. Der Kerl lebte seinen Krimi und ließ kein Klischee aus. Das Wetter passte. Der Nebel kroch über die Möhlin und kletterte am Brückengeländer hinauf.

Janik blieb stehen. Roch er den Braten? Warum kam er nicht näher? Belledin wartete einen Moment und hoffte, Janik würde doch noch ein paar Schritte auf ihn zukommen, damit die Kollegen hinter ihm ungesehen die Brücke abriegeln konnten. Aber Janik rührte sich nicht. Im Gegenteil. Er drehte sich um und rannte plötzlich davon.

»Janik! Bleib stehen!« Belledin sah sich nach den Zivilpolizisten um. Der aufkommende Nebel hatte sie fast verschluckt, er erkannte nur Silhouetten. Er versuchte, sie über Funk zu erreichen. »Zugriff am Brückenende. Sofort.« Er beobachtete, wie sich die Jogger und die Hundebesitzerin in Bewegung setzten, um das Brückenende zu sichern. Belledin rannte ebenfalls dorthin. Plötzlich hörte er ein lautes Platschen. Janik war tatsächlich ins Wasser gesprungen.

»Er ist im Wasser!«, schrie Belledin und hoffte, dass der Paddler mit Janik klarkommen würde. Er lehnte sich übers Brückengeländer und sah hinab. Der Nebel über dem Fluss lichtete sich für einen Moment. Belledin konnte sehen, wie der Kollege mit Janik im Wasser kämpfte und den Kürzeren zog. Janik schlug ihm die Faust ins Gesicht, tauchte ihn kurz unter Wasser, zerrte den Japsenden wieder nach oben und warf ihn in Richtung Boot, damit er sich daran festhalten konnte. Janik selbst schwamm zum anderen Ufer und kletterte an Land.

»Er ist auf der anderen Seite!«, brüllte Belledin in seinen Sender. »Kälble, pass auf! Er ist bei dir!« Er rannte über die Brücke und hoffte zu sehen, in welche Richtung Janik abhaute, aber wieder wehte eine Nebelschwade über ihn hinweg und zog den Vorhang zu. »Scheiße. Ich habe ihn verloren.«

»Ich habe ihn.« Kälbles Stimme. »Er läuft die Möhlin entlang stadtauswärts.«

»Ist jemand bei dir?«

»Nein. Den Kollegen habe ich stadteinwärts postiert.«

»Pass auf. Er ist gefährlich.«

Kälble hatte den letzten Satz nur noch mit einem Ohr gehört. Janik hechtete wieder in den Fluss und schwamm zur anderen Seite. Bis die Kollegen drüben an Ort und Stelle wären, könnte er über alle Berge sein. »Bredow schwimmt zum anderen Ufer. Kann aber auch eine Finte sein, und er kehrt wieder um. Ich muss hinterher. Habe dann keinen Funk und kein Handy mehr.«

»Mach keinen Blödsinn. Lauf lieber am Ufer entlang und beobachte ihn. Ich schicke ihm die Kollegen auf der anderen Seite nach.«

»Das ist zu spät. Wenn er das andere Ufer erreicht, ist er weg.« Sie zog ihre Jacke aus und sprang ins Wasser. Die Kälte ließ ihren Atem stocken. Sie kraulte, so schnell sie konnte, und näherte sich Janik. Entweder war er kein besonders guter Schwimmer oder sich verdammt sicher, dass er entkommen würde. Sie war bereits bis auf fünf Meter an ihn rangekommen, als er sich an einer Weide am Ufer hochzog und hinter dem Baum verschwand.

Kälble schlug auf das Wasser, erreichte ebenfalls das Ufer und schnappte kurz nach Luft. »Bredow, ergeben Sie sich! Sie haben keine Chance! Auch wenn Sie jetzt abhauen, wir kriegen Sie!« Sie ahnte, dass ihre Worte wenig Wirkung zeigen würden, hatte aber nicht damit gerechnet, was jetzt passierte.

Er trat mit einer Sauerstoffflasche auf dem Rücken und einer Taucherbrille hinter der Weide hervor, ließ sich rückwärts ins Wasser fallen und verschwand.

Kälble schrie auf vor Wut und wusste nicht, ob es ihr Zorn war oder die Kälte, die sie so zittern ließ.

Sie hörte die Autos der Kollegen.

Belledin sprang aus seinem Wagen und kam auf Kälble zugerannt. »Wo ist er hin?«

»Abgetaucht.«

»In welche Richtung?«

Sie zeigte mit dem Finger in die Möhlin.

»Was? Hast du ihn etwa erschossen? Ist er ertrunken?«

»Nein. Er ist abgetaucht. Er hatte hier eine Sauerstoffflasche mit Taucherbrille deponiert und ist zurück in den Fluss. Vermutlich trägt er einen Neoprenanzug unter seinen Klamotten.« Sie schlotterte.

»Du musst dir was Trockenes anziehen«, sagte Belledin. »Hast du was in deinem Bus?«

»Ja. Hinten drin steht eine Kiste. In ihr sind Klamotten.«

»Nimm so lange meinen Mantel und setz dich bei den Kollegen ins Auto. Ihr könnt schon langsam vorfahren, ich bringe dir dann die trockenen Sachen. Irgendwo in der Nähe muss Janik einen Wagen abgestellt haben. Er hat die Sauerstoffflasche bestimmt nicht weit geschleppt.« Belledin gab Kälble seinen Mantel, stieg in den Audi und fuhr davon.

Kälble zog sich hinter einem Baumstamm die nassen Kleider aus, stellte die tropfenden Cowboystiefel daneben, hüllte sich in Belledins Mantel und setzte sich auf den Rücksitz des Streifenwagens.

»Hier sind Ihre Jacke und das Funkgerät. Coole Stiefel übrigens. Ich hatte auch mal welche. Aus Schlangenleder«, sagte die Kollegin und reichte die Sachen nach hinten.

»Danke. Fahren Sie los. Und drehen Sie die Heizung bitte etwas auf.«

Die Beamtin gehorchte. Schon nach wenigen Metern kam ihnen ein Defender entgegen.

»Stellen Sie sich quer und geben Sie mir Ihre Waffe.«

Die Kollegin versperrte dem Wagen den Weg und reichte Kälble die Pistole.

Kälble entsicherte sie, schob die Waffe in die Manteltasche, stieg aus und ging auf den Defender zu. Kurz vor ihm nahm sie die Pistole wieder aus der Tasche und richtete sie auf die Frontscheibe, wo sie hinter den getönten Scheiben den Fahrer vermutete. »Steigen Sie langsam und mit erhobenen Händen aus.«

Die Fahrertür öffnete sich, Killian trat heraus und sah Kälble verdutzt an.

»Was machen Sie hier?«, fragte sie ihn scharf.

»Fotos. Ich habe gerade ein Nebelprojekt begonnen. Es ist gar nicht so einfach, Nebel fotografisch einzufangen.« Er zeigte auf ihre Füße. »Und Sie? Was machen Sie hier barfuß? Waren Sie etwa schwimmen? Das ist gefährlich in dieser Jahreszeit.«

»Öffnen Sie den Wagen.« Kälble dirigierte ihn mit der Pistole nach hinten.

Killian gehorchte und öffnete die Hecktür. »Wenn Sie wollen, ich habe trockene Socken und auch ein paar Gummistiefel dabei. Die Grippe kriecht meistens durch die Füße in den Körper.«

Kälble hatte gehofft, vielleicht den versteckten Janik Bredow im Defender zu finden. Fehlanzeige. Ein paar Kisten und Klamotten, Scheinwerfer und Stative, sonst nichts.

Belledin kam mit dem Audi angerauscht, bremste scharf, stieg rasch aus dem Wagen und stapfte auf Kälble und Killian zu. »Was ist hier los? Was machst du hier?« Seine dunklen Augen tanzten wild.

»Es ist niemand im Wagen«, sagte Kälble.

Belledin zog eine wütende Schnute und nickte. »Trockene Kleider sind im Auto.«

Kälble ließ Belledin und Killian allein.

»Und?«, fragte Belledin. »Hat es Spaß gemacht?«

»Was meinst du?«

»Uns zu verarschen.«

»Ich verstehe nicht, wovon du sprichst.«

»Leck mich am Arsch, Killian.« Belledin griff ihm hinters Ohr und brachte am Zeigefinger einen kleinen Algenstrang zum Vorschein. »Ich erinnere mich noch ganz genau, dass Janik ein beschissener Schwimmer war. Du hingegen durftest sogar bei ›Jugend trainiert für Olympia‹ dabei sein. Sportskanone.«

»Und? Ich verstehe nicht, was du mir damit sagen willst.«

»Mach, dass du wegkommst. Und sag Janik, ich kriege ihn. Und dann schmort er bis an sein Lebensende im Bau.« Er drehte sich zum Streifenwagen und bedeutete der Kollegin, den Weg frei zu machen.

»Janik geht mich nichts an«, sagte Killian. »Ich möchte einfach nur in Ruhe meine Fotos machen.«

»Erzähl das, wem du willst. Wenn du noch einmal die Ermittlungen behinderst, bist du auch am Arsch. Da kannst du noch so gute Verbindungen haben.« Er ging zu seinem Audi und setzte sich hinters Steuer.

Kälble hatte sich bereits angezogen und rubbelte sich mit einem Handtuch die Haare trocken.

Killian fuhr langsam an ihnen vorbei.

Belledin sah ihm im Rückspiegel nach. »Dieser Mistkerl. Er hat uns verarscht.«

Kälble kräuselte die Nase und nieste.

***

Killian schob die Kiste mit den Scheinwerfern zur Seite, öffnete das Bodenfach des Defenders und zog die Sauerstoffflasche und den nassen Neoprenanzug heraus. Er freute sich über den Streich, den er Belledin und Kälble gespielt hatte, spürte aber gleichzeitig, dass ihm der Kitzel gefehlt hatte. Verglichen mit den Einsätzen, die er für Moshe schon gewagt hatte, war das eben ein Räuber-und-Gendarm-Spiel gewesen. Militärische Objekte antauchen, Fotos schießen und ungesehen verschwinden: Dafür hatte ihn Moshe ein halbes Jahr lang zu den israelischen Kampfschwimmern gesteckt. Anfangs hatte er noch nicht einmal eine Minute die Luft anhalten können, aber am Ende der sechs Monate hatte er sich auf drei Minuten gesteigert.

»Ist es nicht ein wenig kalt zum Tauchen?«

Killian drehte sich um. Motzki stand vor ihm. »Sehr kalt. Die Flasche schleppe ich schon eine Weile im Wagen mit rum. Wird Zeit, dass ich sie mal putze und warte.« Er schloss den Wagen und überquerte mit dem Equipment die Straße.

Motzki überholte ihn und öffnete die Haustür. »Es ist verrückt«, sagte er. »Es ist echt verrückt.«

»Ja, es ist verrückt.«

»Weißt du schon davon?«

»Wovon?«

Sie stiegen die Treppen hoch.

»Du hast gesagt: Ja, es ist verrückt. Also weißt du schon davon?«

»Das ganze Leben ist verrückt, Motzki. Das habe ich gemeint.«

Motzki schloss die Wohnungstür auf, und sie gingen hinein. »Ich war gerade bei Margarita«, sagte er. »Sie kann sich vor Vorbestellungen gar nicht mehr retten. ›Der Spiegel‹, ›Die Zeit‹, der Lanz und die Maischberger, alle rufen an. Auch größere Verlage, die die Taschenbuchlizenz kaufen wollen.«

»Gratuliere.« Killian ging den langen Flur entlang in Richtung Speicher.

Motzki rannte ihm nach. »Ich kann es nicht fassen. Mein Buch wird ein Bestseller.«

»Ist es nicht das, was du immer wolltest?«

»Ja. Schon. Aber nicht um diesen Preis.«

Killian ging auf den Speicher, stellte die Sauerstoffflasche neben den Weinkisten ab und hängte den Neoprenanzug über eine Wäscheleine. Motzki war ihm gefolgt.

»Hast du Janik schon davon erzählt?«

»Ich erreiche ihn nicht. Er geht nicht an sein Telefon. Weiß nicht, was mit ihm los ist. Er verhält sich merkwürdig.«

»Inwiefern?«

»Kann ich nicht genauer beschreiben. So als würde er etwas verheimlichen.«

»Und du? Verheimlichst du auch etwas?«

»Ich? Nein. Wieso?«

»Janik war hier und hat gesagt, er glaubt, dass du Belledin auf ihn gehetzt hast.«

Motzki wich Killians Blick aus.

»Es stimmt also.«

»Ich glaube, er hat Kevin und Bettina getötet.« Motzki machte wieder das gequälte Gesicht, das Killian noch nie hatte ausstehen können. Warum konnte dieser Mensch nicht still für sich leiden? Warum musste er seine Fratze immer zur Schau stellen?

»Und das kannst du beweisen?«

Motzki setzte sich auf eine der Kisten und weinte. »Es war sein Plan.« Er nuschelte. »Ich wollte nichts damit zu tun haben. Aber er sagte, das sei gute Werbung.«

»Werbung? Motzki, tu mir einen Gefallen und rede deutlich.«

Motzki schnitt wieder die Grimasse des ewigen Leids und zog den Rotz hoch. »Die Sache mit der Bedrohung. Ich sollte so tun, als fürchtete ich mich vor Verfolgern. Das würde dem Buch zu größerer Aufmerksamkeit verhelfen. Ich wollte das nicht. Ich finde so etwas furchtbar. Aber Janik sagte, Werbung sei alles. Wer nicht wirbt – stirbt. Sprüche in der Art. Und als ich mich weiterhin weigerte, drohte er mir, echte Verfolger zu engagieren. Dann bekam ich es tatsächlich mit der Angst zu tun. Ich kannte Janik ja nur von früher. Ich wusste nicht, was es bedeutet, dass er ein echter Gangster geworden ist. Das kriege ich erst jetzt zu spüren. Zwischen Krimi-Schreiben und Thriller-Erleben liegt ein großer Unterschied. Das weiß ich mittlerweile.« Er fuhr sich dramatisch durchs Haar, schüttelte den Kopf und sah Killian mit Dackelblick an. »Aber damit nicht genug. Plötzlich kam er mit dieser Clownmaske an und sagte: ›Das wird der Knaller.‹ Ich Idiot. Warum habe ich mich nur darauf eingelassen? Ich habe alles verloren, was mir lieb war. Dieses Schwein hat Bettina auf dem Gewissen.« Ein Heulkrampf packte ihn.

Killian ertrug ihn. Er tat Motzki unrecht. Er hatte allen Grund zu leiden. »Es war also Janiks Plan, mit der Clownmaske auf der Hochzeit aufzutauchen und auf dich zu schießen?«, fragte er.

»Ja. Und ich habe mitgemacht. Weil er mich dazu gezwungen hat. Als er auf mich zielte, habe ich mich so erschrocken. Ich dachte, er würde mich tatsächlich abknallen. Deswegen habe ich mich zu Boden geworfen. Und dann hat es den armen Kevin erwischt.«

»Und Bettina? Warum hätte Janik sie töten sollen?«

»Vielleicht dachte er, ich hätte ihr alles erzählt. Ich weiß nicht, warum man einen Menschen umbringt. Ich wäre dazu nicht in der Lage. Noch nicht einmal Janik könnte ich töten, sosehr ich ihn auch hasse.«

»Also hast du Belledin auf ihn gehetzt?«

»Ich weiß, du würdest das unter Männern regeln. Aber so war ich nie. Ich kann gut schreiben, aber das Handeln haben immer andere für mich übernommen.«

»Früher Ruth, dann Bettina, jetzt sind es Janik – und Margarita.« Killian hielt inne. »War das Margaritas Plan?«

»Nein. Das ging nur Janik und mich etwas an.«

»Und Bettina?«

»Habe ich auch nichts erzählt.«

»Was war nach Kevins Tod?«

Motzki schüttelte den Kopf. »Ich wollte sie nicht in Schwierigkeiten bringen. Das habe ich auch Janik gesagt, aber er hat mir nicht geglaubt.«

»Dann wird er dir auch nicht glauben, dass du Margarita nichts gesagt hast.«

»Kann schon sein.«

»Damit ist sie in Gefahr.« Er zögerte. »Wenn deine Geschichte stimmt.«

»Sie stimmt, Killian. Ich habe die Clownmaske der Polizistin gegeben. Sie wurde auf Spuren überprüft und daraufhin eine Fahndung nach Janik rausgegeben.«

»Komm mit.« Killian zog Motzki am Arm hinter sich her. Er trottete wie ein Kalb am Halsband durch die Wohnung bis in die Küche.

»Setz dich.« Killian klappte den Laptop auf, klickte auf den Ordner mit den Hochzeitsfotos und suchte nach den Bildern mit den Halloween-Clowns. »Welche von den Masken ist Janik?«, fragte er.

Motzki wischte sich die Tränen aus den Augen und sah auf den Bildschirm. »Die da«, sagte er. »Der Typ im dunkelblauen Anzug. Von der Statur her ist es eindeutig.«

Killian klickte weiter, aber er hatte nur ein Foto mit der Maske gemacht. Er klappte den Laptop wieder zu, ging aus der Küche und warf sich im Flur seine Jacke über.

»Wohin willst du?«, fragte Motzki.

»Zu Margarita. Wenn es so ist, wie du sagst, ist sie wirklich in Gefahr.«

»Lass mich hier nicht allein.«

Killian schlug die Tür hinter sich zu und eilte die Treppe hinunter. Einer von seinen beiden alten Kumpels log gewaltig. Janik oder Motzki?

ZEHN

Belledin und Kälble standen vor dem Tor des Buchladens und läuteten wiederholt. Es rührte sich nichts.

»Soll ich drüberklettern?«, fragte Kälble.

»Haben wir einen zwingenden Grund?«

»Sie wurde gestern bedroht. Vielleicht gibt es noch andere Menschen, die sie für eine Hexe halten.«

»Etwas dünn, aber für den Staatsanwalt könnte deine Theorie reichen.«

Kälble kletterte über das Tor.

»Mach aber nichts kaputt.« Belledin sah ihr durch die Gitterstäbe hindurch nach, wie sie den Kiesweg entlang auf die Villa zuging.

Kälble wollte die gusseiserne Klinke drücken, da öffnete sich die schwere Holztür von innen.

Margarita im schwarzseidenen Nachthemd sah sie verschlafen an. »Was kann ich für Sie tun?«, fragte sie und rieb sich die Augen.

»Am besten, Sie öffnen das Tor, damit mein Kollege nicht klettern muss.«

Margarita drückte den Summer.

»Schlafen Sie immer so lange?«

»Wieso? Wie spät ist es?«

»Gleich halb vier.«

»Schon? Und ich bin noch immer müde.«

Belledin stand mittlerweile bei den beiden Frauen. »Dürfen wir reinkommen?«, fragte er und übernahm das Kommando.

»Ja. Natürlich.« Margarita rieb sich wieder die Augen und schüttelte ihre schwarzen Locken. »Uff. Ich fühle mich echt gerädert. So als hätte ich einen langen Alptraum gehabt.«

»Das geht uns allen so«, sagte Belledin. »Und ich fürchte, er ist noch nicht vorbei. Heben Sie sich von Ihrem Schlaf also noch etwas für später auf.«

Margarita gähnte und setzte sich auf einen Stuhl nahe dem Eingang. »Was kann ich für Sie tun?«, fragte sie erneut.

»War Janik Bredow bei Ihnen?«
Sie sah Belledin an, als hätte er Schwedisch gesprochen.
»Sie kennen ihn doch, oder?«
»Nein.«
»Sie werden seine Biografie verlegen.«
»Glauben Sie, Bulgakow kannte den Teufel, als er ›Meister und Margarita‹ geschrieben hat?«
»Wenn er wie Sie schwarze Messen abgehalten hat, könnte das tatsächlich der Fall gewesen sein.« Kälble genoss die Spitze und drehte sich zu Belledin. »Ich sehe mich mal im Haus um.«
»Haben Sie einen Durchsuchungsbefehl?«, fragte Margarita und wurde allmählich wacher. »Den brauchen Sie doch, oder?«
»Sie schaut sich nur die Bücher an. Sie ist eine interessierte Leserin.«
»Der Laden ist heute aber zu.«
»Öffnen Sie immer nach Lust und Laune?«
»Ich lebe nicht davon.«
»Wovon dann? Vom Geld Ihres Mannes?«
»Sie kränken mich damit nicht. Es war ein Win-win-Geschäft. Wir hatten beide etwas davon.«
»Hatten? Sind Sie nicht mehr zusammen?«
»Er hat mich gestern verlassen. Die Ereignisse überschlagen sich. Man kommt ja kaum noch hinterher.« Sie stand auf. »Entschuldigen Sie, ich muss mir etwas überziehen oder wieder hoch ins Bett gehen. Mir wird kalt.« Sie ging ins Hinterzimmer und kehrte mit einem Mantel über den Schultern zurück.
»Sie haben Janik Bredow also noch nie gesehen?«
»Nein. Ich kenne ihn nur von Motzkis Erzählungen und seinem Manuskript.«
»Es gibt doch sicherlich einen Vertrag zwischen Ihnen und Motzki?«
»Natürlich.«
»Wie sind die Konditionen?«
»Besser als üblich.«
»Heißt?«
»Jeder kriegt ein Drittel des Gewinns. Das mache ich eigentlich nie. Das ist sehr großzügig. Normalerweise bekommt der

Autor neun Prozent, aber da es sich um die Biografie eines echten Gangsters handelt, dachte ich, es sei passend, die Beute durch drei zu teilen.«

»Witzig.«

Sie gähnte erneut. »Ich brauche wirklich Schlaf. Oder Sie ermüden mich.«

Kälble kam zurück.

»Und? Haben Sie ein gutes Buch gefunden?«

Kälble verstand nicht.

»Ich hätte da etwas für Sie. Für Sie beide. Sie können es sich gegenseitig vorlesen, falls Ihnen mal langweilig ist. Dann kommen Sie auch nicht auf die Idee, müde Frauen zu belästigen.« Sie ging an eines der Regale und zog ein Taschenbuch hervor. »Ist ein richtiges Schätzchen. In der Geschichte gibt es ein paar Leichen mehr als bei uns. Und es darf geballert werden.« Sie streckte Kälble das Buch entgegen.

Sie nahm es und las laut: »›High Noon in Detroit‹.«

»Passend zu Ihren Cowboystiefeln.« Margarita drehte sich zu Belledin. »Ich wünschte, Sie wären so ein Cop wie Lieutenant Cruz in diesem Krimi. Dann könnten Sie es vielleicht mit Bredow aufnehmen.« Sie legte den Mantel über den Stuhl hinter der Kasse. »Und jetzt würde ich gern meinem verschlafenen Tag noch einen Sinn geben. Auf Wiedersehen.« Sie verschwand in einem Nebenraum.

Belledin nahm Kälble das Buch aus der Hand. »Elmore Leonard. Das ist wirklich ein Schätzchen. Von Krimis hat sie jedenfalls Ahnung.«

Er gab ihr das Buch zurück, sie verließen die Villa und trotteten über den Kiesweg zu ihren Autos.

***

Killian dachte gar nicht daran, zu Margarita zu fahren. Sie war nicht in Gefahr. Jedenfalls nicht im Moment. Hielt Motzki ihn wirklich für so blöde, oder gehörte das zu seinem Spiel? Hatte er vergessen, dass Killian Fotograf war? Und zwar ein verdammt guter? Er konnte sich Bilder merken, und die Clownmaske, die

Motzki ihm auf den Fotos gezeigt hatte, war definitiv nicht die, die auf dem Klo erschienen war und Kevin erschossen hatte. Mochte gut sein, dass Janik der eine Clown gewesen war, aber er war nicht der Mörder. Warum behauptete es Motzki dann? Natürlich hätte Killian ihn direkt fragen können, aber Motzki hätte sich mit Sicherheit rausgewunden, und die Gefahr für Janik wäre dadurch nicht kleiner geworden. Warum war Killian das nicht früher aufgefallen? Genau, weil Kälble ihm eine falsche Fährte gelegt hatte. Er war auf ihre Bildinterpretation eingestiegen. Das Foto mit Ruth und Kiefer. Auch Killian glaubte, dass die beiden etwas zu verbergen hatten, aber erst jetzt war ihm aufgefallen, dass hinter Kiefer, leicht verschwommen, Motzki stand. Und Killian dämmerte, dass billige Eifersucht der Grund der Tragödie war.

In Riegel stellte Killian seinen Wagen am Friedhof ab. Von dort aus waren es nur ein paar hundert Meter bis zu Motzkis Haus. Er ging zu Fuß durch die Dämmerung. Bei Motzki brannte Licht. Er schlich sich über das Grundstück zur Kellertür. Sie war verschlossen. Killian öffnete sie mit Schließwerkzeugen und schlüpfte ins Haus. Leise ging er durch die Waschküche und fand die Treppe, die nach oben in die Wohnung führte. Wieder versperrte ihm eine verschlossene Tür den Weg. Mit den Schließwerkzeugen konnte er diesmal nichts anfangen, weil der Schlüssel steckte.

Er lauschte und hörte Ruths Stimme.

»Ich hätte nie auf ihn hören sollen. Es war ein Fehler. Ein großer Fehler. Er hat uns alle reingelegt.«

»Aber warum mich? Ich habe ihm doch nichts getan. Durch mich hat er doch die Chance bekommen, einen Bestseller zu schreiben.« Janiks Stimme.

»Es ging Motzki noch nie um Geld. Er wollte sich nur rächen. An allen.«

»Und dazu hat er mich gebraucht?«

»Du warst der Hauptgrund.«

»Ich verstehe nicht.«

»Janik: Bettina war deine Tochter.«

»Was? Bist du dir da sicher?«

»Sehr sogar.«

»Die Nacht in der Möhlinhütte?«

»Du erinnerst dich.«

»Natürlich. Für mich war das nicht nur ein Fick. Ich hätte gern mehr gewollt.«

»Aber ich war mit Motzki zusammen.«

»Warum hast du dich nicht getrennt?«

»Weil du mir zu wild warst. Ich habe mich nicht getraut. Zwar habe ich davon geträumt, Banken zu überfallen. Aber mit einem Kind im Gepäck?«

»Und du hast es Motzki nie gesagt?«

»Nein.«

»Wie hat er es rausbekommen?«

»Ich habe mich hinreißen lassen. Als er von den Hochzeitsplänen mit Kevin erfuhr, tönte er herum, dass er zu entscheiden habe, wen seine Tochter heiratet. Da ist mir der Kragen geplatzt, und ich habe ihm reinen Wein eingeschenkt.«

»Wann war das?«

»Vor einem Jahr etwa.«

»Vor einem Jahr hat er mich kontaktiert und mir von der Idee mit der Biografie erzählt.«

»Das gehörte zu seinem Plan. Er wollte sich mit einem Schlag an allen rächen. An dir, mir, Kiefer und der Buchwelt, die ihm bislang einen Bestseller verwehrt hatte. Er sagte, es wäre doch eine wunderbare Werbung, wenn der Autor plötzlich ins Fadenkreuz geraten würde.«

»Und du hast mitgespielt?«

»Er drohte, Bettina zu sagen, dass er nicht ihr Vater ist. Für sie wäre eine Welt zusammengebrochen. Sie war so zart.«

»Und Killian? Ist er auch mit von der Partie?«

»Nein. Er wurde wie viele andere benutzt. Motzki brauchte einen ehrenwerten Zeugen. Prominent obendrein. Ich habe Killian vorgelogen, Bettina wäre verschwunden, damit er bei Kiefer rumschnüffelt und seine schwarzen Messen auffliegen lässt. Das hätte schon genügt, um ihn zu ruinieren. Dass er sich selbst umgebracht hat, hat vieles erleichtert.«

»Und Bettina? Wer hat Bettina getötet?«

»Das fragst du so scheinheilig?«

»Du glaubst doch nicht etwa, dass ich –«

»Wer sonst, Janik?« Das war Motzkis Stimme.

Killian hatte gewusst, dass er auftauchen würde, aber nicht mit Ruth gerechnet.

»Wärst du nicht so feig gewesen, wäre Kevin noch am Leben. Und Bettina auch.« Wieder Motzki. »Um Kiefer tut es mir nicht leid. Hättest du nur auf mich gehört, wäre alles nach Plan gelaufen. Aber du hattest ja Schiss, dass man dich mit einer echten Knarre erwischt. Was bist du für ein Gangster, der sich schon wegen einer Luger in die Hosen scheißt? Bettina hatte da mehr Mumm. Liegt wohl daran, dass sie mehr nach der Mutter kam. Du hast gesehen, wie sie sich auf der Hochzeit als Clown umgezogen hat, und sie später zur Rede gestellt. Und als sie dich verhöhnte, bist du ausgerastet und hast sie erschlagen. Im Affekt. Die eigene Tochter. Ein tragischer Held.«

Polizeisirenen heulten.

»Das ist Belledin. Vergiss es, Janik. Das Haus ist umstellt. Du kommst hier nicht raus.«

»Wenn ich nicht rauskomme, kommt hier auch kein anderer mehr raus. Ich gehe jedenfalls nicht wieder in den Bau.«

»Musst du auch gar nicht. Weil ich dich umlegen werde, wenn die Polizei das Haus stürmt. Aber erst erschießt du Ruth.«

»Was?« Ruth schrie hysterisch auf. »Aber warum? Ich habe doch alles getan, was du verlangt hast.«

Für Killian war es an der Zeit dazuzustoßen. Er warf sich mit der Schulter gegen die Tür. Sie knarzte, gab aber nicht nach.

Ein Schuss krachte. Ruth kreischte.

Killian nahm erneut Anlauf, als die Tür in seine Richtung geöffnet wurde. Jemand rannte ihn um. Killian stürzte nach hinten und schlug mit dem Hinterkopf auf Stein auf. Ihm wurde schwindlig. Er kämpfte gegen die Benommenheit an, rappelte sich auf, wurde aber erneut umgestoßen. Diesmal prallte er mit dem Rücken gegen die Wand. Er torkelte die Stufen hoch in die Wohnung. Ruth lag am Boden und hielt sich den blutenden Bauch.

»Es war Motzki. Nicht Janik. Motzki. Hinter allem steckt Motzki.«

Killian presste seine Hand auf die Wunde, um die Blutung einzudämmen. »Ganz ruhig. Das kannst du alles später Belledin erzählen.«

Die Haustür flog auf. Belledin und Kälble stürmten mit gezogenen Pistolen herein.

»Sie sind in den Keller«, sagte Killian. »Ruft einen Notarzt.«

Kälble zückte ihr Handy und wählte die Nummer, Belledin verschwand nach unten.

»Zu spät«, sagte Killian nach wenigen Sekunden. »Jetzt brauchen wir einen Leichenwagen.«

»Was ist passiert?«, fragte Kälble und rief Selingers Nummer auf.

»Motzki steckt hinter allem. Wir müssen ihn schnappen, bevor er Janik auch noch erledigt.« Er wischte sich Ruths Blut von den Händen und drehte sich in Richtung Wohnungstür.

Kälble folgte ihm.

***

Belledin hielt sich an der Friedhofsmauer fest und pumpte Luft in seine Lungen. Er hatte sie verloren. Sie waren in Richtung Friedhof gerannt, doch jetzt fehlte jede Spur von ihnen. Vielleicht war Janik in ein Auto gesprungen und damit abgehauen? Und Motzki? Wo war er? Lag er hier vielleicht irgendwo, von Janik hingerichtet? Warum hatte Janik angerufen und gesagt, er wolle sich stellen? Belledin verstand nichts davon. Er würde Killian fragen. Was hatte der eigentlich schon wieder bei Motzki gesucht?

Belledin rief Kälble an. »Ich habe sie am Friedhof verloren. Wie geht es Ruth? – Scheiße. – Und Killian? Halt ihn auf, der kommt mit aufs Revier.«

***

»Wird gemacht.« Kälble steckte das Handy ein, zog ihre Pistole und richtete sie auf Killian. »Sie sind festgenommen.«

»Das ist doch Blödsinn. Damit vergeuden Sie nur wertvolle Zeit.«

Sie fuchtelte mit den Handschellen. »Wer hat mit seiner netten Tauchereinlage unsere kostbare Zeit vergeudet, hä? Ruth könnte noch leben, wenn wir Bredow vorher geschnappt hätten.«

»Es ist nicht Janik. Es ist Motzki. Er hat alles inszeniert. Erst um Werbung für sein Buch zu machen und dann, um sich an Janik und Ruth zu rächen.«

»Umdrehen und Hände auf den Rücken.«

Killian gehorchte, stellte sich aber so zur Kellertür, dass er mit einem Satz ins Dunkel verschwinden konnte.

»Hat Motzki vielleicht auch selbst auf sich geschossen? Was ist mit der Clownmaske, an der Bredows Spuren sind?«

»Es gab noch einen zweiten Clown. Die Maske, die Janik trug, war nicht die des Clowns, der auf Motzki geschossen hat.«

»Sondern? Wer sonst soll der Täter sein?«

»Bettina.«

»Das wird ja immer absurder. Bettina Kiefer soll ihren Bräutigam erschossen haben?«

»Ein Unfall. Janik wollte nicht mit echter Munition schießen, sondern nur mit der Waffe herumfuchteln. Aber das war Motzki zu wenig.«

Kälble trat an Killian heran, um ihm die Handschellen anzulegen. »Und wer hat sie dann umgebracht?«

»Vielleicht Motzki? Im Affekt? Ich weiß es nicht. Sie war nämlich nicht seine Tochter, sondern Janiks.«

»Das hört ja gar nicht mehr auf mit den Überraschungen. Geht's vielleicht noch komplizierter?«

»Kann gut sein.« Killian trat wie ein Pferd nach hinten aus, erwischte Kälbles Magengrube und tauchte durch die Kellertür ab.

Kälble torkelte. »Bleiben Sie hier! Verdammte Scheiße!«

Killian huschte durch den Keller und die Ausgangstür und rannte in Richtung Friedhof, wo er den Wagen geparkt hatte. Er sprang in den Defender und fuhr los. Kaum war er auf der Landstraße in Richtung Endingen, spürte er den Lauf einer Pistole in seinem Genick.

»Für einen Spezialagenten bist du aber leicht zu überwältigen. Vielleicht sollte ich mich von der Gegenseite anheuern lassen?« Es war Belledin.

Killian schlug das Lenkrad extrem nach links und dann nach rechts ein. Belledin wurde im Wagen herumgewirbelt und verlor die Pistole. Killian bremste scharf, fuhr an den Straßenrand, riss die Hintertür auf, machte einen Hechtsprung Richtung Belledin, nahm dessen Waffe und drückte sie ihm gegen die Schläfe.

Belledin stöhnte. »Ist ja schon gut. Hast gewonnen.«

Killian gab ihm die Pistole zurück, stieg aus und setzte sich zurück hinters Steuer. »Komm nach vorne. Dort hinten wird dir schlecht, bis wir in Breisach sind.«

»Breisach?«, fragte Belledin und kletterte auf den Beifahrersitz. »Da waren wir doch erst.«

Killian fuhr los. »Ich schätze, dass sie zur Buchhandlung wollen.«

»Sie? Gemeinsam?«

»Der eine freiwillig, der andere gezwungenermaßen.«

»Janik hat Motzki als Geisel?«

»Motzki wird es so drehen. Margarita Kleindienst wird seine Zeugin sein. Dann wird Motzki Janik aus Notwehr umlegen. Und auch das wird Margarita bezeugen.«

»Warum ermordet Motzki Janik nicht gleich und behauptet später, es sei Notwehr gewesen? Die Fakten sprächen für ihn.«

»Wäre nicht spektakulär genug. Motzki denkt wie in seinen Krimis. Er will das große Finale. Und dazu braucht er uns. Er wird mit seinem Showdown warten, bis wir da sind.«

»Hat er Ruth erschossen?«

»Ich glaube schon. Ich habe es nicht gesehen. Nur gehört.«

»Warum tut er das alles?«

»Midlife-Crisis?«

Belledin knurrte. »Da würde ich mir lieber eine junge Braut anlachen und eine Harley-Davidson kaufen.«

»Vermutlich denkt Motzki, er hätte sich eine junge Braut angelacht.«

»Die Buchhändlerin?«

Killian schwieg. Er wollte nicht weiterdenken. Nicht einsehen, dass sie auch ihn nur benutzt hatte.

»Du meinst, sie gehört mit zu seinem Spiel?«

»Motzki ist nur eine Puppe.« Killian sagte es scharf, als wollte er sich selbst damit treffen. »*Sie* dirigiert alles. Und zwar so geschickt, dass er glaubt, es wäre seinem Hirn entsprungen.«

»Beweise?«

»Keine. Wir fahren hin und werden sehen, was passiert.«

Belledin nahm sein Handy aus der Tasche. »Was hast du mit Kälble gemacht? Geht sie ran, wenn ich sie anrufe?«

»Ja. Sie ist in Ordnung.«

Belledin wählte Kälbles Nummer.

***

»Ja. Gut. Selinger und Hofer sind gerade eingetroffen. – Ich mache das hier noch fertig und komme dann nach.« Kälble legte auf und beobachtete, wie die Tote abtransportiert wurde.

»Ein Profi hätte sauberer geschossen«, sagte Selinger. »Zumindest aus der Entfernung.«

»Also deutet die tödliche Wunde eher auf Motzki hin. Wie Killian gesagt hat.«

»Könnte aber auch ein Profi gewesen sein, der will, dass alles nach Amateur aussieht.«

»Bis wann wissen Sie, ob das Projektil aus der Waffe stammt, mit der Kevin Kiefer erschossen wurde?«

»Morgen früh?«

Kälble nickte, und Selinger verließ den Tatort.

Hofer kam die Treppen aus dem Keller hinauf. »Wir haben in der Waschküche was gefunden.« Sie hielt ein mit trockenem Blut beflecktes Geschirrtuch in den Händen. »In den Ritzen der Bodenkacheln klebt ebenfalls Blut.«

»Vergleichen Sie es mit dem am Schürhaken. Vielleicht ist es von Bettina Kiefer.«

Hofer nickte.

»Sind Sie schneller als Selinger?«, fragte Kälble.

»Immer.«

»Selinger wollte mir bis Mitternacht Bescheid geben.«

Hofer pfiff durch die Zähne. »Dann muss ich mich aber sputen.«

»Gibt es sonst noch Auffälligkeiten?«

»Nein. Wir sind mit den Standards gleich durch. Müssen Sie weiter?«

»Ja. Belledin erwartet mich mit der Kavallerie in Breisach.«

»Macht aber nicht zu viel Krawall. Wir haben schon genug Material.«

Kälble lächelte gequält. »Bis später. Und danke. Gute Arbeit.«

»Immer gern.«

Kälble verließ das Haus, gab über Funk den Kollegen Bescheid und stieg in ihren VW-Bus.

***

In der Buchhandlung brannte Licht.

»Ich gehe allein rein und lasse es wie einen privaten Besuch aussehen«, sagte Killian.

»Aber nicht, dass ihr erst noch eine lange Nummer schiebt.« Belledin fand seine Worte selbst geschmacklos, konnte sich aber nicht beherrschen. Wohl unbewusster Frust, weil er schon lange keinen Sex mehr gehabt hatte. Er erinnerte sich an die kurze Knutscherei mit Kälble und verdrängte das Bild. »Ich gebe dir fünf Minuten, dann rücke ich nach. Lieber wäre mir, wir warten, bis Kälble und die Verstärkung eintreffen.«

»Dann ist es vielleicht zu spät. Ich gehe jetzt rein.« Killian drückte das Eisentor auf und ging lässig über den Kiesweg. Ja, es sah durchaus glaubwürdig aus. Wie ein privater Besuch.

Margarita öffnete Killian die Tür. Sie lächelte. Auch sie beherrschte ihre Rolle in dem Spiel. »Mit dir habe ich gar nicht gerechnet«, sagte sie und hauchte ihm einen Kuss auf die Lippen. »Ich bin leider im Aufbruch.« Sie zeigte auf zwei Koffer, die im Flur standen.

»Du verreist?«

»Ja.« Sie strich ihm über den Kopf, als wäre er ein Kind, das allein zurückbleiben und tapfer sein muss, weil die Mama für eine Weile in die Stadt zieht, um für den Unterhalt die Beine breit zu machen. »Ein spontaner Versöhnungstrip. Mein Mann hatte die

Idee. Er glaubt, dass wir wieder zueinanderfinden, wenn wir für eine Weile gemeinsam unterwegs sind.«

»Glaubst du das auch?«

»Ich weiß nicht. Ich bin verwirrt. Du hast mich verwirrt. Aber kriege ich von dir mehr als das, was du bereits gegeben hast?«

Er wollte etwas erwidern, aber sie legte ihm den Finger auf die Lippen. »Nein. Sag es nicht. Nicht jetzt. Gib mir die Chance, meine Ehe zu kitten.«

Er schob ihren Finger beiseite und küsste sie.

Sie spielte mit, drückte sich nach einigen Sekunden aber von ihm ab, fuhr sich atemlos durch die Locken und spielte die Verwirrte. »Mach es mir nicht so schwer. Bitte.« Sie sah ihn von unten an, die Augen so groß wie die von Figuren in Manga-Comics.

Wäre Killian nicht so wütend über ihre Manipulation gewesen, er hätte über dieses Schmierentheater lauthals gelacht. So zwang er sich dazu, seinen Gefühlen weder durch einen wütenden Ausbruch noch durch Lachen freien Lauf zu lassen. »Fahrt ihr schon heute?«, fragte er.

»Ja. Er müsste gleich kommen. Ich möchte nicht, dass er dich jetzt hier sieht.«

»Verstehe.«

Jemand klopfte an die Tür. Die fünf Minuten waren vorbei. Das musste Belledin sein.

Killian blieb in seiner ihm zugedachten Rolle. »Oh Gott! Ist er das? Wo kann ich mich verstecken?«

Margarita sah verwirrt aus.

Es klopfte erneut.

»Mach schnell auf, sonst schöpft er noch Verdacht.« Killian rannte in einen Nebenraum und hielt Ausschau nach Motzki und Janik. Doch er entdeckte nur Kartons mit Büchern. Er ging in das nächste Zimmer. Auch hier war niemand. Um in die obere Etage zu gelangen, musste er wieder in den Hauptsaal. Die Treppe führte auf der anderen Seite nach oben. Killian war sicher, dass Motzki sich hier irgendwo versteckt hielt. Nicht Kleindienst, sondern er war es, der mit Margarita verreisen wollte. Janik lag vermutlich irgendwo tot im Gebüsch.

Killian hatte genug von Margaritas Possen. Die Wut in ihm

hatte gesiegt. Er eilte in den Hauptsaal zurück, fand aber nur Belledin, der am Boden lag. Margarita war fort. Die Tür stand offen. Killian rannte zu Belledin.

Der stöhnte und hielt sich den Kopf. »Dieses Aas. Und ich falle auch noch darauf rein. Auf den ältesten Trick aus dem 19. Jahrhundert.«

Killian half ihm auf.

»Sie spielt mir vor, dass sie wieder in Ohnmacht fällt, ich fange sie auf, und sie schlägt mir die Vase auf den Kopf.«

Killian setzte ihn auf einen Stuhl und sah nach den Koffern. Sie waren fort. »War Motzki dabei?«

»Weiß ich nicht. Ich hatte einen kurzen Blackout.«

»Ruf Kälble an. Sie soll ihr den Weg abschneiden.«

Belledin zog sein Handy aus der Jacke, tippte auf »Kälble« in seinen Kontakten, reichte Killian das Telefon und hielt sich den brummenden Schädel. »Ich glaube ja, dass sie direkt nach Frankreich abhauen. Vielleicht sollten wir die Kollegen an der Grenze auch informieren.«

»Hier Killian. – Er kann gerade nicht reden. – Margarita Kleindienst hat ihn niedergeschlagen und ist abgehauen. Vermutlich will sie das Land verlassen. – Kann gut sein, dass Motzki dabei ist. – Sperren Sie die Straßen in alle Richtungen ab.« Er legte auf und wollte Belledin das Handy zurückgeben, doch der saß nicht mehr auf dem Stuhl. »Belledin? Wo bist du? Alles klar?« Killian sah sich um.

Belledin erschien im ersten Stock auf dem Treppenabsatz und drückte sich einen Eisbeutel auf den Hinterkopf. »Die Suche nach Motzki hat sich erledigt. Er liegt erschossen auf dem Küchenboden. Die Luger in der Hand. Sieht nach Selbstmord aus. War wohl alles zu viel für ihn.«

»Fehlt nur noch Janik.«

»Den werden vermutlich bald irgendwelche Jogger im Gebüsch finden.« Belledin kam die Treppe hinunter und setzte sich wieder auf den Stuhl. »Fünf Leichen. Und die Drahtzieherin setzt sich ins Ausland ab. Die Presse wird mich zerreißen.«

»Kannst doch alles Motzki anhängen.«

»So wird es auch laufen.«

»Und Margarita?«

»Kriegt einen Steckbrief, und Interpol kümmert sich darum.«

»Vielleicht rennt sie Kälble in die Arme?«

»Vielleicht hat der liebe Gott auch einen langen Bart?«

Killian gab Belledin das Handy zurück, als sein Blick auf einen Stapel Bücher fiel, der auf einem kleinen Tisch lag. Er ging darauf zu und las die Titel. Durchweg esoterischer Zauberkram. Von Hexen des Mittelalters über Schutzengel bis zu den Meistern der schwarzen Magie.

»Sie geht nicht über die Grenze.«

»Was?«

»Margarita wird sich nicht nach Frankreich absetzen. Nicht sofort. Sondern erst hier abtauchen. Und ich weiß auch, wo. Aber ich war noch nie dort. Im Gegensatz zu dir.«

»Zu mir? Mach mal langsam, mir brummt immer noch der Schädel.«

»Jetzt komm schon. Im Auto habe ich Schmerztabletten.« Killian zog Belledin vom Stuhl.

***

Obwohl Kälble um Breisach herum alle Straßen hatte absperren lassen und den Kollegen an der französischen Grenze Bescheid gegeben hatte, glaubte sie nicht daran, dass ihr Margarita Kleindienst ins Netz gehen würde. Sie hatten zu spät reagiert. Immerhin war die Fahndung draußen.

Sie selbst stand mit ihrem T1 an der Gabelung Breisach-Achkarren, um die mögliche Flucht in den Kaiserstuhl zu unterbinden. Von vorne sah sie einen Wagen sich mit Lichthupe nähern. Sie richtete den Suchscheinwerfer ihres Busses auf den Blender und erkannte Killians Defender.

Ihr Handy klingelte. Es war Belledin. »Ja? – Alles klar. – Kavallerie? Gut. Verstanden.« Sie legte auf, startete den Wagen und folgte dem Defender. Belledin wollte die Sache mit Killian allein durchführen. Die Kollegen sollten weiterhin die Sperren halten, falls Killian sich irrte, Hofer und Selinger sollten sich um den toten Motzki kümmern.

Belledin hatte gesagt, der Fotograf ginge davon aus, dass sich Margarita in Kiefers Höhle versteckt hielt. Kälble versuchte, sich zu erinnern. Sie hatte dort weder eine Küche noch sanitäre Anlagen gesehen. Warum sollte sich jemand dort verschanzen? Ein Einzelkämpfer vielleicht. Aber Margarita Kleindienst schien ihr doch eher eine feine Dame zu sein, die nur ungern ein Loch zum Kacken buddelte. Die Rebhütte fiel ihr ein. Wäre sie an Margarita Kleindiensts Stelle, sie würde sich dorthin zurückziehen. Da Astrid Kiefer in Untersuchungshaft saß, bestand kaum Gefahr, dass dort jemand unerwartet auftauchte.

Kälble entschied sich, zur Rebhütte zu fahren.

***

»Park hier vorne«, sagte Belledin. »Hinter der Kurve könnten wir gesehen werden.«

Killian gehorchte und fuhr rechts in die Reben. »Wir müssen uns also von oben anschleichen?«

»Ja.« Belledin sah auf die Tablettenpackung, die er in den Händen hielt. Er konnte die Schrift darauf nur verschwommen lesen. »Was sind das für Hämmer?«, fragte er und spürte, wie seine Zunge am Gaumen pappte.

»Du solltest nur eine nehmen.«

»Hast du nicht gesagt.«

»Wie viele hast du geschluckt?«

»Zwei.«

»Das geht auch.«

»Drei.«

»Drei machen langsam.«

»Mist. Hast du auch Muntermacher in deiner Drogenapotheke? Ich habe gelesen, dass viele Kriegsfotografen sich vor einem Einsatz mit Koks vollpumpen.«

»Pervitin.«

»Görings gute alte Panzerschokolade?«

»Heißt heute Crystal Meth. Schon die Helden von Bern haben sich das Zeug vor dem Endspiel gespritzt. So kreiert man Wunder.«

»Ist nicht erwiesen. Ich glaube an die Variante, nach der es nur Vitamin C war. Nimm mir jetzt nicht auch noch meine Helden. Dann habe ich ja gar nichts mehr.« Er rieb sich müde die Augen. »Nimmst du wirklich so Zeug?«

»Dann wäre ich längst weg vom Fenster. Komm. Oder willst du hierbleiben?«

»Spinnst du? Natürlich bin ich dabei. Ich bin hier der Polizist. Du müsstest eigentlich im Wagen bleiben. So weit kommt's noch.« Belledin wollte die Tür öffnen, aber seine Hand verfehlte den Griff. »Verdammt.« Er lallte. Seine Lider wurden schwer. »Killian, los! Gib mir was anderes. Ein Gegengift, verdammte Scheiße.« Seine Worte wurden immer undeutlicher, dann kippte Belledin mit dem Kopf zur Seite, fluchte undeutlich und schlief ein.

Killian stieg aus dem Defender, huschte durch die Zilden, die Hohlgasse unter sich im Blick, in Richtung Höhle. Er kletterte den Rain hinab, drückte sich gegen die schwere Pforte des Höhleneingangs, öffnete sie vorsichtig einen Spaltbreit und schlüpfte hindurch.

Fackeln leuchteten den Weg in die Tiefe. Es musste jemand hier sein. Am Ende des Ganges wurde es heller. Weitere Fackeln flackerten und warfen zuckende Schatten gegen den Lös. Ein Gemurmel, klerikalem Gesang ähnlich, drang an Killians Ohr. Er hielt sich eng an der Wand und arbeitete sich Schritt für Schritt vor, bis er das Gewölbe erreichte. Hinter einer marmornen Standschale, die in einer Kirche als Weihwasserbehälter gedient haben musste, versteckte er sich und beobachtete das Geschehen.

Vor einer Art Altar stand ein älterer Mann mit grauweißem Haar, das derart vom Kopf in alle Richtungen drängte, dass man glauben mochte, der Kerl stünde unter Strom. Er trug eine weiße, mit okkulten Zeichen bestickte Kutte, verdrehte die Augen und sang ein Mantra, das von den übrigen Anwesenden, Killian zählte fünf Personen, artig wiederholt wurde. Killian verstand nicht, was sie sangen, aber die Worte schienen eine große Bedeutung zu haben. Manche stöhnten vor innerem Schmerz, andere jauchzten oder schrien unverhofft auf. Ihre Oberkörper schwangen wie in Trance vor und zurück, so als hätten sie sich das vom jüdischen

Gebet abgeschaut. Überhaupt wirkte das, was hier veranstaltet wurde, wie ein aus verschiedensten Kulturen zusammengeklaubtes Allerlei. Der Phantasie waren keine Grenzen gesetzt. Der Chorführer in der weißen Kutte nahm groteske Haltungen ein, und die anderen versuchten, es ihm gleichzutun, hatten aber nicht immer das Glück, die Balance zu finden, und wackelten teilweise verzweifelt auf einem Bein.

War es tragisch oder komisch, was sich hier abspielte? Glaubten diese Menschen tatsächlich, mit diesen Faxen Kontakt ins Jenseits aufbauen zu können? Aber waren die Riten der großen Religionen denn deutlich anders? Die Hoffnung, Antwort auf die Frage der Endlichkeit des Menschenlebens zu bekommen, schien die albernsten Mittel des Selbstbetrugs zu legitimieren.

Steckte Margarita unter einer der Kutten? War sie tatsächlich hier, wie Killian vermutet hatte? Aber warum sollte sie einer schwarzen Messe beiwohnen, wenn sie eigentlich verduften musste?

Plötzlich schnarrte der Chorführer einige scharfe Worte und zeigte mit seinem wurzeligen Zauberstock in Killians Richtung. Der maskierte Chor drehte sich um und marschierte im Takt des Gesangs auf Killian zu. Hatten sie ihn entdeckt? Noch war Zeit, den Rückzug anzutreten. Gegen fünf Personen in Trance hatte auch Killian keine Chance. Sie würden ihn zerfleischen wie die Mänaden den Perseus. Sie rückten näher.

Der Chorführer überschlug sich fast, und Killian fürchtete, gleich täte sich die Hölle unter seinen Füßen auf und würde ihn verschlingen. Aber nichts dergleichen geschah.

Er wich zurück. Langsam. Schritt für Schritt. Den summenden Chor im Blick. Nein. Sie wollten nicht zu ihm. Das Taufbecken hatte es ihnen angetan. Ein jeder wartete auf den entsprechenden Psalm des Chorführers, um sein Gesicht ins Wasser zu tauchen. Killian konnte ein paar der Gesichter erkennen. Kauder, der Bürgermeister von Endingen, war unter ihnen. Wiesler, der Geschäftsführer eines großen Autohauses in Bötzingen, und Eva. Killian hatte sie nur flüchtig auf der Lesung gesehen, aber nicht mit ihr gesprochen. Sie kannten sich von früher. Sowieso hatte die ganze Geschichte den Geschmack eines riesigen Klassentreffens.

Als sollte ein Kapitel abgeschlossen werden. Und Killian befand sich mittendrin. War es am Ende sein Kapitel, das beendet werden sollte? Plötzlich lief ihm ein Schauder den Rücken hinunter. Der Mummenschanz, der hier veranstaltet wurde, ließ ihn nicht kalt.

Mittlerweile hatte jeder seinen Schädel in das Wasser gehalten und war geweiht, getauft oder was auch immer worden. Der Chor drehte sich wieder zum Altar und lauschte den Befehlen seines Priesters, der auf Eva zeigte. Sie ließ ihre Kutte fallen und stand splitternackt im Fackelschein. Nun kam also der erotische Teil. Der Verein hier ließ wirklich nichts aus. Killian schüttelte den Kopf. Eva stieg die drei Stufen zum Altar empor und drehte sich so, dass die Gemeinde sie sehen konnte. Der Priester tauchte seine Hände in eine Schale mit Blut und rieb Evas Brüste damit ein. Er stöhnte laut auf, und der Chor stimmte mit ein. Eva hielt ihre Augen geschlossen und begann, mit den Hüften zu zucken. Erst langsam, dann schneller, getrieben von der Geilheit des Priesters und dem dionysischen Chor. Killian mochte seinen Augen nicht trauen.

Einer nach dem anderen trat hervor, stieg die Stufen nach oben und leckte Eva das Blut von den Brüsten. Der Priester schmierte nach jeder Nascherei ordentlich nach, damit auch jeder auf seine Kosten kam. Killian wollte bei dem Gruppensex, der unweigerlich folgen würde, nicht dabei sein. Er hatte genug gesehen. Sollten sie ihrem Kult frönen, wenn es ihnen gefiel. Margarita war nicht unter ihnen. Er hatte sich geirrt. Vermutlich war sie doch direkt nach Frankreich abgehauen. Er schlich langsam den Gang zurück und verließ die Höhle.

***

Kälble parkte den VW-Bus und stieg aus. Sie ging über den Feldweg und sah schon von Weitem, dass Licht in der Rebhütte brannte. Sie schlich sich an und spähte durch das Fenster. Janik Bredow saß vor dem Kamin, stand auf und legte ein paar Scheite nach. Er schien allein zu sein. Kälble zog ihre Waffe und entsicherte sie. Leise ging sie zur Tür, drückte vorsichtig deren Klinke nach unten und riss sie auf.

Bredow drehte sich erschrocken um und blickte auf die Walther PP. Er ließ den Scheit fallen, den er eben noch in der Rechten gehalten hatte, und hob die Hände. »Wo ist Belledin? Traut er sich nicht, mich festzunehmen?«

»Drehen Sie sich um und legen Sie die Hände auf den Rücken.« Kälble zog die Handschellen hervor und schloss die erste um Bredows Handgelenk, als sie einen Druck im Rücken spürte.

»Lassen Sie die Waffe fallen und legen Sie sich die zweite Schelle selbst um.« Es war Margaritas Stimme.

Die Walther PP plumpste zu Boden, und Kälble drehte sich zu der Buchhändlerin um.

»Was soll das?«, fragte Janik.

»Ein Wink des Schicksals.« Margarita hob die Walther vom Boden auf, sodass sie in der Rechten die Luger und in der Linken die Walther hielt. »Wird's bald?«

Kälble gehorchte und fesselte sich an Bredow.

Margarita lachte. »Das ist zu absurd. Und gleichzeitig genial.«

»Mach mich endlich los«, sagte Janik. »Wir haben keine Zeit für Spielchen. Wenn sie hier ist, wird Belledin auch gleich auftauchen.«

»Umso besser. Dann wird er mein Meisterwerk vorfinden.«

»Was redest du da?«

»Du erschießt sie.« Sie hob die Luger und deutete den Schuss auf Kälble an. »Und sie erschießt dich.« Sie zielte mit der Walther auf Janik.

»Bist du verrückt geworden? Wir gehören doch zusammen.«

»Das tun wir nicht. Ich gehöre nur mir.« Sie atmete tief ein. »Mir – und dem Meister. Ich höre seine Stimme. Jetzt. So klar wie noch nie. Er lobt mich. Ich habe alle seine Befehle erfüllt und das Spiel meines Lebens gespielt.«

»Du kannst mich doch nicht einfach abknallen.«

»Warum nicht? Hast du vielleicht bei Motzki gezögert?«

»Motzki hatte es verdient. Er hat mich reingelegt.«

Sie lachte. »Motzki hat nur das getan, was ich von ihm verlangt habe, du naiver Idiot. Motzki war meine Marionette. So wie ihr alle meine Marionetten seid.« Sie wandte sich an Kälble. »Schade, dass Sie gekommen sind. Ich hatte gehofft, Killian wäre so schlau.

Es wäre viel schöner, wenn er jetzt an Ihrer Stelle hier stünde. Zwei alte Freunde, die sich duellieren. Das hätte mehr Klasse, findest du nicht, Janik?«

Janik antwortete nicht.

»Sie sind leider nur ein schwacher Ersatz«, fuhr Margarita an Kälble gewandt fort. »Sie haben keine Geschichte miteinander, und gemeinsame Geschichten laden Beziehungen auf. Deswegen habe ich versucht, mit Killian eine Geschichte zu entwickeln. Es ging mir nicht nur darum, ihn zu meinen Zwecken zu manipulieren. Ich wollte, dass er etwas für mich empfindet. So wie Motzki, Bettina, Kevin, der alte Kiefer und Janik. Verrat ist nur etwas wert, wenn Gefühle im Spiel sind. Wurden Sie schon einmal verraten?«

Kälble musste jetzt etwas sagen. Zeit gewinnen. Margarita Kleindienst eine Geschichte auftischen, die sie fressen würde. »Ja, das wurde ich«, sagte sie.

»Wenn Sie jetzt sagen, dass Ihre Eltern die Schuldigen waren, dann drücke ich sofort ab. Kommen Sie. Sie haben die Chance, noch eine einzige Story loszuwerden. Sie wissen jetzt, welche Art ich liebe, also strengen Sie sich an.«

»Du bist völlig verrückt«, sagte Janik.

Margarita schoss ihm mit der Walther in den Unterschenkel.

Janik schrie auf, knickte ein und zog Kälble mit sich zu Boden.

»Was ist jetzt mit Ihrer Geschichte? Werde ich sie hören?«

»Ein Kollege hat mich verraten. Es war vor ein paar Jahren. Ich war noch Anfängerin in Stuttgart. Er war um einiges älter und der beste Polizist, den ich kannte. Aber er trank und hatte Depressionen. Ich dachte, ich könnte ihn mit meiner Liebe retten, und dann hat er sich mit seiner Dienstwaffe erschossen. Es ist die Walther, die Sie in der Hand halten.«

»Nicht schlecht. Selbstmord als Verrat. Warum nicht? Eigentlich müsste ich Sie dann auch mit der Walther abknallen. Das wäre ein schöneres Ende für Ihre Geschichte, aber das würde meinen Plan durchkreuzen. Ich habe mit Motzkis Tod schon einen Selbstmord fingiert. Tut mir leid, meine Geschichte hat Vorrang. Das verstehen Sie doch, oder?«

»Aber meine ist noch nicht zu Ende.«

»Wenn ich abdrücke, ist sie das sogar sehr schnell.«

»Für den Kollegen kam ein neuer Polizist. Er sollte in einem komplizierten Mordfall aushelfen. Ich mochte ihn erst nicht. Er benahm sich, als hätte er die Weisheit mit Löffeln gefressen, und tat so, als wäre er der Erfinder der Kriminalistik. Ein Kotzbrocken.«

»Und dann haben Sie sich doch in ihn verliebt.«

»Ja.«

»Ich erkenne Ihr Muster. Und? Hat er Sie auch verraten?«

»Nachdem der Fall abgeschlossen war, schliefen wir miteinander, als wäre es für ihn das Dessert. Die Belohnung für grandiose Arbeit. Und dann fuhr er nach Hause zu seiner geliebten Frau.«

»Autsch. Das ist hässlich. Keine Rachegefühle?«

»Ich war gerade dabei, mich zu rächen. Aber leider haben Sie andere Pläne mit mir.«

»Wie? Der Polizist ist hier? Sagen Sie es nicht, ich komme selbst darauf.« Sie lachte laut. »Belledin. Das ist ja wunderbar. Er ist frisch geschieden, also einsam und verwundbar. Die optimale Gelegenheit. Da wäre ich zu gern Mäuschen. Schade. Wirklich sehr schade. Ihre Geschichte war gut, aber sie hilft Ihnen nichts.« Sie richtete die Luger auf Kälble.

Die Tür flog auf. Belledin stand mit seiner Walther im Anschlag im Raum und zielte auf Margarita. »Waffe fallen lassen! Sofort!«

Margarita dachte gar nicht daran, hob rasch die Walther und drückte ab. Die Kugel krachte in den Türrahmen. Jemand riss Belledin von hinten zu Boden und stand an seiner statt in Margaritas Visier. Killian. Ein zweiter Schuss fiel. Killians Kopf wurde in sein Genick gerissen, dann fiel er zu Boden.

Kälble nutzte den Moment, in dem Margarita nicht auf sie achtete, griff ein Holzscheit und schleuderte es in Richtung ihres Hinterkopfs. Margarita strauchelte.

Belledin hatte sich aufgerappelt und stürmte in die Hütte. Er warf sich auf Margarita und schlug mit den Fäusten auf sie ein. Sie ließ die Waffen fallen, aber Belledin prügelte weiter. Ihr Gesicht und seine Fäuste wurden eins. Ihr Blut verschmierte ihr schönes Gesicht, Kälble schrie, doch Belledin hörte nichts. Seine Schläge gingen auf Margarita nieder. Noch einer. Und noch einer. Endlich ließ er von ihr ab und fiel erschöpft neben sie auf den Rücken.

Kälble fingerte mit der freien Hand den Schlüssel aus ihrer Hose, löste ihre Handschelle und ging zu Margarita.

Belledin kroch auf allen vieren zu Killian, legte ihm die Finger auf die Halsschlagader und zog sein Handy. Er wählte und brüllte. »Einen Notarzt! Schnell! Oberrotweil! Kiefers Rebhütte!« Er steckte das Telefon weg und drehte sich zu Kälble. »Ist sie tot?«

»Nein. Du hast Glück gehabt.«

»Es ist aus. Ich mag nicht mehr.«

Sie ging zu ihm, setzte sich neben ihn und nahm seine Hand. »Willst du mich schon wieder verlassen?« Sie lehnten sich an die Wand. Kälble drückte ihren Kopf an seine Schulter. »Danke. Du kamst zur rechten Zeit.«

»Bedank dich bei Killian. Er hatte die Idee hierherzukommen.« Er sah auf den regungslos am Boden Liegenden. »Und ich muss mich wohl auch bei ihm bedanken. Hätte er mich nicht umgerissen, läge ich nun dort. Scheißheld.« Belledin kämpfte mit den Tränen, wischte sie weg und presste Kälble fest an sich.

»Und was ist mit mir?«, fragte Janik.

»Du bist und bleibst ein Vollidiot.«

ELF

Kälble stellte ihre Gitarre in die Ecke des Raums und sah sich ihr sporadisch eingerichtetes Zimmer an. Spartanisch. Aber für den Anfang ging es. Und vielleicht zog sie ja auch bald wieder aus. Sie war sich nicht sicher, ob das Zusammenleben mit Belledin als WG-Partner klappen würde.

Der Schlüssel drehte sich in der Wohnungstür, und Belledin kam direkt in ihr Zimmer. »Hübsch«, sagte er und versuchte zu lächeln.

»Hat sie alles gestanden?«

»Sie ist sogar stolz darauf. Ihr Anwalt plädiert auf psychisch krank.«

»Kommt er damit durch?«

»Ich glaube schon. Sie hat tatsächlich keinen einzigen Mord begangen. Immer nur andere angestachelt. Janik bestätigt alles. Er wollte Motzki nur mit der Maske und der Pistole erschrecken, aber nicht schießen. Margarita war das zu wenig. Also hat sie Bettina bearbeitet, die sich schuldig fühlte, weil sie nicht Motzkis Tochter war. Sie glaubte, durch diese Art Liebesdienst die verlorene Nähe zu ihm wiederzugewinnen. Also schlüpfte sie in ein Clownkostüm, als ihr Bräutigam mal nicht in ihrer Nähe war, zog sich die Maske auf und marschierte mit der Luger in der Hand hinter Motzki und Killian aufs Herrenklo, um mit einem Warnschuss Motzkis Geschichte Glaubwürdigkeit zu verleihen. Dass ausgerechnet ihr Bräutigam hinter Motzki vom Klo kam, war einfach nur Pech.«

»Und Motzki hat seine Tochter, die nicht seine war, erschlagen. Warum?«

»Bettina wurde nicht damit fertig, was sie getan hatte. Sie wollte uns alles gestehen. Es gab ein Gerangel, sie fiel unglücklich. Das muss passiert sein, kurz bevor du durch den Keller bei Motzki eingestiegen bist.«

»Der sie dann in Kiefers Rebhütte brachte und den Schürhaken mit Blut beschmierte?«

»Janik erzählt es so. Er war ja bei dir. Konnte sie also nicht dorthin transportiert haben. Hofer hat auch Haare mit Blut von Bettina auf den Bodenkacheln in Motzkis Wohnung gefunden. Und DNA-Spuren von ihm. Schweiß, Speichel.«

»Und Bredow?«

»Wurde genauso von Margarita manipuliert wie Motzki. Sie benutzte alle.«

»Auch Killian. Wie geht es ihm?«

»Unverändert. Ich fahre gleich ins Krankenhaus.«

»Soll ich mit?«

»Bist du hier fertig?«

»Kann warten. Es sind nur noch ein paar Bücher.«

»Kann ich dir helfen? Ich liebe es, Bücher einzuräumen.«

»Darum hast du auch keine.«

Er nahm einige der Bücher aus dem Karton und sah sie sich an. »Schiller? Du liest Klassiker?«

»Heimat. Damit ich mein Schwabenland hier nicht ganz vergesse.« Sie zwinkerte.

»Kleist?«

»Lange Sätze, die fordern, den Gedanken konzentriert bis zum Ende zu denken.«

»Bulgakow. ›Der Meister und Margarita‹.«

»Ein Klassiker. Hat fast jeder.«

»Ich nicht.«

»Ich leihe ihn dir gern.«

»Erst einmal nicht.« Er stellte das Buch ins Regal. »Wollen wir fahren?«, fragte er. »Ich muss zu ihm.«

»Verstehe ich gut.« Kälble zog ihre Jacke an und folgte Belledin aus der Wohnung.

***

Rohina lächelte, flog wie eine Superheldin zwischen ausgebombten Häusern und brennenden Autowracks hindurch, schlug Kapriolen und streckte die Hand nach ihm aus. Killian wollte sie greifen, aber ihm fehlte die Kraft dazu. Sein Arm hing bleiern am Körper. Er versuchte, ihn mit der anderen Hand zu lösen, schaffte es aber nicht. Rohinas Lächeln verwandelte sich in eine schmollende Schnute. Dann trat ein spöttischer Ausdruck in ihre Augen, und schließlich lachte sie ihn aus und verhöhnte ihn. Was konnte er denn dafür? Er wollte doch zu ihr, aber etwas hielt ihn fest. Plötzlich explodierte Rohina und verwandelte sich in tausend Nägel, die nahe Killian einschlugen, ihn aber verschonten. Bis auf einen. Der Nagel schoss ihm durch den Schädel ins Hirn und legte alles lahm. Die bewegten Bilder erstarrten, und er träumte nur noch in Fotos.

***

»Geh du mal vor. Ich komme dann nach«, sagte Kälble.

Belledin öffnete die Tür zum Krankenzimmer. Eine junge Frau saß an Killians Bett und hielt ihm die Hand. Swintha. Belledin kannte Killians Tochter, hatte sie aber lange nicht mehr gesehen.

Sie drehte sich nach ihm um.

Er nickte und wollte wieder gehen.

»Bleiben Sie ruhig. Er freut sich bestimmt, dass Sie da sind.«

»Da wäre ich mir nicht so sicher.« Er zog sich einen Stuhl heran und setzte sich auf die andere Seite des Betts. »Wir waren nicht gerade die besten Freunde.«

»Sind«, sagte Swintha. »Sie sind nicht die besten Freunde. Noch lebt er.«

»Ja, natürlich. Ich meinte auch, dass wir mittlerweile vielleicht beste Freunde sind.«

»Weil er sich die Kugel für Sie eingefangen hat?«

»Woher wissen Sie das?« Belledin war baff. Wie hatte Swintha das erfahren? Wer hatte da gesungen? Kälble? Aber sie kannte Killians Tochter doch gar nicht.

»Janik Bredow hat es zu Protokoll gegeben«, sagte Swintha ruhig.

»Und wie kommen Sie an das Protokoll? Sie haben doch keinen Zugang zu den Akten.«

Sie sah ihn an. Mit einem Blick, den Belledin nur zu gut kannte. Es war Killians Blick. Arroganz steckte darin. Die Freude daran, mehr zu wissen als der andere. Belledin war allergisch dagegen. Er begriff. Natürlich, sie war seine Tochter. Killian hatte ihm erzählt, dass sie in Paris Französische Literatur studierte. Aber ihr Blick hatte sie verraten. Sie studierte noch etwas ganz anderes.

»Dann willkommen im Club«, sagte Belledin und starrte auf Killian, der ins Koma gefallen und auch nach der Operation nicht daraus erwacht war. Die Ärzte hatten die Kugel entfernen können und behauptet, dass sie nichts beschädigt hatte. Aber genau wussten sie es auch nicht. Man konnte nur abwarten.

Pontius Pilatus schrie laut, doch die Menge übertönte ihn.

»Warum nehmt ihr nicht den Barnabas? Warum?«

Plötzliche Stille. Nur das Brummen einer fetten Schmeißfliege.

Pilatus spürte, wie sie auf seiner Stirn landete und den Schweißtropfen auswich, die ihm den Schädel hinabrannen.

Die Menge beklatschte das Geschick der Fliege und fiel dabei in einen treibenden Rhythmus, der immer schneller wurde.

Die Fliegenbeine kitzelten Pilatus auf der Haut, das Klatschen der Meute verstärkte seine Migräne. Der Kopfschmerz stach wie die Nägel, die dem Mann aus Nazareth gleich in Hände und Füße gerammt werden würden. Das musste enden. Alles musste enden. Der Lärm. Der Schmerz. Alles. Pontius Pilatus schlug sich mit der Hand gegen die Stirn. Es knackte, und die Fliege klebte tot in einer seiner tiefen Stirnfalten. Ihr Brummen und der Applaus der Menge verstummten. Endlich wieder Stille.

Belledin sah zu Swintha. Hatte sie es auch gesehen? Killian hatte seine Hand bewegt. Doch Swintha reagierte nicht auf seinen Blick. Vielleicht hatte er sich das kleine Zucken auch nur eingebildet, um der Hoffnung Nahrung zu geben.

Alle Titel von Michael Moritz:
Auch als eBook erhältlich

Tod in der Rheinaue
ISBN 978-3-89705-718-0

Roter Regen
ISBN 978-3-89705-758-6

Weinselig
ISBN 978-3-89705-817-0

Um die Wurst
ISBN 978-3-95451-092-4

Tod im Theaterhaus
ISBN 978-3-95451-016-0

Badisch Blues
ISBN 978-3-95451-445-8

Zürcher Verschwörung
ISBN 978-3-89705-972-6

Die Tote im Dolder
ISBN 978-3-95451-174-7

Zürcher Sumpf
ISBN 978-3-95451-556-1

Tessiner Abgrund
ISBN 978-3-95451-719-0